奇·怪

夢枕獏

大帝の剣

大帝之劍

壹 天魔降臨篇・妖魔復活篇

緋華璃—譯

熱血推薦！

故事由一場精彩的打鬥開始，慢慢牽引出後續的事件，一些看似不相干的內容，卻是環環相扣的聯繫著。
在細細品味內容的當下，以為已經猜出後續情節，緊接而來的卻是另一次的峰迴路轉，出人意料的伏筆讓人大為驚豔，越到後面，看到的出場人物越是……咳！保密！
套句作者在後記所說的：「我筆下的故事可以說是集荒誕無稽之大成，連『用日本刀把妖怪之類的對手砍成兩半』這種情節都寫得出來。這麼說來，本作應該是科幻小說吧。」嗯嗯！沒錯，我也覺得自己在看一部披著時代劇外皮的科幻小說，十分有趣呢！（笑）

——**【奇幻作家】貓邏**

大帝之劍是一個十分奇特的幻想故事。雖然乍看之下是時代劇，但又加入了忍者間奇幻絢麗的忍術鬥法，有如甲賀忍法帖一般，角色特質與奇妙忍法十分豔麗。然而在這看似古典的題材中，竟又大膽引入了科幻元素！看似極不相容的要素擦出了極具魅力的火花，讓讀者忍不住想要一探究竟！

——**台大奇幻社**

充滿爽快感及獨特氛圍的故事。夢枕獏用他獨特的筆風，描繪出神祕且各具魅力的人物！故事圍繞著主要角色展開，看似分散的劇情逐漸串在一起，最後才讓人得以看出主線的方向！在夢枕獏筆下，江戶時代吹進一股魔幻的風，而角色們又會跟著這陣風前往哪個方向？令人十分期待！

——**政大奇幻社**

人物介紹

萬源九郎

高大壯碩、皮膚黝黑的浪人劍客，除了腰間隨性地插著兩把大小各異的刀外，背上還揹著一把讓人難以忽略的巨劍。雖然平常看起來吊兒啷噹，嘴角總是掛著戲謔的微笑，但是當他拔劍時，沒有人能躲過他的攻擊！因為無意間撿到一枝紅色簪子，而捲入伊賀忍者與真田忍者之間的對戰中。

小舞（蘭）

擁有清澈眼神的少女，看起來是位有教養的大家閨秀，因為她驚人的身世祕密，成為伊賀忍者欲殺之而後快的目標。

牡丹

身材頎長，容貌美得跟女人沒兩樣的美劍士。劍法高明，為了一項神祕任務而路經中仙道，與萬源九郎巧遇，甚至出手幫萬源九郎阻擋伊賀忍者的偷襲。

姬夜叉

長相美豔，對男人有著致命的吸引力。伊賀忍者中的高手，除了忍術之外，還會使用可怕的妖術。

權三

獵人，養了一頭獵犬白虎。他為了追蹤曾經殺死夥伴的巨熊來到伊吹山，卻遇到神祕事件，變成半人半獸。

前言

《大帝之劍》再版致辭

時隔多年，《大帝之劍》終於又再度跟大家見面了。

自從〈飛驒大亂篇〉出版後，已經過了十五年之久。

先為大家送上單行本三冊。

這三冊是將以前出版的作品略做增刪、修正錯誤、補足新作之後，重新整理發行的。《大帝之劍》【參】還加入了我的最新力作〈天魔望鄉篇〉。

目前，我已經開始著手撰寫《大帝之劍》【肆】的〈妖魔落淚篇〉（於《週刊法米通》連載中），未來還會陸續推出新篇章。

這個故事天馬行空到了極點，但我自己非常喜歡。

我本來就想繼續寫下去，但是種種原因讓我中斷了一陣子。

如今終於可以重新再啟動這個故事了，我也覺得很高興。

詳細的經過我打算寫在第三冊的「後記」裡，目前，我只想要好好享受重新啟動這個故事的喜悅。

這絕對是一個非常有趣的故事！

二〇〇七年一月七日寫於小田原

夢枕獏

目錄

天魔降臨篇

序章

1

那時下著一場豪雨。

指頭粗的雨滴，從天上傾瀉而下。

地點是長滿杉木的原生林裡。

頭頂上綠蔭蔽天的杉葉，早就快承載不了過重的雨滴了。

森林裡的斜坡上，有羊齒蕨覆蓋。

在那羊齒蕨的葉片底下，早已形成了幾條小小的溪流。是豪雨造成的小溪。

時間是深夜時分。

森林裡一片漆黑。

在那一片黑暗裡，有個男人正踽踽獨行。

他沿著斜坡，慢慢往上爬。

地上根本沒有路。

巨大杉木彎彎曲曲的樹根裸露在外，到處都可以看到岩石及傾倒的樹木。

男人的眼睛可能已經習慣了黑暗，前進的腳步十分輕快。

遇到岩石就攀過岩石，遇到傾倒的樹木就跨過傾倒的樹木，筆直往前走去。

頭上的杉木樹梢擺盪著，轟然作響。
那是一場暴風雨。
整座山裡迴盪著碩大雨滴敲打在地上的聲音，宛如低沉的地鳴。
在狂風的肆虐下，杉木的樹梢亦不停地發出聲音。
雨水和那些喧鬧擾人的聲音籠罩著那個男人的身體。
漆黑的天空不時會被閃電擦亮。
只有在那一瞬間，黑暗中才會浮現出男人的輪廓。
男人的體型非常龐大。
上半身打著赤膊。
只有些許的布頭纏在腰際。
褲管的部分看似被硬生生撕扯掉了一節。
腳底下踩著草鞋，小腿上還繞著綁腿帶。
靠著那雙腿，男人撥開腳底下的草，一步一步往前邁進。
全身上下沒有一處是乾的。
一頭亂髮也被雨水淋得濕透，貼在臉頰上。
雖然時值夏日，但畢竟是深山裡的雨。
雷雨。
換作是一般人，被這麼冰冷的雨滴打在肌膚上，早就已經失溫了。
但是這個男人卻一點也不為所動。
是天生反應遲鈍？還是從他體內醞釀出來的熱氣足以與冰冷的雨滴相抗衡？

或許兩者都對。
男人腰間插著兩把大小各異的刀。
他似乎是個武士。
閃電突然劃過天際。
黑暗中浮現出男人巨大的身軀。
除了插在腰間那兩把大小各異的刀之外，男人背上還背著另一把劍。
那是一把樣式特異的劍。
一把西式的劍。
本來，我們稱為刀、劍之類的東西，其實有相當清楚的區別。
大致上可分為刀和劍。
刀刃帶有弧度的是刀。
亦即所謂的太刀❶。
通常用於斬擊而非刺擊，一般稱為日本刀或青龍刀的武器，就是刀。
劍的刃面不像刀的刃面那樣有弧度，且刃有兩面，基本上是用來刺擊敵人的武器。
男人背上背的，就是這種劍。
男人用一條粗壯的皮帶，將那把劍背在背上。
右邊的肩口上看得到劍的握柄。
握柄上有象牙的雕刻。
劍鞘似乎是以皮革和木頭製成的。
是一把巨大的劍。

也就是所謂的大劍。
劍鞘的尖端斜斜地從男人左側的腰間露出來。
在那柄劍鞘上也同樣鑲嵌著琳瑯滿目的螺鈿❷花紋。
男人到底是在什麼地方得到這把劍的？又是如何得到這把劍的呢？
男人赤裸的背上和胸前有一點一點黑黑的東西吸附著。
是水蛭。
即使在暴雨的沖刷下，水蛭也完全沒有要往下掉的樣子。
而男人似乎也不怎麼在意。
他就只是默默前進。
看到光線了。
是火光。
前方巨大杉木的樹幹之間，搖曳著橘色的火光。
曾幾何時，斜坡已經變得比較平緩了。
男人的步調卻始終沒有放慢，一心一意往火光的方向走去。
雨聲蓋過了男人發出的聲音。
男人停下腳步。

❶日本刀的一種。一般指的是刃長超過八十公分以上、刀身的彎度較大，通常是邊鋒朝下，並以吊在腰帶以下的方式佩帶的日本刀。
❷螺鈿是一種在漆器或木器上鑲嵌貝殼或螺螄殼的裝飾工藝，也用於金屬和其他表面的裝飾上。

他放低姿勢，窺視著火光的來處。
前面是一個廣場。
男人的正前方是一棵巨大的杉木。
巨大得駭人的杉木。
大概要五、六個大人把手臂伸直交握，才能把樹幹圍上一圈。
樹幹上到處都是肉瘤一般的隆起。
樹梢高聳直入天際。
一個女人被綁在那棵杉木的樹幹上。
是個年輕的女人。
看起來約莫十六、七歲。
衣服的領口處被大大扯開，露出了雪白的左肩跟左邊的乳房。
杉樹周圍的雨勢果然有比較小。
因為頭頂上舒展的枝葉攔住了雨滴，讓它們沿著樹幹流下。
儘管如此，從樹葉間隙落下的雨滴也沒有停過。
樹幹前，熊熊烈焰燃燒著。
火勢十分驚人。
火苗的高度幾乎是人的一倍。
從樹葉上落下的雨滴，似乎還來不及進入火焰中心，就被火焰的熱氣給蒸發掉了。
當火勢燃燒到某種程度以上的時候，一點點小雨的確是澆不熄的。
今晚從天上傾倒下來的豪雨滂沱，但火勢還比雨勢更強。

火生在巨大的杉木底下，或許也在某種程度上助長了火勢。
六個男人圍著那團火焰而立。
每個人身上都佩帶著武器。
刀——但那是通常稱為劍的武器。
從打扮上看來，他們就算不是盜賊，應該也是同類惡徒。
其中有兩個人大約是四十五歲左右。
剩下的頂多二十多歲或三十多歲。
兩個四十五歲左右的男人看起來還有幾分武士的味道。
其他四個人就完全沒有這種氣息。
看起來比較像是百姓或町人❸，而且還是混不出名堂的那種。
像是豐臣❹的殘黨直接改行做盜賊，然後再讓幾個年輕小夥子加入組成的不入流集團。
大坂夏之陣❺落幕後，已經過了二十三年。
「他們會來嗎……」看起來年紀最小的男人問道。
「會來的。」站在他旁邊的男人回答。

❸日本江戶時代的一種人民階級，主要成員是商人，部分是工匠及工人。在江戶幕府時代的士農工商身分制度中，是最低的兩級。但在江戶時代中期開始形成獨特的文化，擁有自治的權力。
❹日本戰國時代的豐臣秀吉一族，此處應指豐臣秀賴。
❺江戶時代之前，日本多用「大坂」指稱上町台地的北部，江戶時代之後開始有人使用「大阪」稱之，到了明治時代，「大阪」便成為正式名稱。江戶時代早期，江戶幕府消滅豐臣家的戰爭，戰爭主要範圍在大阪城附近，其中包括發生於一六一四年十一月到十二月的大坂冬之陣以及一六一五年五月的大坂夏之陣，合稱大坂之役。

「下雨了。」

「跟雨沒關係，如果不來的話，就算沒下雨也一樣不會來。」

「呿！」年輕人啐了一聲。

他斜斜瞥了一眼剛剛說「跟雨沒關係」的男人，說：「畢竟是突然下起來的雨啊！」說完還吐了口口水。

「如果他們沒把錢送來，接下來該怎麼辦？」年輕人喃喃說道。

「不就按照當初說的那樣嗎？」

「那可是我們單方面提出的要求啊。」

如此回答的男人望向另外兩個始終不發一語的男人。

「如果不來的話，我們就玩這個女人玩到開心，之後再砍下她的頭，丟到久屋的宅子裡，然後離開這裡。」另一個蓄著一臉大鬍子的男人以冷漠的語氣說道。

「要是他們報官……」

年輕人的眼中突然浮現瘋狂的殺氣。

「他們不會報官的，事先已經警告過他們，如果報官就要殺了這個女人……」

「官差真的不會來嗎？如果來的話，我又可以多殺幾個人了。」年輕人說完，發出神經質的嘻嘻笑聲。

「到現在一共幾個人了？」鬍鬚男問道。

「什麼幾個人？」

「你殺過的人。」

「五個小孩、三個女人，再加七個男人……」年輕人一面數，眼中的殺氣更加瘋狂。

「十五個人吧！每次把這傢伙送進那些人的身體裡時，都會感受到對方發抖的觸感，真是太美妙了！」說到這傢伙三個字時，年輕人用手拍了拍掛在腰間的劍。

「連我的一半都還不到呢！」鬍鬚男不留情面地說道，年輕人的臉都綠了。

「還是以前好，光靠殺人就可以出人頭地了。」年輕人說道。

在這之前一直悶不吭聲的另一個年紀比較大的男人，眼珠子微微地動了一下。

驚！

年輕人的身體瑟縮了一下，腳步也往後退了幾步。

年紀比較大的男人讓視線停駐在年輕人身上，瞪著年輕人，以威嚴的語氣說道：「去加些木頭，火勢一旦減弱，就會馬上熄滅了。」

年輕人連忙把掉在火堆附近地上的三根粗樹枝撿起來丟進火堆裡。

木柴被雨淋得濕透，但一丟進烈焰裡馬上就乾了，轉瞬間便化成火焰的一部分。

樹汁從丟進火堆裡的樹枝中滲了出來，發出霹啪作響的聲音。

這幾個男人穿的衣服早就已經被雨打濕了，緊貼在皮膚上。

但是他們衣服面對火堆的那面卻不停冒著蒸騰霧氣。

火苗的熱氣布料吸入的水氣變成了蒸氣。

「喂，喜八……」鬍鬚男面向年輕人說道。

「你去和藤次換班。」

「現在就要換？」

「快去！和他交換，去監視有沒有人從下面的山路上來，如果官差來的話，你就可以開心地殺個夠了……」

「好的！」
名叫喜八的年輕人大聲回答，從火堆旁飛身離去。
背著大劍的男人在森林中慢慢往右移動。
這次他沒有發出任何聲音。
照剛才男人們的談話聽來，似乎真有一條山路可以爬到這裡來。
只不過，這個背著大劍的男人卻大費周章從沒有路的森林裡摸黑過來。
他似乎打算對這群人採取某種行動。
當他看到對方只剩五個人的時候，就動了起來。
男人靠到離女人最近的地方，慢條斯理地站了起來。
他輕輕抽出繫在腰間的劍。
雨水馬上就打在劍身上，在劍身上凝結出雨滴。
火焰在被雨淋濕的劍身染出一片紅。
男人深吸了一口氣。
厚實的胸膛慢慢往上隆起，又慢慢消了下去。
他行動了。
沙！
腳下的草被踩出了聲音。
他距離第一個男人，也就是站得離女人最近的男人，還有四步。
「喝！」
一靠近那個人，男人的大手立刻持劍往水平一揮。

咻！

劍身劃破了空氣。

那人的頭頓時飛得老遠。

那一瞬間，那顆頭恐怕連自己發生了什麼事都還不知道。

失去頭顱的男人，右手微微動了一下。

看起來像是覺得脖子一帶很癢，想要用手指抓一下，所以才把手伸出來的動作。

然而，鮮血在男人動作前就從他失去頭顱的雙肩噴灑而出，在雨中綻開了。

血和雨水一起落在濕漉漉的地面上。

失去頭顱的身體先是僵直得像個木棍，之後便往火堆裡倒下。

這時，下一個男人的頭顱已經從正上方到下巴整個被垂直切開了。

不過這個男人至少有用眼角餘光捕捉到是誰把自己的頭劈成兩半的。

因為他張到一半就被劈成兩半的嘴角還殘留著即將成形的驚愕表情。

背著大劍的男人單用一隻右手，就砍了一個男人的頭，還把另一個男人的頭垂直剖開。

一般人都會用兩手使大刀。

那絕不是用一隻手就可以揮舞的武器，沒有那麼輕。

但是這個男人用一隻手就可以恣意揮動。

真是可怕的臂力。

第二個被暗算的男人身體往前倒進泥濘中。

紅色的東西從他被切開的頭顱中汩汩地向外湧出。

雨水打在那攤紅色的東西上，變成美麗的粉紅色。

原來是腦漿。
背著大劍的男人背對女人，威猛地站在火堆前，宛如一尊仁王像。
身高六呎五吋五分……大約有兩公尺那麼高。
光身高就令人望而生畏了。
他的身體彷彿是用岩石鑿出來的，脖子很粗。
結實的肌肉從兩隻耳朵以下一路延伸到雙肩，在肩頭上隆起兩座小山。
從小山往下伸長的兩條手臂也同樣結實，上臂最粗的部分或許跟綁在杉樹上的女人腰圍相去無幾也說不定。
厚實的胸膛往前突出，看了甚至會有股錯覺：只要躲在他的胸膛底下，就不會淋到雨了。
腳也很粗。
不但粗，還很結實，看了幾乎會感受到一股暢快。
皮膚的顏色黝黑。
但不是太陽曬出來的小麥色，是本來就偏黑的膚色。
在他那被雨淋濕的肉體上，火焰的顏色明亮的閃動著。
皮膚上到處長滿濕答答、小木棍般的黑色物體。
是水蛭。
三個男人和這個男人就這麼站在火堆的兩端相互對峙。
即使隔著豪雨與烈焰，三個男人依舊可以感受到對面男人的肉體所散發出來的，熱氣一般的東西。
這具強大肉體所散發出來的能量遠超過常人。

這傲然挺立的男人甚至還讓豐厚的嘴角浮現一抹笑意。
三個男人早已拔劍出鞘。
兩個年紀比較大的男人還把重心微微放低。
剩下另一個男人反而把重心提高，就連眼角也吊高了起來。
「你是誰？」鬍鬚男問道。
「萬源九郎……」高大的男人以渾厚的聲音回答。
「是久屋雇你來的嗎？」
「做做生意啊。」自稱源九郎的男人說道。
「彥四郎！」
「大久保！」
兩個男人同時大聲互喊對方的名字，出聲的同時，兩個人的身體也分別往左右兩邊移動。
沿著火堆移動到源九郎右邊的是一臉落腮鬍的大久保，移動到他左邊的是彥四郎。
受到兩人同時發動攻擊的時候，如果猶豫要迎向還是避開其中一方的攻擊，背後就會遭受另一方攻擊。
可是源九郎卻連一秒鐘的遲疑都沒有。
他往右邊移動。
也就是大久保的方向。
只要拉開與其中任一方的距離，就不會同時受到攻擊。
「不會讓你得逞的！」
彥四郎從左邊加速衝上來。

大久保停下了腳步。
然而，就在這個時候，大久保已經進入了源九郎的攻擊範圍。
「喝！」
大久保持劍水平一掃。
在目前這個距離下，大久保只要直接把劍往前砍，應該就會穿過源九郎的胸膛才對。
然而大久保的劍尖只割裂了源九郎胸前約莫一寸的空氣，就往旁邊揮了個空。
因為源九郎穩住了他那巨大的身軀。瞬時而動，也瞬時靜止。
動作之敏捷，讓人無法想像是這麼巨大的身軀做出來的。
源九郎在停下腳步的瞬間，把握在右手裡的劍筆直往下一砍。
雖然只是單手，但是因為他的體型實在太巨大，攻擊範圍比起用兩隻手握劍的大久保還要大。
喀喇！
刀刃同時斬斷肉身和骨頭的觸感從劍尖傳到源九郎的手裡。
源九郎的劍尖就這麼從大久保的額頭埋進他的兩眼之間。
源九郎的背後傳來陣陣殺氣。
脖子上也掠過一陣搔癢感。
身後的彥四郎見機不可失，一刀砍將了過來。
瞄準源九郎的脖子。
就是那道殺氣，讓源九郎覺得脖子癢癢的。
這時要把埋進大久保額頭裡的劍拔出來已經來不及了。
源九郎乾脆把右手的劍丟掉。

鮮血從大久保的嘴巴裡噴射出來，溫熱的身體就這麼傾瀉在源九郎的膝蓋上。
與此同時，源九郎用左手拔出小刀。
他轉身，並將小刀往斜上方一揮。
鏘！
雨中響起了刺耳的金屬撞擊聲，刺眼的火花散落。
源九郎揮開彥四郎砍過來的劍了。
只用一隻手。
他只用一隻手，便揮開了彥四郎用兩隻手再加上全身重量所砍過來的一劍。
那不是常人會有的臂力。
彥四郎和源九郎的位置調換了。
源九郎繼續往前進。
因為剩下的最後那個男人正往女人的方向飛奔而去。
源九郎和那個男人幾乎是同一時間到達女人面前的。
男人把刀伸向女人，用高八度的聲音嘶喊著：「別過來，否則這個女人……」
男人的話還沒來得及說到最後。
兩條手臂「咚」一聲，被源九郎用小刀削了下來。
男人握劍的手就這麼頹然掉落在地了。
在兩個圓形的切口處，白骨清晰可見。
鮮血從那裡「咻」一聲噴了出來，飛濺在女人左邊的乳房上。
「呀啊啊！」女人發出慘絕人寰的尖叫聲。

「真可愛呀。」源九郎讚嘆一聲，一面背對女人調整好站姿。

正打算攻擊源九郎的彥四郎突然一動也不動了。

「啊嘰！啊嘰！」失去兩條手臂的男人，雙膝跪在地面上，發出毫無意義的叫聲。

似乎是想要撿拾自己掉在地上的手臂。

手都已經沒了，當然無法做出撿拾動作。紅色液體不斷從圓形切口溢出，一滴滴落在自己的手臂上。

蒸汽從溫熱的血液裡竄升上來。

然而，無論是蒸汽，還是滴在手臂上的血，隨即都被雨水沖洗得一乾二淨了。

源四郎盯著彥四郎看，目光銳利。

「你只剩下一個人了喔。」源九郎說完，往前跨出一步。

彥四郎後退一步。

源九郎再往前跨出一步。

彥四郎也後退一步。

兩人就這麼圍著火堆一進一退，速度漸漸加快了起來。

彥四郎往後退的腳步聲裡，夾雜著黑暗中傳來的腳步聲。

聽起來像是有人踩著濕答答的泥水飛奔而來的腳步聲。

「你是什麼人？」黑暗中傳來說話的聲音。

兩個男人從彥四郎後面衝了出來，站在他的兩邊。

原來是把風的藤次與正要去和藤次換班的喜八。

看樣子，他們是聽見打鬥的聲音才趕過來的。

兩個人都拔出了刀，擺出備戰架式。

「先抓女的，喜八……」彥四郎說道。

「交給我吧！」喜八踩著泥水，飛也似的衝了過去。

源九郎的視線瞬間移到喜八身上，藤次乘機對他展開偷襲。

說時遲，那時快，源九郎也把小刀往空中一扔。

「女……」

小刀的尖端不偏不倚射進了猴子般衝向女人身邊的喜八後腦勺。

「女人」的「人」字都還沒來得及說出口，嘴巴只做出形狀，射進後腦勺的小刀尖端就從喜八張開的嘴巴裡穿了出來，上面滿是血跡。

但是喜八卻沒有停下腳步。

他繼續往前猛衝，最後一頭撞上綁著女人的樹幹。

女人發出更尖銳的叫聲。

然而，喜八的身體卻沒有落在女人身上。

因為那把貫穿喜八後腦勺的小刀，把他的頭部牢牢釘在樹上。

腹背受敵，手中已經沒有任何武器的源九郎，直接把藤次的頭夾在自己的右手臂腋下。

正當藤次發了瘋似的揮舞著刀子時……

「喝！」

源九郎的右手稍微用了點力。

腋下隨即傳來折斷枯枝般的脆響。

向前屈身、頭被夾在源九郎腋下的藤次，如今臉朝著他正常時候看不到的方向，那就是上方。

彥四郎原本還打算偷襲赤手空拳的源九郎，此刻卻像是被施了魔法，一動也不動地望著源九郎。

這時，他似乎總算明白自己惹上的是什麼樣的怪物了。

「你逃命去吧……」源九郎說道。

「看到逃命的傢伙，我是不會窮追猛打的。」

此時，藤次的頭還夾在源九郎的腋下，身體卻開始跳起奇妙的舞蹈。死亡之舞。

在一陣短暫的痙攣之後，藤次的身體突然僵直，然後再也不動了。

雨水毫不留情地打在頭依舊夾在源九郎腋下，臉卻仰向天空的藤次臉上。

「嗚……」

彥四郎開始往後退了。

源九郎把手放開，藤次便仆倒在地。

他的臉卻還是凝視著雨水落下的陰暗天空。

這時——

原本作勢要後退逃跑的彥四郎突然改變了方向。

他突然繞過火堆，往女人的方向衝了過去。

他用眼睛測量過源九郎和女人的距離，以及自己和女人之間的距離後，認為自己可以比源九郎先到達女人身邊，所以才採取行動。

「喂！」

源九郎向彥四郎出聲。

在出聲的同時，源九郎那巨大的身軀在空中輕盈地飛了起來。

女人和源九郎之間，隔著熊熊的烈焰。

源九郎若跟在彥四郎的身後追趕，或從另一邊繞過火堆，彥四郎都會比他先一步趕到女人身邊。

沒想到源九郎選的是最短的距離。

源九郎一提氣、一抬腳，便跳入火焰中了。

他在空中把手伸向背上那把大劍的握柄，不費吹灰之力地便把劍給拔了出來。

然後把左手放在握住劍柄的右手底下。

源九郎的身體浮在空中最高點的時候，他用兩隻手握住那把雙面刃的大劍，由上往下一劈。

大劍的重量看起來至少有普通大刀的三倍。

它倏地加速，劃下圓弧。

聽見源九郎喊聲的彥四郎跑到半路回頭一看。

眼角餘光捕捉到源九郎輕盈飛舞在半空中的姿態。

嗡！

大劍發出鈍重的聲響，朝彥四郎的頭上垂直砍下。

彥四郎的臉頰抽動了一下，連忙把拿在手裡的刀往頭上一擋，藉此保護自己的頭部。

左手扶在刀背上。

這時，源九郎的大劍從空中落下，悠然砍在彥四郎的刀子上。

它一路砍到彥四郎最下面的那根肋骨，才終於停下來。

刀、頭、脖子、胸部等等，一切都漂漂亮亮變成了兩半。

彥四郎往前趴倒在自己掉了滿地的內臟上，發出一陣悶響。

右手握著那柄大劍的源九郎，看見女人正從喜八的兩腿之間望著自己的臉。

源九郎把那柄沉重的大劍往肩膀上一扛。

刀刃就貼在脖子的後面。

他再把左手往上抬，手腕擱在左肩上方，與肩膀平行、向上突出的刀刃上。

跟稻草人一模一樣的姿勢。

「我說……」源九郎一面走向被綁在樹上的女人，一面朝著女人說道：「姑娘，妳的貞操還在吧？」

他笑了。

那是一抹非常親切的笑容。

在黝黑臉龐上不經意露出的兩排潔白牙齒，令人印象深刻。

像是要讓女人安心一樣，他還用稜角分明、看起來十分堅硬的下巴朝女人點了一點。

這時，突然有個非常尖銳，宛如哨子般的聲音，壓過了雨聲，劃破天際。

「嗯……」

源九郎抬起頭來往上看。

在天空厚厚的雲層裡，出現了一個撕裂黑暗，發出強烈光芒的東西。

那團金綠色光芒宛如一柄巨大的利刃，拉著長長的尾巴，從漆黑的天空中迅速劃過。

那團光芒在杉林的盡頭消失之前，突然分裂成好幾束光芒，四散在夜晚的天空中。

在杉林的阻隔下，很快地，所有的光芒都看不到了。

過沒多久，從第一道光芒消失的方向，傳來了地鳴般的低沉聲響。

2

四個人類走在下著大雨的杉林裡，沿著一條平緩的上坡小徑往前走。

雜草把小徑的路面都給遮住了，如今小徑成了一條蜿蜒的小溪，奔騰的泥水沖刷著石頭和樹根。

似乎每次下雨的時候，這裡就會成為水道，很多地方都有被水深深掘過的痕跡，以及形成溝渠的地方。

可說是條寸步難行的小徑。

時值夜深。

走在最前面的男人和走在最後面的男人手裡都拿著火把。

可能是事先浸染了非常多的油脂吧，所以火把的火勢在雨中依舊不衰。

走第二個的，是一個女人。

第三棒是個男人，背上還背著好幾根火把。

因為有用涉紙❻包起來，所以男人背上的火把幾乎都沒有被雨水打濕。

看樣子，這一行人是一點一點使用這個男人背上的火把，才一路走到這裡來的。

無論是男人還是女人，都像是一般的町人。

男人們也只有在腰際佩帶一把短刀而已。

❻塗上柿核液的黏合紙。

每個人頭上雖然都戴著斗笠、身上也穿著蓑衣，但是全身上下幾乎都濕透了。所幸隨著時間過去，雨勢似乎有收斂的趨勢。

「伊吉……」

女人叫住走在前面的男人。

「什麼事？」男人回過頭來答道，然後又把臉轉回去，繼續往前走。

沒想到，他是個上了年紀的男人。

應該是四十後半，接近五十歲的年紀了。

在火把的映照下，依稀可以看見其塞在耳後的頭髮，已經夾雜著一些白髮了。

然而腳步卻是出人意料地穩健。

男人用火把照著跟在後方的女人腳下，如果看到有擋路的樹根或石頭、水溝，都會一一地提醒女人要留意腳步。

「我想跟你討論一下剛才那個。」女人說道。

從聲音聽來，女人應該是十七、八歲，頂多二十出頭的年紀。

「妳說那個嗎？」被女人喚作伊吉的男人，頭也不回地答道。

他稍微把嗓門放大了一點。

因為有敲打在斗笠上的雨聲，如果不說大聲一點的話，後面的女人可能會聽不見。

女人口中的那個，就是剛才劃破夜晚天空的某種發光物體。

那是從斜上方往下掠過，穿雲過霧的一道光芒。

那道光芒在途中分裂成無數的光束，往四面八方散開。

其中最大的一道光束在分裂時，沒有改變原本的走向，筆直往前飛去，墜落在前方山谷裡的某個地方。

以上是發生在大約一個時辰以前的事。

「你覺得那個到底是什麼東西？」女人問道。

女人的頭髮上，插著一根紅色的簪子。

像是用珊瑚之類的材質做成的簪子。

「誰知道呢……」伊吉也露出不解的神情。

「在這之前，我也看過好幾次流星，不管是大顆的流星，還是小顆的流星。但是，那個和我看過的流星都不一樣。」女人又說。

「既不是流星，也不是鬼火，到底是什麼呢？」

「它有發出聲音。」

「嗯。」

「非常尖銳，宛如鋼笛一般的聲音。」

「我也有聽到。」

「光的顏色也是我從未見過的顏色，比螢火蟲的光芒還要來得強上許多……」

「是的。」

「伊吉，你以前有看過那種東西嗎？」

「沒有呀！」

「……」

「我至今看過各式各樣的顏色，像是房子失火的顏色、打鐵的赤紅色、人的頭髮燒起來的顏色，就連人的骨頭燃燒時的顏色我也看過。」伊吉喃喃自語似的說道。

「骨頭？」
「是的。我甚至還看過幻術師所使的那種妖異火光的顏色。」
「那些顏色都跟剛才那個不一樣嗎……」
「是的，燃燒的東西不同，火焰的顏色也會不一樣。」
「也就是說，剛才那個發出光芒的東西，是伊吉從來沒有看過的東西呢！」
「可以這麼說。」
聽見伊吉這麼回答，女人大大吐了一口氣。
似乎是在調整自己的呼吸。
他們是一邊走、一邊交談的，所以女人的呼吸有點紊亂。
「我還以為伊吉什麼都知道呢！」女人有點失望地說道。
「沒有這回事，在這個天地之間，有太多的事情是我們無從得知的。」
「伊吉也有很多不知道的事情嗎……」
「不知道的事情要比知道的事情多太多了。」
「聽起來有點淡淡的哀傷。」
「為什麼這麼說？」
「人是在什麼都不了解、不知道的情況下邁向死亡的，不是嗎？」
「不過，我認為一定也有一些事情是不知道比較好的喔。」
「例如什麼？」
「例如人的命運。」
「命運？」

「如果知道明天會發生什麼事，那麼明天就沒有繼續再活下去的必要了。」
「……可是，如果知道明天就會死掉的話，那麼不就會更珍惜每一個今天嗎？」
聽到女人這麼說，伊吉微笑了一下。
「小舞小姐，大家都是因為不知道明天會發生什麼事，才能夠活下去的啊。更何況……」
「更何況？」
「更何況不管知不知道，每個人明天都會死掉的。」
「明天？」
「我的意思是說，人總有一天都要面臨死亡的命運，只是人平常都會忘記這一點啊。」
「……」
女人沉默了下來，於是四個人繼續沉默地在雨中前進。
似乎終於走到山脊上了。
雖說是山脊，四周還是被蓊鬱的杉林所包圍。
他們只能從「腳底下的小徑是慢慢往下延伸」這點判斷自己已身處山脊。
森林底下的斜坡上長滿了羊齒蕨。
「雨似乎小了很多呢！」伊吉說道。
雨勢的確已經減弱了。
走著走著，雨勢繼續縮小成濛濛細雨，最後終於變成飄蕩在森林裡的霧氣，宛如銀色的絲綢一樣。
暴風雨已經遠離。
接下來在半個時辰也不到的時間裡，就連霧氣都散去了。

「哦！」抬起頭來往上看的伊吉停下了腳步，發出聲音。
女人也停下了腳步，抬頭往上看。
抬起頭來，可以看到劃破雲層，宛如黑色深淵的天空。
而在那天空的一角，出現了一道彷彿撕裂傷的缺口。
在漆黑的天幕上，有星子閃爍。
雲以極快的速度流動著。
看得出來，那朵雲是一面改變著自己的形狀一面移動的。
月亮似乎就在附近，在造成那道撕裂傷的雲層邊緣，閃爍著藍色的銀光。
伊吉再次邁步往前走，但是才走沒幾步，馬上又停了下來。
停在一塊巨大的岩石前方。
不同於上一次，他這次腳步停得又急又猛。
走在後面的女人輕輕撞上了伊吉的背部。
伊吉突然把原本拿在手裡的火把扔向前方的黑暗裡。
然後一個飛身，以自己的肉身為盾，和女人一同撲倒在岩石的後面。
咻！
他們聽見某種物體撕裂大氣、飛行而過的聲音。
那是某種尖銳的金屬通過剛才女人所站之處的聲音。
「哇啊！」
後面傳來了尖叫聲。
握著火把的男人把下巴往上抬得高高的，一隻手在空中狂揮亂舞，身體轉了一圈。

男人的下巴底下插著一根黑色的金屬棒。

是手裡劍的握柄。

男人在倒下之前把手裡的火把給扔得遠遠的。

因為拿著火光就會成為攻擊者的絕佳目標。

從後面數過來的第二個男人早就已匍匐在地。

「居然被你躲過了，才藏……」

從黑暗的某個角落裡，響起一個男人的聲音。

「才藏？」伊吉問道。

「那不是你的名字嗎？」回答的聲音裡帶著微微的笑意。

「在下是諏訪地區一家藥材行的主人，敝店名字是『辰巳屋』，在下叫伊吉，不是什麼才藏。」伊吉一面回答，一面脫下蓑衣。

「如果你只是個區區的藥舖主人，怎麼可能會發現我們的存在？又為什麼要把手裡的火把丟掉？」

「不是的，在下只是不小心跌倒，火把才會從在下手裡飛了出去。」

伊吉扯了一個三歲小孩都不會相信的理由。

「這麼深的夜裡，你為什麼會帶著一個女人翻山越嶺？可不要告訴我你迷路了……」

「就是這麼回事。」

伊吉若無其事地繼續扯謊。

「呵呵！」黑暗中傳來了低沉的笑聲。

沙！

沙！

沙！

空氣中翻湧著好幾個人在森林裡移動的氣息。

似乎是要把伊吉他們包圍起來。

「有意思，我就看你怎麼繼續鬼扯下去……」那嗓音再度響起。

看樣子，聲音的主人是在爭取時間，讓包圍行動順利進行，才不會讓伊吉他們逃跑。

伊吉卸下了身上的重裝備。

他脫下自己的蓑衣讓女人穿上，不是從背後披上，而是從肚子的地方圍上。

接下來只要知道敵人埋伏在哪裡，就可以馬上採取行動了。

他數著飄散在空氣中的氣息。

一個、

兩個、

三個……

再加上聲音的主人，最少也有四個人。

問題是，聲音的主人到底躲在哪裡？

「怎麼啦？」那嗓音又響起了。

——在上面嗎？

伊吉抬起頭。

就在那一瞬間，對方又出聲了：「我在這裡。」

聲音是從前面傳來的。

草地上有道火焰還在燃燒，當中無聲無息著站著一道黑影。
「嗶——！」伊吉口中發出尖銳的口哨聲。
他同時擺動右手，一道白色的金屬光從他的指尖射向黑暗中。
並不是朝前方的黑影射去。
而是朝著前方的左手邊的斜上方射去。
然而……
之後就沒有後續了。
沒有任何聲音發出。
既沒有射中樹枝或樹幹的聲音，也沒有掉在哪個草叢裡的聲音。
出現在前方的影子並非實體。
伊吉瞬間做出這樣的判斷，所以才把針往上面射。
然而，聲音的主人卻在空中接住了他的針。
不是用袖子或其他東西接住，就是直接用手接住。
對方並不是普通的對手。
「庄助……」伊吉壓低聲音喚道。
「在。」被喚作庄助的男人在後面點了點頭。
然後悄悄從後面塞了一個東西到伊吉的旁邊來。
是剛才那個遭到暗算的男人屍體。
「借用一下長太的力量吧！」
「也好。」

「才剛死沒多久，還提著一口氣，應該還可以用。」

伊吉從懷裡拿出一根針，把針尖抵在那個名叫長太的男人後腦勺上。針插了進去，發出咻的一聲。

然後再拿出一根針。

第二根針插在脖子上，而且插得淺淺的。

就在這個時候，長太的身體微微動了一下。

「啊！」女人倒抽了一口涼氣。

不過她捂住了自己的嘴巴，所以沒有發出聲音來。

「還不行。」

伊吉從上方壓住那具身體。

包圍網正逐漸縮小。

從周圍的黑暗中散發出來的壓力有增幅的趨勢。

「一共五個人嗎？」伊吉問道。

「如果只是這樣的話……」庄助回答。

「往右邊。」伊吉說道。

「好。」庄助點點頭。

意思是往右邊逃，這是兩個人進行確認之後的結論。

既然被包圍了，就表示不管往哪邊逃，都勢必會跟敵人正面衝突，既然要正面衝突的話，當然還是選擇人數比較少的那邊。

帶著女人，是沒有辦法在夜晚的山裡順利逃脫的。

既然如此，只好把對方撂倒，否則斷無生機。

突然間，一道藍色的光芒從天空靜悄悄地落了下來。

原來是月光。

雲層被劃出一道大大的缺口，滿月從缺口露出臉來。

被雨淋得濕漉漉的森林下方的草地發出藍色的光。

空氣十分澄淨。

就連萬物的影子都可以看得清清楚楚。

伊吉把長太脖子上的針插進更進去了一點。

就在這個時候——

長太的身體突然大大痙攣了一下，然後便站起來，從石頭後面跳了出來，踢開濕淋淋的草，奔馳在月光下。

肩膀和腰部都大幅度晃動著。

以一種非常僵硬的姿態奔馳。

咻！

咻！

咻！

撕裂空氣的聲音響起，長太的身體隨之長出了無數的長條形突起。

那是如雪片般飛來的暗器打在長太身體上。

然而，長太的腳步並沒有因此而停下來。

一旁樹蔭底下突然出現一道黑色的影子，朝長太的身體衝撞過去。

長長的金屬刀鋒劃過長太的背，朝月光之中斜去。
長太帶著那道影子走了幾步。
然後突然停下了腳步。
往前仆倒。
黑色的影子慌忙跳開。
肉片四散紛飛。
在那瞬間，長太的身體「砰」一聲爆炸了開來。
黑色的影子閃避不及，如玩偶般被拋向空中。
爆炸的同時，伊吉和庄助從岩石後面拔足狂奔。
伊吉背著那個女人。
速度快到讓人無法想像他的背上還背著一個女人。
他把左手繞到背後，支撐著女人的體重，右手握著已出鞘的小刀。
沙沙沙！
周圍黑暗裡的人也採取了行動。
愈來愈多的暗器破空而來。
鏘！
鏘！
伊吉一邊跑，一邊用小刀擋下從四面八方飛來的暗器。
庄助也用他的小刀擋下了手裡劍。
雖然也有幾把手裡劍射中伊吉背上的女人，不過都沒有深入肉體，馬上就掉落地面了。

看樣子，裹在女人身上的蓑衣裡藏了什麼堅硬的東西。
爆炸的攻擊已經摺倒了一個敵人。
還剩四個。
在拔足狂奔的伊吉面前的草叢裡發出了「沙」一聲。
一道黑色的影子彷彿從地底竄出，劍尖朝上，由下而上挑來。
「什麼?!」
伊吉不但沒有放慢速度，反而還加快速度跳了起來。
鏗鏘！
伊吉的右腳底下發出了尖銳的聲音。
原來他用右腳的腳底擋下了原本朝著自己的兩腿之間刺入的劍尖。
看來，他腳上蹬的那雙草鞋裡似乎還編入了金屬片。
跳起來的瞬間，伊吉也把握在右手裡的劍往下一揮。
噗刺！
一劍就把影子的頭由後往前切開。
——兩個了。
伊吉數著人頭。
這時，正後方傳來了一個聲音：「呃啊！」
那是肚子或胸部被利刃貫穿的人所發出的聲音。
並不是庄助的聲音。
——三個。

還剩下兩個。
下一個男人是從旁邊發動攻擊的。
伊吉背著女人經過一棵杉樹的時候，一把劍突然從樹幹的陰影底下刺了過來。
劃過伊吉肚子前方幾公分的空間。
伊吉放慢速度，讓那把劍刺了個空之後，再用力地把那把劍打掉。
那把劍和兩條手臂一起掉在地上。
「嘿咿！」
失去兩條手臂的男人朝伊吉踢出一腳。
正對著伊吉的臉。
「嘖！」
伊吉用刀把那隻腳往旁邊一揮。
整隻腳踝應聲飛了出去。
它飛向男人冒出來的樹幹，撞擊之後掉落在地。
空氣中充滿了令人作嘔的血腥味。
男人繼續用已經失去腳踝的那隻腳踢過來。
伊吉也再度用刀揮開。
這次是膝蓋以下的小腿掉在地上。
在那一瞬間，男人繼續以剩下的一隻腳跳過來。
真是驚人的執念。
男人用跳過來的腳瞄準伊吉的兩腿之間展開攻勢。

伊吉這次沒有與對方硬碰硬，就只有往後退一步。

男人的身體掉落在草地上，雖然想要再爬起來，但是已經再也爬不起來了，只能瞪著伊吉，齜牙咧嘴。

他咬合的上下兩排牙齒鬆開了。

「呼……」男人從嘴裡吐出長長的一口氣。

在這之前，他一直是屏住呼吸在跟伊吉戰鬥的。

如今吐出這一口氣，表示男人的大限也到了。

「呼……」

男人仰倒在地上，慢慢吸氣，再把氣吐出來。

吐出這口氣的時候，終於轉變成悲鳴與呻吟。

「喔！啊啊啊啊──！」沒有意義的叫聲。

可能是錐心的痛楚正在男人的全身上下流竄吧！

──還有，一個人。

伊吉把頭往後轉。

庄助就站在月光下。

彷彿是在打招呼似的，他面朝伊吉，頭往前低下。

雖然低著頭，臉卻是正對著伊吉的。

他望著伊吉。

庄助的頭部長出了像是角的東西

是刀的握柄。

銀色的刀刃從庄助的下巴底下穿出。
刀刃的尖端插在土裡。
從庄助下巴流出的鮮血，宛如紅色的小蛇一般，沿著銀色的刀刃，涓涓滴滴地往下流。
「庄助！」伊吉叫道。
庄助望著伊吉，張開嘴巴。
鮮紅的血液，從他張開的嘴巴裡泉湧而出。
垂直貫穿他口中的金屬，在月光的映照下，閃爍著白色的光芒。
咻的一聲。
庄助的頭順著刀刃往下滑落。
死了。
背上傳來女人簌簌發抖的震顫。
沙！
頭上的杉葉發出了摩擦的脆響。
抬頭一看。
頭上的樹梢之間閃過一隻怪鳥的黑影，遮住了月光。
黑影輕盈地從這棵樹移動到那棵樹上。
速度並不快。
它是慢慢地在離地二十呎以上的空間中移動。
剛才在空中接住伊吉所射出之針，以及發出聲音的人，或許就是這隻怪鳥。
伊吉把女人放下來。

把背靠在其中一棵杉樹的樹幹上。

他改用兩手握刀了。

輕飄飄地浮在半空中的黑影，此時正盤據在伊吉靠著的那個樹幹上。臉朝下。

倒掛在樹幹上。

男人有宛如鋼鐵一般的皮膚。

臉部線條異樣纖細。

男人非常瘦，但他給人的印象卻不是用瘦這個字可以形容的。

因為男人的頭蓋骨本身就長得細細長長的。

只有眼睛異常地大。

巨大的黑眼球閃爍著濕漉漉的光芒。

幾乎整顆眼球都是黑眼珠。

「有一套呢！才藏……」倒吊著、臉朝下的男人發出和著泥水般的低沉聲音說道。

嘴巴張得大大的。

從他張開的嘴巴裡，滑出了某樣東西。

眼看就要落在抬頭看著男人的伊吉臉上了。

在那樣東西落到自己臉上的前一刻，伊吉用左手抓住。

原來是針。

而且是伊吉剛才射出去的針。

「我聽說伊賀有個會飛在半空中的男人。」伊吉說道。

「鼯鼠的半助——是叫作這個名字吧？」伊吉抬頭望著那個男人的臉說道。

「霧隱才藏——我也聽過這個男人的事蹟呢。聽說那個男人是一個很會用針的傢伙，剛好跟你一樣啊……」

「哦？」

「我是來取那邊那個女人的性命的。」半助說道。

「為什麼？」

「理由你應該早就知道了吧！那個女人身上流的血跟德川⑦可是世仇。」

「想要她的命，除非踩著我的屍體過去。」

「既然如此，我只好先殺了你……」

話還沒說完，半助的身體便以頭下腳上的姿勢「咻」一聲沿著杉木的樹幹滑了下來。

「嘖！」

伊吉——才藏的劍瞄準迎面而來的半助的臉掃了過去。

劍尖在空中砍了個空。

因為半助的身體途中便離開了樹幹，輕飄飄地浮在半空中。

半助的身體朝女人飛了過去。

「什麼?!」

才藏加快了腳步。

我只好先殺了你……半助說是這樣說，但是他攻擊的對象一開始就是女人。

「趴倒！」才藏邊跑邊說。

女人立刻往前趴倒。

半助手中的利刃砍在往前臥倒的女人背上。
砍到的部分很淺。
他下手很重。
不過，從被切開的蓑衣上落下的稻草卻只有一點點。
當才藏趕到女人身邊的時候，半助的身體已經飛舞在半空中了。
「快逃！」
才藏牽起女人的手，開始往前跑。
半助在半空中追著兩人。
他們奔跑著。
他也飛馳著。
在追逐的過程中，才藏兩度用自己的刀擋住了半助從空中砍下來的利刃。
他們朝森林深處跑去，發現那裡有一道光芒。
既不是黃色的，也不是綠色的，而是帶著朦朧燐光的光芒。
——那是什麼?!
才藏心想。
敵人嗎？
無從分辨。
或許是已經超脫了敵人或朋友這種分類法的現象也說不定。

❼指日本戰國時代的德川家康一族。

不過——

如果是敵人的話，就必須改變方向才行。

才藏卻繼續往那個方向奔去，彷彿是受到那束光線的吸引一樣。

女人也和才藏一起往那個方向奔去。

奔向那道彷彿會將魂魄吸走的光芒。

「好厲害……」女人屏住呼吸，喃喃自語。

似乎就連魂魄都染上了那道光芒的顏色。

她甚至開始懷疑起來，自己真的是用這雙眼睛看到那束光芒的嗎？

不知不覺間，周圍竟如白晝般明亮。

天空變得好開闊，月光彷彿打翻的銀瓶，從藍色的天空緩緩流洩開來。

走出森林了嗎？……

看樣子似乎不是這麼一回事。

是樹倒了。

而且全都是朝著同一個方向傾倒的。

彷彿有什麼巨大的東西，從右手邊的天空一角掉下來，把森林裡的樹木全都給撞倒了。

才藏的腦海中浮現出剛才看到的那一個巨大的發光體。

月光之外的某種光線把周圍照得矇矇亮的。

「到底是什麼?!」才藏一面躲在傾倒的樹木底下，一面呻吟般地說道。

——這到底是怎麼一回事?!

月亮懸浮在藍色的夜空中，映照著這一幅異樣的光景。

另一方面，半助也飛舞在那片天空裡。

不過他似乎也被眼前這片異樣的光景奪去了注意力。

從半助的高度，肯定可以看見這片傾倒的樹木所指的方向有什麼東西。

「那是船嗎……」頭上傳來半助喃喃低語的聲音。

船⁈

才藏在心裡反芻這個字。

在這種深山的森林裡居然會有船⁈

才藏一邊想，一邊往杉木傾倒的方向前進。

好幾百棵的樹全都倒向同一個方向。

在那個方向的盡頭，似乎有一個很大的洞。

洞裡有一個散發朦朧燐光的東西。

那就是從天外飛來的那個東西。

才藏感覺到自己全身上下的寒毛一根根豎了起來。

就連周遭的空氣，也彷彿變成另外一種東西。

它們彷彿帶有磁性，在皮膚上劈哩啪啦作響。

到這個時候，才藏才終於發現一點。

燐光的強度是一直在變化的。

有時候比較大，有時候比較小。

燐光正在反覆進行膨脹與收縮。

不知道是不是他的錯覺，燐光膨脹與收縮的頻率似乎變得愈來愈快了。

宛如生物反覆進行的呼吸一樣，也很像心臟的跳動。
女人停下了腳步。
因為穿在她前面和後面的蓑衣都被傾倒的樹枝勾住了。
「拿不下來啦！」
就在女人這麼說的時候，半助突然從天而降。
「休想得逞！」
才藏面向從天而降的半助，踢了一下地面。
跳躍起來。
兩個人的肉體在半空中互相撞擊。
鏗鏘！
彼此手中的武器與對方的武器撞擊，發出了刺耳的尖銳噪音。
這時，女人終於擺脫了樹枝的糾纏。
幾乎要降落到地面的半助身體，馬上又飛上了半空。
原來半助是在雙手與雙腳之間張開布，藉此飛翔在半空中的。
不對，並不是張開布，是他身上的衣服原有的設計。
才藏握著小刀的手中還殘留著與半助兵刃相接時的觸感。
對方拿著一把非常鋒利的劍。
只不過，那把劍的攻擊力道卻是出乎意料的輕。
才藏知道原因出在哪裡。
那是因為半助本身的體重就很輕。

差不多只有五、六歲的幼兒那麼重吧！
而且非常瘦。
彷彿是為了要穿著那一身衣服在半空中飛翔，所以才長成那樣的骨架。
半助在空中轉身的時候，突然失去了平衡感。
因為他左手底下的布被劃開一道長長的裂痕。
空氣從那裡跑掉了。
「真有你的呢！才藏。」半助說道。
就在這個時候，女人開始往前移動了。
「等一下！」
雖然才藏加以制止，但是女人卻沒有要停下來的意思。彷彿著了魔一般，她慢慢往前走去。
半助打算從女人的上方發動攻擊。
可是卻沒有辦法按照自己的意思行動。
「可惡！」
半助露出了放棄的表情，降落在傾倒的樹幹上。
他想要衝向那個女人，卻被才藏擋住了去路。
「伊賀的半助，要不要跟我較量一下啊？」才藏說道。
「好啊！」半助回以一笑。
他右手握著短劍，整個人趴在倒木上，改用四肢爬行。
水汪汪的巨大眼球直盯著才藏。
「霧隱才藏有一身令人聞風喪膽的好武藝，但那也已經是過去的事了，現在那身技藝應該都已經生鏽了吧……」半助一面說道，一面以雙手雙腳撐住地面，把背用力往上拱起。
就像貓一樣。
「喝啊！」
他咆哮著。
同時展開行動。
並非朝著才藏而來，而是往一旁移動。
拱起的背倏忽伸直，宛如蜥蜴一般地沿著樹幹往底下鑽。
一下子便不見人影了。
卡沙！
有聲音。
就在才藏的右側。
一道金屬色的疾光從右側的樹下閃過，沿著樹幹的表面直去。
要是沒有注意到的話，腳踝肯定已經被砍成兩半了。
才藏往上縱身一躍。
當然，對方早就猜到他會往上跳，所以剛才那只是第一道攻擊。
才藏也知道他接下來會採取什麼攻擊。
對方肯定會算準自己著地的時間，同時發動攻擊。
果然，當才藏甫一落地，半助就一劍砍了過來，時間算得可以說是分毫不差。
鏘！
半助砍過來的劍發出金屬撞擊聲，硬生生在停在半空中。

才藏在著地的前一刻，已經先把手中所持的小刀插在倒木的樹幹上，再把腳踩在小刀的握柄上，以此著地。

在對方收回攻擊自己的劍之前，才藏先發制人。

他站在自己的劍上，跳了起來。

在那一瞬間，他已在空中把自己的劍從樹幹裡拔了出來。

咻咻咻！

一團黑影從樹幹底下爬了出來。

果然是半助。

半助的身體朝著地在另一個地方的才藏衝了過去。

兩個人短兵相接。

鏘！

鏘！

彼此的武器撞擊出火花。

才藏大吃一驚。

半助揮劍速度之快，讓他感到意外。

在兵刃與兵刃互相碰撞的瞬間，半助便往後一個翻身，開始發動下一波的攻擊。

在兩人纏鬥不休的過程中，燐光愈來愈強。

而且光線忽強忽弱的幅度也變得愈來愈大了。

光線強的時候幾乎可以製造出清晰濃密的影子。

女人也已經前進到洞穴的附近了。

彷彿被什麼東西給催眠了一樣，她全身沐浴在那道光線裡，一步步靠近洞穴。

臉上浮現出恍惚的表情。

只不過，從才藏站的位置，其實看不見女人臉上浮現出什麼樣的表情。

頂多只能看到女人的背影。

就連背影，也得在戰鬥時占據適當的位置才看得到。

如果硬要讓視線往女人的方向看過去，當然也是看得到，但是下一個瞬間，半助的刀子可能就會插在自己身體的某一個地方上了。

「擔心嗎……」半助語帶挑釁地說道。

「在那個洞穴裡到底有什麼東西，我也還沒見識到。」半助一面說，一面揮劍砍將過來。

「呿！」

才藏改用右手握住原本用兩隻手握著的劍，空出左手來，然後把手伸進懷裡。

「你想做什麼？」半助語帶譏嘲，咧嘴笑道。

「哎呀！那個姑娘掉進洞裡去了……」半助說道。

「什麼！」

才藏立刻看向女人那裡。

女人正站在洞穴的邊緣，打算往洞裡看去。

才藏再度把視線拉回來的時候，正好看到半助的劍朝自己的臉飛射而來。

鏗鏘！

才藏用左掌把那把刀擋了下來。

更正確地說，才藏是用懷裡取出來、握在左掌中的針擋下了對方的攻擊。

只不過，掌心還是稍稍受了點傷。
趁對方把刀收回去的瞬間，才藏把握在左手裡的針扎在自己的右肩上。
那一瞬間，才藏的右手以極為驚人的速度動了起來。
半助偷襲才藏之後，馬上往後縱身一翻，又揮過來一劍，卻被才藏的右手重重彈開了。
不只彈開半助的劍，它還砍向了半助的臉。
這重重的一劍在半助的額頭到臉頰間劃出一道垂直裂痕，他右眼巨大的眼球也在劍的路徑上。
血從那道裂痕裡咻一聲噴了出來。
然而，半助卻沒有閉上眼睛。
只有往後跳一大步。
「飛燕孔嗎……」半助喃喃低語。
「飛燕孔」指的是才藏用針扎在自己身上的那個穴道的名稱。
把針扎在那個穴道上，可以讓那一帶的肌肉動作加速。
只不過，這麼做會對肌肉造成非常大的負擔，一旦時間拖得太久，肌肉本身便會受到破壞。
「那個女人快要掉下去囉……」半助繼續圓睜著大眼說道。
可是這次才藏沒有再移動視線了。
他反而朝半助直衝過去。
「嘎！」
半助發出怪鳥一般的叫聲，飛向半空中。
他先跳到旁邊的樹枝上，再利用樹枝的反作用力，把自己送到更高的夜空中，沐浴在皎潔的月光下。

這時，才藏才終於得以把視線往洞穴的方向望去。
什麼都沒有。
女人不見了。
女人剛才站的地方已經沒有半個人影。
「嘎啦！嘎啦……」
空中傳來半助的聲音。
半助把兩隻手和兩條腿都張得開開的。
血從他的臉上滴下來。
咻一聲，他的身體轉成和地面平行的角度，開始朝洞穴的方向滑行而去。
只可惜衣服破掉了，飛行的高度降得很急。
他就快要撞上在傾倒的樹幹上拔足狂奔的才藏了。
突然間……
在半助亟欲飛往的前方，洞穴裡發出了巨大的光芒。
那是一團非常強烈的光芒。
宛如巨大的泡沫一般，從洞穴裡滿溢了出來，冷不防朝著天空垂直噴發。
形成令人幾乎目盲的巨大火柱。
下一瞬間，化成堅硬固體的空氣與爆炸聲一起撞擊上了才藏的身體。
才藏看見半助的身體宛如樹葉般飛舞於天空之中。
然後是月亮。
才藏望向腳尖，看見了月亮。

自己的身體正被一股強烈暴風吹到天上。
月亮從身邊一閃而過，一轉眼就看不見了。
不光是月亮而已。
視野裡的一切景物全都消失了。
他的背部狠狠撞擊在一塊堅硬的固體上。
才藏的意識陷入了一片黑暗。

第一章　小申

1

天氣晴朗。
天空藍得望不見一片雲。
只有遠處一抹白色的雲絮慢慢往東流去。
地點是在遠離村落的道路上。
道路的兩旁是稻田。
正要開始轉黃的稻穗迎風招展，空氣裡充滿了稻子的香氣。
風中聚集著無數的秋赤蜻。
也就是俗稱的紅色蜻蜓。
抬頭仰望，在那片蔚藍晴空的深處，一直到又高又遠的風中，都還可以看到秋赤蜻紅色的身影，宛如紛飛的紙屑一般。
路旁有柳樹、有一叢一叢的野菊、以及盛放的敗醬草。
一陣輕風徐來，還可以看見蘆荻搖曳在風中的姿態。
——中仙道。
位於赤坂村的村外。

有一些旅人稀稀落落往來其間。

有賣藥的、有夫婦相伴、有町人、有武士等等。

各自以各自的步調行走於風中。

一個男人混雜其中，悠然朝東方前進。

看上去是個浪人。

年紀大約三十出頭左右。

身材非常高大。

總之就是個長手長腳的巨漢。

走在路上的行人個個都矮他至少一個頭。

男人身上穿著一襲綯巴巴的袴，袴上沾滿了旅途上的塵土。

經過這條路的行人每個都忍不住回頭看這個男人一眼。

男人的膚色黝黑。

腰間隨興地插著兩把大小各異的刀，就好像小孩子插了兩根木棒在身上一樣。

上衣沒有袖子。

並不是只有一邊沒有袖子，而是兩隻袖子都不見了。

但是那件衣服看起來原本應該是有袖子的，似乎是被這個男人故意扯下來。

可能是因為天氣太熱、行動不便、或者只是單純地覺得礙事之類的。

因此，兩條宛如木頭一般粗壯的手臂全都露了出來。

男人頭上頂著一頭宛如稻草一般的亂髮。

頭皮屑多到彷彿用手輕輕一撥，就會下起雪來的樣子。

看樣子似乎是個不修邊幅的男人。

脖子也異於常人的粗。

下巴的線條宛如用岩石鑿出來一般的剛硬，上方則有豐厚的嘴唇。

眼睛很大，而且是非常迷人的雙眼皮。

如果不是鼻子微塌的話，真可以歸類成一個美男子。

然而，這個男人臉上，卻有著不可思議的詼諧感。

即使擺出嚴肅的表情，似乎也還殘留著微笑的痕跡。

小孩子就算突然看到這個線條剛硬、身材魁梧到宛如巨人的男人，應該也不會嚇到哭出來的。

男人用神遊太虛的眼神，看著天空、看著雲絮、看著稻穗和敗醬草、看著被微風輕拂的蘆荻。

他一面看，一面往前走。

男人經過的時候，停在路旁的草葉或石頭上的紅色蜻蜓紛紛騰空而起，等到男人通過之後，又會一一地回到牠們原來待的草葉或石頭上。

男人也好整以暇地欣賞著蜻蜓的起落，繼續往前走……

萬源九郎。

這就是男人的名字。

源九郎的背後，背著一把巨大的劍。

那把劍的重量看來可抵三把普通的劍。

那並不是日本的劍，而是外國製的劍。

而這個男人身上似乎也流著異國的血液。

因為他的膚色比一般人還要來得黝黑。

似乎承襲了黑人的血統。

一頭亂髮也呈現出自然的鬈度。

而在那頭亂髮裡，插著一根簪子。

源九郎嘴裡咬著不知道從哪裡摘下來的草。

右側的田已經來到盡頭，變成一片草地。

再繼續往前走的話，就沒有人煙了。

在源九郎行進的方向右側，有一棵巨大的松樹。

松樹底下，設置著一尊地藏菩薩的石像，石像前擺著兩個飯糰。

面向地藏菩薩石像的左側，有一塊大小剛剛好可以拿來坐的石頭，石頭上坐著一位老人家。

是一位白髮的老人。

老人的膝蓋上放著一根枴杖，貌似心不在焉地凝視著走在路上的行人與天上的浮雲。

在那位老人身邊，還坐著另一個男人。

另一個人並不是坐在石頭上。

而是坐在草地上。

是一個身形矮小的男人。

年齡大約是四十五歲左右。

長得一臉窮酸樣，臉也有點瘦瘦乾乾的，看起來像是上下兩邊被人輕輕壓扁，稍微有點扭曲變形的臉。

看上去並不是百姓或町人。

但也不像是武士或浪人。

是個不可思議的男人。

源九郎從那尊地藏菩薩前走過。

不經意地望了那尊地藏菩薩一眼，停下了腳步。

「哈哈！」

源九郎咬著那片草葉的嘴巴發出了笑聲。

因為他的視線被飯糰給牢牢吸引住了。

源九郎慢條斯理地走到地藏菩薩跟前，豎起掌心，胡亂拜了一下，然後把含在嘴裡的草放在地藏菩薩的面前，再默默把放在地薩菩薩面前的那兩個飯糰抓了起來，把其中一個放進嘴巴裡。

他一面咀嚼，一面往前走。

背後突然傳來一個聲音：「這位浪人……」

出聲的是坐在草地上的矮個子男人。

源九郎停下腳步，回頭一看。「你是在叫我嗎？」

「在下有一事想要請教閣下。」矮個子男人坐在地上問道。

「呃……我只是肚子餓了而已，而且我有用我嘴巴裡咬的草跟他交換……」源九郎一臉平靜地說道。

「閣下誤會了，我要問的不是這件事。」矮個子男人站了起來。

但是在源九郎面前，站著和坐著其實也沒有什麼太大的差別。

「不然是什麼事？」

源九郎把第二個飯糰也塞進嘴巴裡。

「我是想問閣下頭上插的那根簪子……」矮個子男人說道。

老人在一旁靜靜注視著這個矮個子男人跟源九郎之間的對話。
「這根簪子有什麼問題嗎？」
「閣下是從哪裡得到這根簪子的？」
「這個嘛……」源九郎一面把沾著飯粒的粗壯手指放進嘴巴裡舔乾淨，一面說：「是一位很漂亮的姑娘給我的。」
「一位很漂亮的姑娘給你的？」
「沒錯。」
「那位漂亮姑娘是誰？」
「姑娘不就是姑娘嘛！」
「你是在哪裡得到的？」
「在京裡。」
「那位姑娘的名字是？」
被矮個子男人這麼一問，源九郎用他粗壯的手指搔了搔頭。「這個嘛……」
「有什麼問題嗎？」
「不，是我記憶力不太好。」源九郎說道。
「是不能說吧？」
「倒也沒有什麼不能說的。」
「那你是在說謊囉？」矮個子男人說道。
「沒錯，我是在說謊。」源九郎直截了當地說。
「為什麼要說謊？」

「其實也沒有什麼特別的用意，只是想讓自己聽起來很受女孩子歡迎，腦海中就突然浮現出這段話了。」源九郎搔著頭笑道：「真抱歉，我其實沒有要隱瞞什麼的意思。」

「那你到底是在哪裡得到這根簪子的？」

「在哪裡？不就在山裡面嗎？」

「真的嗎？」

「我真的是在山裡撿到的。」

「何時？」

「前天晚上吧！」

源九郎把那根簪子從頭上拔了下來。

「你認識這根簪子的主人嗎？」這次換源九郎問道。

「認識。」矮個子男人回答。

「哦……」

「可以讓我看一下嗎？」

爽快地回答「好啊！」之後，源九郎準備把簪子遞給那個矮個子男人，這時——

「等一下！」

源九郎的背後又響起了另一個聲音。是男人的聲音。

源九郎回頭一看，身後站著一個作雲遊僧打扮的男人。

「那根簪子在交給那邊那個人之前，可以先賣給我嗎？」雲遊僧說道。

2

那是一個頭上光禿禿、沒有半根毛的雲遊僧。

只有眉毛和從嘴巴四周長到下巴的鬍子是白的。

看起來年紀似乎很大了，但是皮膚的光澤卻出乎意料地好。

雖然有皺紋，但是皮膚本身卻非常油亮滑嫩。

完全不會給人乾癟的印象。

雲遊僧在笑。

那是一種非常奇怪的笑容。

有句俗語叫「破顏」。

指的是嘴角微張，神態柔和的微笑。此刻，這種微笑就堆在那個雲遊僧臉上。

那種微笑和源九郎嘴角的微笑本質上是不同的。源九郎嘴角帶有的，是一抹若有似無的淺笑。是彌漫在源九郎身邊，那股不可思議、令人為之著迷的魅力，才讓他看起來就像是在微笑一樣。

在那個雲遊僧臉上的，卻是一抹貨真價實的微笑。

是已然成形的微笑。

無論是什麼樣的微笑，從綻開到消失之間，總會出現各式各樣的變化。

然而，這個雲遊僧的微笑，卻凝結在一個已然靜止的時間點上。

只有唇線往左右兩邊各拉出一個弧度，眼睛瞇成一條線。

乍看之下，就像是一個正在看自己孫子的老人會露出的微笑。

只不過，隨著時間一分一秒地過去，那抹微笑卻一點變化也沒有，彷彿它只是被貼在這個老人臉上。

「哦？」

源九郎轉向雲遊僧說道：「你是說你要買這根簪子嗎？」

「請務必割愛。」雲遊僧繼續露出那抹奇妙的微笑說道。

「等一下。」矮個子男人突然往前跨了一步，站在雲遊僧面前，抬起頭來望著雲遊僧說道：「那根簪子是我先看上的。」

矮個子男人從自己的腰際拔出一把大小適中的劍。

「他有跟你說他要買那根簪子嗎？」雲遊僧問道。

「還沒有。」源九郎回答。

「既然如此，就沒有什麼誰先看上的問題了。怎麼樣？可以把那根簪子賣給我嗎？」

「要我賣給你也不是不行……」源九郎用右手把玩著那根簪子說道。

簪子的上頭鑲嵌著紅色的珊瑚。

然後對矮個子男人投以一個「你打算怎麼辦？」的視線。

「那根簪子是我們正在找的一位姑娘所擁有的東西。」矮個子男人說道。

「真的嗎？」源九郎問道。

「真的。」

「那位姑娘叫什麼名字？」

「這我不能說。」

「為什麼不能說？」

「我真的不能說。」

矮個子男人說道。

「這可真是奇怪了……」這次換雲遊僧出聲了。

那抹笑容還是緊緊地貼在他臉上。

「那根簪子也是我們正在找的一位姑娘所擁有的東西呢！」

「哦？」

源九郎的嘴角浮現出一抹大大的微笑。

他兩隻眼睛緊盯著雲遊僧，然後輕輕往上拋起簪子。

簪子在空中轉了一圈，然後又回到源九郎的掌心裡。

「那位姑娘的名字是？」

「這我也不能說呢！」

「為什麼不能說？」

「不過我講的都是事實。」

剛剛的對話又重演了一遍。

源九郎苦笑著說：「這下子可真是傷腦筋呢！」用簪子搔了搔頭。

頭皮屑輕飄飄地在風中四散紛飛。

「我個人並沒有特別想要這根簪子，要是有人真的認識這根簪子的主人，要我物歸原主也無所謂，但是因為你們兩個都講同樣的話，反而害我不知道要給誰了……」

「賣給我不就好了？」雲遊僧說道。

「少來，要錢的話我也有！」矮個子男人也說。
源九郎的臉上綻放出微笑。
「既然這樣，那事情就好辦多了。看你們誰出的價錢比較高，我就把這根簪子賣給誰。」
「五枚小判如何？」雲遊僧出價。
「哦？」
沒想到一起價就這麼高，源九郎的嘴角忍不住微微上揚。
「六枚小判。」換矮個子男人出價。
「七枚。」雲遊僧繼續加碼。
「八枚。」
「九枚。」
「十枚。」
「二十枚。」
「那我出二十五枚。」
「二十枚跟你買。」
兩個人你一言、我一語地把價錢愈炒愈高。
一直喊到三十枚小判的時候——
「等一下，這樣下去會沒完沒了呢！」源九郎說道。
「光用嘴巴說的話，要喊多少都沒問題，我看還是先把錢掏出來再說吧！總而言之，你們兩個都先把三十枚小判掏出來給我看看。」
源九郎望著兩人。
只見那兩個人互相瞪視著對方。

矮個子男人和雲遊僧之間開始湧起一股充滿壓迫感的氣。

那是什麼時候要轉變成殺氣都不奇怪的氣。

宛如熊熊燃燒著的烈焰一般。

唯獨那抹微笑依然掛在雲遊僧的臉上，使得情況更加詭異。

只不過，源九郎似乎完全沒有感受到兩人之間劍拔弩張的氣。

「怎麼樣？」源九郎問矮個子男人。

「呃……事實上……我現在身上沒有那麼多錢，如果你願意等我一下的話，我可以馬上準備好。」矮個子男人說著，兩隻眼睛依舊狠瞪著雲遊僧。原本已經有些扭曲的臉，似乎變得更加扭曲了。

某種緊張的情緒讓矮個子男人的臉變成了這副模樣。

「什麼嘛！原來你沒有錢啊！」源九郎喃喃說道。

「那你呢？」

「這個嘛……我現在身上也沒那麼多錢。」雲遊僧笑笑地回答。

用他那雙瞇成一條線的眼睛緊盯著矮個子男人。

方才和矮個子男人併肩而坐的老人，如今依舊坐在相同的地方望著三個人。

「那就沒什麼好說的了。」

源九郎把拿在手裡的簪子又插回自己的頭髮上。

就在這個時候，彌漫在矮個子男人與雲遊僧之間的那道氣場，突然變得十分緊繃。

矮個子男人就只有稍微把兩腿打開，望著雲遊僧而已。

雲遊僧也只是噙著那抹靜止的笑容，坦然接受矮個子男人的注視而已。

從一般人的角度來看，應該不會發現兩人之間那股劍拔弩張到了極點的氣場。

源九郎一臉興味盎然地望著這兩個人，點點頭，一副很了解狀況的樣子：「哈哈哈！我明白了，你們兩個是敵人對吧……」

他輕輕往後退了一步。

一面退，一面用兩隻手「啪」地拍了一下。

就在那一瞬間。

源九郎的擊掌聲彷彿是個信號，矮個子男人和雲遊僧各自發出一道鋒利的氣。

兩道氣在空中相互震盪，宛如激烈爆炸一般。

鏗鏘！

金屬與金屬互相撞擊的聲音傳來。

兩個人的身影都消失了，然後又出現在半空中，同時朝對方揮出武器，然後再大大往後方彈開。

矮個子男人右手握著劍。

雲遊僧的右手則握著錫杖。

錫杖的尖端有著突出的利刃。

兩人拉開彼此的距離，落在地面上。

這時，矮個子男人已經把劍收回繫在腰間的劍鞘裡了。

而雲遊僧的錫杖前端突出的利刃，曾幾何時也已經消失了。

路過的行人只知道在那一瞬間似乎發生了什麼事。有人確實看見飛舞在半空中的兩人，但是沒有半個人知道這兩個人在那一瞬間其實已經兵戎相向過了。

「看來閣下應該是伊賀的破顏坊。」矮個子男人說道。
剛才還彌漫在兩人之間劍拔弩張的氣場，如今已經從矮個子男人扭曲的臉上消失了。而且是消失得乾乾淨淨，彷彿什麼事都沒有發生過一樣。
「你是申吧？」雲遊僧說道。
臉上還是浮著那抹跟剛剛開打前分毫未差的笑容，真是詭異的畫面。
「感謝二位讓我看見這麼有趣的東西。」
源九郎又「啪」地擊了一下掌。
只不過，這次什麼事情也沒有發生。
「真是一個亂來的男人啊！」
「硬要我們打上這麼一架。」
矮個子男人和雲遊僧一前一後地說道。
「所以呢？接下來該怎麼辦？」
源九郎望著那兩個人說道：「對我來說，既然給誰都無所謂，那當然是給先把錢準備好的人，問題是，現在我很頭痛……」
「頭痛什麼？」矮個子男人問道。
「這根簪子似乎可以賣到很多錢，害我的貪念都被撩撥起來了。」
「什麼貪念？」雲遊僧問道。
「我當然是想要以更高的價錢賣出囉！搞不好接下來會有人願意出更高的價錢也說不定呢！」
一聽到源九郎這麼說，那個名叫申的矮個子男人發出了嘻嘻笑聲。
「真傷腦筋，碰上了一個貪得無饜的男人。」

「我接下來會繼續沿著中仙道往前走，把錢準備好了再來找我吧！你們如果要先分出個高下，讓贏的人再來找我也無所謂。要趁我不注意的時候偷襲我也可以。總之，在抵達中津川之前，我會盡量不改變心意的……」

「過了中津川之後呢？」雲遊僧問道。

「我也不知道，看到時候的心情而定吧！」一頭亂髮的巨漢抬頭望著秋風吹過的天空回答。

「我知道了。」名為申的矮個子男人說道。

「我馬上跟上。」名為破顏坊的雲遊僧說道。

「我等著。」源九郎說完就掉頭走人。

「等一下……」背後傳來申的聲音。

「還有什麼事？」源九郎停下腳步，轉過頭來問道。

「還沒請教閣下的大名……」

「萬源九郎……」

報上自己的名字後，源九郎又轉過身去了。

「我是個不挑工作的人，也就是俗稱的便利屋，只要出得起錢，我什麼都做。」源九郎一面往前走、一面說。

寬大結實的肩膀，隨著步伐，悠然地左右搖晃。

他的背上背著一柄大劍。

源九郎一面走，一面抬頭看著天空。

原地只剩下破顏坊和申。

「你該不會還要繼續打吧？」申問道。

破顏坊邊笑、邊搖搖頭。「託那男人的福，我已經沒有這個興致了。」

他往後退了一步。

就在那一瞬間，申的身體突然往破顏坊的方向移動過去。

宛如猴子一樣迅速。

「我可不能讓你跟同伴聯絡。」

申從腰間拔出劍。

「是嗎？」破顏坊一面回答，一面抄起錫杖刺向朝自己直衝而來的申。

用帶有利刃的那一端。

動作非常乾淨俐落。

為了避開這一擊，申躍向半空中。

右腳穩穩踩在朝著自己刺過來的錫杖上。

並踩在錫杖上飛快前進。

他的身體輕盈得詭異。

「喝！」

破顏坊往後跳開。

在做出這個動作之前，他早就已鬆開手中的錫杖了。

錫杖朝著地面落下。

申繼續在落下的錫杖上飛快地走著。

在錫杖落地之前，申已經在錫杖上走了一遭。

速度和他在地面上疾行的時候幾乎一樣快。

破顏坊面朝申，以非常驚人的速度後退著。
那也已經不是正常人的速度了。
甚至比正常人往前走的速度還要快。
申也緊追不放。
路過的男男女女們紛紛停下腳步，想要知道兩人之間究竟發生了什麼事。
構成一幅非常不可思議的畫面。
倒退著走的破顏坊就像背後也長了眼睛一樣，準確無誤地穿過來往的行人。
往和源九郎離開的相反方向前進。
過沒多久，就看不見兩個人的蹤影了。
這時，從剛才就一直坐在石頭上的老人終於站了起來。
往源九郎離去的方向看了一眼。
源九郎比所有人都高了一個頭的背影還停留在視線的一隅。
「萬源九郎是嗎……」老人喃喃自語。
「沒想到在這種荒郊野外居然也能遇見這麼奇妙的男人啊……」
說完之後，又把視野望向空中。
秋風之中，成群結隊的秋赤蜻飛舞著。
在藍色的天空之上，則有白色的雲絮流過。

第二章　美劍士

1

真是兩個不可思議的男人啊……

源九郎的眼睛裡望著河面，心裡想的卻是這件事。

嘴巴裡還咬著一片草葉。

他坐在河堤上的草叢中，望著不斷流逝的水面。

心裡想著昨天遇到的那兩個男人。

秋草在源九郎的周圍迎風搖曳。

源九郎的頭上還插著那根簪子。

一頭亂髮中，隱約可見珊瑚的紅色光芒。

「女人啊……」他咬著草葉的嘴裡發出了低喃。

——是什麼樣的女人呢？

他揣想什麼樣的女人會插著這麼一根簪子。

然而，腦海中卻勾勒不出女人的輪廓。

因為源九郎根本不認識那個女人。

連見都沒見過。

「在山裡撿到的。」

「前天晚上吧！」

他跟那個叫作申的男人所說的話全都是真的。

現在插在自己頭上的這根簪子，真的是三天前在伊吹山上撿到的。

那就是他受久屋所託，幫他們救出一個姑娘的那個晚上。

那天晚上，天空閃過一道疾光。

疾光在天空中又分裂成好幾道光束，向四面八方散開。

其中最大的一束光芒，似乎朝著山的另一邊飛去，不知道掉落在什麼地方。

他就是在尋找那束光的時候，撿到了這根簪子。

他剛救下那名姑娘，站在火堆旁邊，想讓火堆溫暖自己冰冷的身體，約定的時間剛好就到了，久屋帶了幾個男人偷偷摸摸地上山來。

源九郎把姑娘交給上山來的久屋那幫人，丟下一句「去去就回」，就把一臉目瞪口呆的久屋一行人留在原地，自顧自地往剛才光束墜落的方向奔去。

因為他有事先告訴過久屋那幫人，如果過了一個時辰還不見他回去的話，就自己上山來接人。

他想用自己的眼睛去確認，到底是什麼東西從天上掉了下來。

源九郎的好奇心比一般人還要強上一倍。

一旦有什麼稀奇古怪的東西，非得親眼確認才肯罷休。

這次從天而降的光球就更不用說了。

無論如何，他都想親自前往現場，用自己的眼睛見識見識才行。

走在山林中，源九郎感受到自己胸口的熱血在沸騰。

不管怎麼說，那可是從天上掉下來的光呀！他想要知道那到底是什麼東西。
走著走著，雨停了，雲層也散開了。
月光從散開的雲層中傾洩而下。
源九郎繼續往前走。
走了一陣子之後，另一頭的森林深處，突然竄起一根巨大的火柱。
下一個瞬間，空氣中響起巨響，彷彿是大氣破裂了。
轟——！
風拂擊著森林。
頭上的樹梢宛如受到暴風雨侵襲一般，轟然作響。
但是這陣風很快地就平靜下來了。
源九郎察覺到月光似乎又往下墜了幾分，於是加快了速度。
眼前視野突然開闊了起來。
他來到一整片樹林傾倒的地方。
而且每棵樹都倒向同一個方向。
源九郎踩在傾倒的樹幹上，往那個方向前進。
前面是一個巨大的洞穴。
「唔……」
源九郎忍不住喊出了聲音。
因為那個洞穴實在是太大了。
至少可以輕而易舉地容下三棟房子。

倒在洞穴裡的樹，每一棵都像是被重物壓扁了一樣。
而且每棵樹都燒焦了，有些地方還在冒著煙，發出陣陣惡臭。
感覺上，剛剛這個洞裡應該有某種巨大的東西才對。
可是現在卻沒有了。
彷彿跟方才的火柱一起消失到某處去了。
如果是爆炸的話，無論從天而降的是殞石，或是其他什麼東西，應該都會留下碎片才對。
然而，並沒有那樣的東西。
看樣子，從天下掉下來的物體，似乎又回歸天上了。
「啊……」
源九郎望著眼前這片被月光映照得十分詭異的風景，看得出神了，忍不住發出嘆息。
就在此時，他的視線停留在自己腳邊的某樣東西上。
那就是源九郎現在插在頭上的簪子。
源九郎一面回想著那片全部倒向同一個方向的樹林，一面凝視著眼前的杭瀨川。
他正在等待著渡船。
周圍也有許多同樣在等渡船的人，有的三三兩兩地坐在河堤上，有的坐在渡船頭的茶寮裡喝茶。
河堤的周圍是一片稻田。
這個季節已經沒有水田了，稻穗在秋風中搖曳著沉甸甸的果實。
上一班渡船才剛出發。
等它划到對岸，把乘客放下來，再回到這裡，大概還得再花上一小段時間。

眼前的風景十分恬靜。

晴朗的天空倒映在湛藍的水面上。

曾經被雨混濁的河水，如今終於開始澄淨了下來。

風中彌漫著非常誘人的香味。

是烤香魚的香味。

在渡船頭的茶寮裡，撒了鹽的香魚被串在竹籤上，一串串放在火上烤。

是秋天的香魚。

據說進入產卵期的香魚每到雨季，就會隨著增高的水位開始往下游，然後被位於渡船頭下游的魚梁❽所捕獲。

源九郎的肚子裡響起了飢腸轆轆的聲音。

今天早上雖然在落腳處自己煮了稀飯來吃，但是那些稀飯似乎早就不在胃袋裡了。

無論是武士還是町人，都會跟旅店借鍋碗瓢盤，在落腳處自己煮東西來吃。

柴火也是跟旅店買。

房間必須和很多人共用。

這便是這個時代最基本的外出模式。

無法抗拒烤香魚魅力的源九郎從草叢裡站了起來。

2

❽用土石砌成攔截溪流的堰，中間有洞，可以順著水勢捕魚。

河原上，有間搭上簡單棚子的露天茶寮，只擺了幾張可以供人坐的木頭椅子。

茶寮裡有一個大灶，灶裡正燒著火。

一個巨大的鐵鍋就掛在灶上，鐵鍋裡冒出大量的水蒸氣，似乎正在煮某種湯。

在大灶旁邊，還有一個火堆。

那是用河岸上的石頭堆起來的火堆，在最前方沒有堆石頭的地面上，插著好幾串用竹籤串起來的香魚。

撒在香魚背鰭和尾鰭上的鹽已經凝結成白色的細晶，部分的魚肉也已經烤成漂亮的金黃色了。

源九郎一站到茶寮前，所有客人都把視線集中在他身上。

源九郎的身軀實在是太龐大了。大家明明在露天茶寮，他一走進來卻給人周圍瞬間變得昏暗的錯覺。

同時，烤香魚的香味也更明顯了。

源九郎一屁股坐了下來，木頭的椅子發出嘰嘎響聲。

源九郎的體重沉沉落在椅子上，使椅子歪了一邊。

女人用水瓢從桶子裡舀了滿瓢水，加進滾燙的鐵鍋裡，然後為源九郎送上茶水。

「我全都要了。」源九郎說道。

他用粗壯的手指比了比茶寮後面那幾串放在火堆上烤的香魚。

「那些香魚我全都要了。」

火堆上一共烤著十幾隻的香魚。

每一隻都是碩大又肥美，而且肚子裡還抱著魚卵。

源九郎似乎打算把這些香魚全都收進五臟廟裡。

反正身上還有從久屋那兒得來的錢，手頭還算寬裕。
正當女人點點頭，要往茶寮後面走的時候，有個聲音叫住了她：
「不好意思，可以分一隻香魚給我嗎？」是一個男人的聲音。
一個身材頎長的男人站在源九郎面前。
他身上鮮明豔麗的顏色映入了源九郎的眼簾中。
那一瞬間，源九郎還以為眼前的人是個女子。
因為這個男人的容貌美得就跟女人沒兩樣。
皮膚的顏色白得幾可透光。
在小袖裡若隱若現的手臂和露在衣領外面細細長長的脖子上的肌膚，都跟女孩子一樣白皙細緻。
全身上下都散發出一股撩人的風情。
綻放著白色花瓣的芍藥——這男人散發出這種感覺。
不對，與其說是男人，還不如說是個青年。
因為他臉上還殘留著少年的形相。
身上穿的衣服充滿鮮豔的色彩。
小袖底下是一件半袴，外頭雖然還罩著一件肩衣，但是鮮豔的配色令人看得眼花撩亂。
袴是藏青色的。
在那藏青色的布料上，綻放著大朵的牡丹花。
是鮮紅色的牡丹花。
小袖是純淨的白色。

上頭同樣星星點點地綻放著小朵的紅色牡丹。
乍看之下彷彿是被血濺到了一般。
肩衣是濃豔的正紅色。
剛從人體噴出來的血，就是那種顏色。
「哦……」源九郎情不自禁地嘆了一聲。
「我才想要叫點香魚來吃吃，就被你一口氣全部買走了。」青年說道。
源九郎在豐厚的嘴角堆起笑意，搔搔頭說道：「真是不好意思啊！因為我實在太餓了，你只要一隻就夠了嗎？」
「夠了。」青年回答。
女人點點頭，回到後面去忙了。
「謝謝你。」
青年的嘴角掛著一抹清淺爽朗的微笑，向源九郎低頭致意。
宛如含著鮮血一般的紅唇。
那瓣紅唇一旦露出微笑，他的整張臉孔就會變得極為豔麗風情，令人背脊為之一凜。
多麼妖豔的一個青年啊！
讓人打從心底發毛的妖豔。
在他周圍彌漫著一股靜謐的氣息。
他的黑色瞳孔望著源九郎，其中閃爍著不可思議的光芒。
眉毛宛如細細的柳葉。
腰上插著兩把大小不一、套著朱鞘的刀。

比較大支的那把比普通的大刀還要長上一個手掌。

那刀看起來很重，青年卻若無其事地站著。

完全看不出它對青年的纖腰有造成任何的負擔。

青年望向插在源九郎頭上的簪子，又露出了一抹微笑。

「你有個好東西呢！」

「你說這個嗎？」源九郎有點不好意思地伸手摸了摸簪子。

「是啊！」青年點了點頭，慢慢走過來。

小袖隨動作擺動。

某種東西的焚香竄進了源九郎的鼻孔裡。

青年看起來應該是個旅人，但是他身上穿的衣服卻沒有沾上半點旅途的塵埃。

感覺上就好像是把剛做好的衣服穿在身上一樣。

青年在源九郎的身旁坐了下來。

香魚送上來了。

源九郎迫不及待地開始大啖香魚。

他用他那堅硬的牙齒，一口接一口咬上香魚的尾巴、骨頭、魚頭、魚腸等處，豪邁地吞進肚子裡。

光看他吃就會覺得東西很好吃。

青年才剛吃完一隻香魚，源九郎已經把十幾隻香魚全都吃進肚子裡了。

源九郎把錢放在椅子上，站了起來。

他把最後一隻香魚從竹籤上取下來，用右手拿著。

前面的河岸上已經聚集了一大群人。
似乎有人正在人群當中做些什麼，所以吸引了等船的人在四周圍成一道人牆。
源九郎將香魚的頭一口咬下，往那群人走過去、鑽入人牆裡，如入無人之境。
「哦……」源九郎發出了聲音。
「原來是在變戲法啊！」聲音是從正後方傳來的。
吃完香魚的美麗年輕劍士，就站在源九郎的後方。
「嗯。」源九郎答道。
青年也輕輕撥開人群鑽了進去，不知不覺間，就站到人牆最前面了。
源九郎從人牆的後方欣賞著眼前的光景。
所謂的戲法，指的就是魔術、幻術之類的。
一個男人正背對著杭瀨川站立。
男人的年紀大約四十開外。
身上穿著黑色的水干❾和小袴❿。
雖然沒有真的戴上烏帽子，但是已經打扮得非常古怪了。
男人的腳邊放著一個深度很淺的臉盆，盆子裡裝滿了水。
香魚在水裡頭游來游去。
至少有二十隻以上。
香魚全都非常有精神。周圍的人一有什麼動靜，盆子裡頭的香魚就會在水中竄游，似乎是受驚了。
男人的右手握著一只素燒的酒瓶。

沒有任何特別之處的酒瓶。
「要來囉！要來囉！……」變戲法的男人一面說，一面把右手的酒瓶往臉盆裡倒。
水從傾斜的酒瓶裡注入臉盆當中。
「要來囉！要來囉！……」男人繼續輕聲細語著。
問題是，到底什麼東西要來了？
只見水不斷從酒瓶裡流出來。
不過酒瓶裡的水流啊流的，怎麼都流不完似的。
人群中開始出現小小的騷動。
大家紛紛對怎麼流都流不完的水發出驚嘆聲。
「要來囉！要來囉！……」變戲法的人的聲音也變得愈來愈大。
水早已從臉盆的邊緣溢出，流到河岸上了。
「香魚就要爬上來囉……」就在變戲法的人這麼說道的同時，水裡有一隻香魚靈活地動了起來。
「哇！」
觀眾又發出了驚嘆聲。
因為那隻香魚居然開始沿著酒瓶裡倒出來的水逆流而上，一直游到瓶口，然後就這麼從瓶口

❾在平安時代的男性皇室、貴族的衣服。由於沒有上漿，是直接用水把布張在木板上晾乾的簡素布料，所以是非常簡單樸素的服飾。
❿平常穿的下襬比較短的綁帶袴，通常會搭配素襖或水干一起穿。

鑽進酒瓶裡了。

人群中的驚嘆聲沸騰了起來。

美男子的臉上始終掛著一絲笑意，靜靜看著那個變戲法的人。

表情宛如哪座廟的菩薩像似的。

「再來、再來……」

彷彿受到變戲法的人催眠似的，又有一隻香魚動了。

一隻、兩隻……香魚一隻接著一隻，開始沿著瓶口傾洩而下的水往上游。游到最上面之後，又一一跳進酒瓶裡。

問題是，那只酒瓶看起來根本裝不進三隻香魚。

光是看到香魚沿著從酒瓶裡倒出的水逆流而上，游進酒瓶裡就已經夠令人吃驚的了，游進去的香魚數量遠超出酒瓶的容量這點，更是不可思議。

終於，二十多隻香魚全都游進那只酒瓶裡了。

「要來囉！要來囉！……」

變戲法的人繼續傾倒著酒瓶。

只不過，別說是水了，就連理應裝在酒瓶裡的香魚也沒有被他倒出半隻來。

變戲法的人不解地歪著頭，搖了搖酒瓶。

好像有什麼大大的東西堵住了瓶口。

變戲法的人往酒瓶裡一看。

「原來如此。」

變戲法的人自顧自點點頭，從腰間拔出小刀，然後把酒瓶倒扣在臉盆上，用小刀的尖端敲了敲酒瓶的底部。

嘩啦！

酒瓶應聲碎裂，一個巨大的黑色物體濺起水花，掉落在臉盆裡。

從酒瓶中掉落的物體開始悠然地在臉盆裡的水中游了起來。

是一隻肥美的鯉魚。

驚嘆聲此起彼落，四周群眾不斷把賞錢扔向變戲法的人。

就在這個時候，人群中響起了一個聲音，是小孩子「咯咯咯！」的笑聲。

有個小孩站在變戲法的人旁邊。

是臉上還掛著兩條鼻涕的小男孩。

「什麼嘛！叔叔，這只不過是紙而已嘛……」小男孩還在咯咯笑個不停。

聽他這麼一說，眾人都往臉盆中望去了。水上浮著的，不過是一張剪成魚形的紙。

紙上用墨水寫著靈、宿、動等一行字，最後則是大大的一個鯉字。

原來只是幻術。

變戲法的人搔了搔頭，臉上露出苦笑地說道：「真是拿小朋友沒辦法。」他一邊說、一邊伸手對小男孩招了招。「你過來，叔叔有好東西要給你看。」

小男孩睜著充滿好奇心的眼睛，走到變戲法的人跟前。

變戲法的人用沒有拿刀的那隻手從懷裡取出一條大大的黑布，然後把那塊布蓋在小男孩的頭上。

「你有一雙太過於正直的眼睛，肯定不是普通人類，露出你的真面目來吧！」變戲法的人小聲地說。

看熱鬧的人還以為這個小男孩是變戲法的人為了表演新的幻術，一開始就埋好的暗樁。

「來吧！快現出你的原形來。」

變戲法的人把布掀開之後，小男孩已經不見了。

只剩下一尊地藏菩薩的石像。

「喔！你果然是佛祖的化身啊！」

變戲法的人舉起刀子。

——糟了！

源九郎腦海中浮現這兩個字，而那把刀斜斜砍了下去，兩者幾乎發生在同一個瞬間。

空氣中傳來手起刀落的聲音。

地藏菩薩的頭滾落在河岸上。

「嗯。」

發出低沉嗓音的，是美麗的年輕劍士。

他的臉頰上沾著紅色的飛沫。

「你殺了那個小孩。」他說。

看熱鬧的人牆發出「哇」一聲慘叫，全部往後方移動了。

大家原本以為滾到地上的是地藏菩薩的頭，但是仔細一看，才發現居然是剛才那個笑出聲音來的小男孩沾滿鮮血的頭顱。

鮮血從直挺挺站著的小男孩雙肩泉湧而出，不時還帶著泡沫。

小男孩的身體重重倒在自己的頭顱上。

就在這時，變戲法的人已經採取行動了。

他以飛快的速度朝著源九郎站的方向衝過來。
距離一下子就縮短到只剩下原來的一半。
看熱鬧的人紛紛往兩旁散開，變戲法的人和源九郎之間沒有任何人阻擋了。
「呀！」
變戲法的人大喝一聲，跳了起來。
他高高舉劍。
源九郎卻一動也不動。
美麗的劍士踏出飄渺的一步。
他的腳步極輕盈，宛如踩在雲端上一般。
變戲法的人從半空中一劍砍下，而美麗的劍士把劍從紅色的劍鞘裡拔了出來，兩者幾乎發生在同一個時間。
噗。
空氣中響起某種東西被切斷的悶響。
變戲法的人從源九郎的頭上一躍而過，在源九郎的身後落地，然後飛快地疾馳而去。
速度從頭到尾都沒有減慢。
咚！
似乎有什麼東西掉在地上，發出了聲音。
原來是變戲法的人的左手腕，手裡還握著劍。
而變戲法的人早已衝上了河堤。
他前後擺動的兩條手臂都只剩下一半了。

左手腕掉在河岸的石頭上。

——那另一隻手腕呢？

好不容易回過神來的觀眾一看到源九郎，馬上又發出一陣尖叫。

因為那人的右手腕就在源九郎頭上，抓住源九郎的簪子和頭髮，軟弱無力地垂在他臉上。

變戲法的人已經消失在河堤的另一邊了。

「剛才真是多謝你了。」原本一動也不動的源九郎面向美麗的劍士如是說。

「就當是香魚的回禮吧！」美麗的劍士輕描淡寫地說，把手裡的劍轉了一圈。

冰冷而修長的劍身，在半空中轉了一圈，滑順地收回了劍鞘裡。

源九郎的手裡也握著劍。

並不是背上的大劍。

而是插在腰間的小刀。

源九郎不以為意地把手中的小刀收回刀鞘裡。

「他的目的是這根簪子嗎？」

源九郎用右手把掛在臉上的斷腕拿下來，扳開握住簪子的手指，用左手接過簪子，然後把那隻斷腕丟掉。

手腕落在還握著劍的另一隻手腕旁。

這時，周圍已經沒有半個人了。

只剩下美麗的劍士與源九郎還留在原地。

看熱鬧的人裡面，沒有一個人知道究竟是哪一把劍削落了哪一隻手腕。

美麗的劍士白皙的臉頰上還沾著一片鮮紅的花瓣。

是剛才那個小男孩噴出來的血。
就落在嘴唇的旁邊。
美麗的劍士輕啟朱唇，露出雪白的牙齒。
然後伸出粉紅色的舌頭，舔去了臉頰上的血跡。
舔完血跡的舌頭一收回嘴巴裡，那抹妖豔到令人背脊為之一凜的微笑，馬上又重新浮現在年輕劍士鮮紅的嘴角。
「看來是根不尋常的簪子呢！」美劍士說道。
「看樣子，似乎是呢。」源九郎喃喃自語，又把那根簪子插回頭上。
秋風掠過河面而來，吹拂著他的一頭亂髮。
源九郎抬頭望著天空。
蔚藍而又澄淨的天空裡，飛舞著一大群秋赤蜻。

第三章　姬夜叉

1

秋蟲鳴叫著。

不是一、兩隻發出的聲音。

是無數昆蟲製造出的鳴響。

這裡是一座長滿荒煙蔓草的寺廟。

寺廟殘破不堪，看樣子已經有十年以上沒人住了，裡頭肆無忌憚地長了一院子秋草。

藍色的月光映照在那片秋草上。

草叢裡發出秋蟲的鳴叫聲。

蟋蟀、邯鄲、草雲雀、轡蟲……

蟲聲喧嘩反而讓廟寺籠罩在一股不可思議的靜寂底下。

那是一座小小的寺廟，屋頂的瓦片已經缺了一角，缺角的屋頂上還長出了草來。

那裡依舊有蟲叫著。

那座破落的寺廟正殿裡，有人的氣息。

在崩壞脫落的門另一邊，閃爍著微弱的燭光。

是蠟燭的火光。

那點紅色的微光，搖曳微風中。
正殿裡頭有三個人。
一個是頂著一顆圓滾滾的大光頭，作雲遊僧打扮的老人。
原來是破顏坊。
他盤腿而坐，右側則有個穿著一身黑衣的女人跪坐著。
那是個膚色蒼白、眼睛很大的女人。
兩個人右側原本應該是安置著佛像的地方，如今卻什麼都沒有。
只有在稍微墊高的入口處，立著一根蠟燭。
蠟燭的火焰映照在那個女人的凝眸深處。
長長的頭髮在身後束了起來。
鼻子高挺地向前翹起。
破顏坊的臉上還是那抹招牌微笑。
完全靜止不動的微笑。
嘴唇的兩端朝著耳朵的方向高吊起來，眼睛瞇成一條線。
右手邊的燭光映照在他臉上的那一抹微笑上，形成令人毛骨悚然的異樣光景。
在燭光下，臉上的每條皺紋都清晰可見。
破顏坊用他那瞇成一條線的眼睛，凝視著眼前的地板，一眨也不眨。
地板上，有個身穿水干的男人仰躺在那裡。
從身體兩側伸出來的兩隻手已經沒有了手腕。
原來是那個變戲法的人。

被切斷的手腕雖然已經不再湧出鮮血，但包在切口處的布仍是紅的。

變戲法的人臉上沒有一絲血色。

看樣子身體裡的血差不多已流失殆盡了。

他雙眼圓睜，直瞪著天花板。

他的胸膛尚在緩緩地起伏，看來應該還活著。不過任誰都看得出來，死期離他已經不遠了。

「這樣啊……」破顏坊喃喃自語。

「連你也失敗啦！」

「是的。」變戲法的人點了點頭。

「要是沒有那個小鬼跑出來搗亂的話，我應該有辦法把那個男人吸引過來，奪走他的髮簪也說不定……」變戲法的人如是說。不過他已經沒有辦法把一句話講得完整了，只能在粗重的喘息聲中，一字一頓、支離破碎地回答破顏坊的問題。

「所以你就反過頭來把那個小鬼給殺了，想趁著看熱鬧的人一陣騷動的時候下手對吧？」

「是的。」

「可是這樣還是失敗了嗎？」

「……」

「你說是被一個陰陽怪氣的男人給破壞了？」

「一個長得跟女人一樣漂亮的男人，他擁有一身驚人的武藝，我完全感受不到他的殺氣。回過神以後，手腕已經被他削下來了……」

「嗯。」

「說到殺氣，就連那個叫作源九郎的，也沒有散發出半點殺氣，是一個完全猜不透想法男人。我明明朝他衝了過去，他卻一動也不動，如果他動了，也許我就會選擇其他的攻擊方式……」

「……」

「當我從他頭上飛過，降落在地面上時，才發現自己的兩隻手腕都被削下了。」

「既然那個男人還拿著那根簪子，就表示他應該不是真田那邊的人對吧？」

「似乎是這樣沒錯。」

「既然如此，他到底是在哪裡得到那根簪子的？」

「……」

「他說是在伊吹山，半助一行人是往那個方向去的，但現在行蹤還不明。」

「是的。」

「我們只有找到自己人的屍體跟真田陣營的兩具屍體，並沒有發現女人或才藏的屍體呀！再這樣下去，要怎麼跟江戶的半藏⓫大人報告啊？」

「問題是，那些傾倒的樹木和洞穴到底是怎麼一回事？」

「不知道，那個洞穴說不定和女人的下落或許有關呢！」

「……」

「那個叫作源九郎的男人，似乎是比我們先趕到那個地方，所以才在那裡撿到那根簪子……」破顏坊說道。

⓫此處指的是服部半藏，是日本戰國時代至江戶時代初期，德川氏麾下的武士一族。「半藏」一名是服部家用來代代相傳的名號。

突然，變戲法的人呻吟了一聲，呼吸也變得更加急促了。
「你有派人跟著源九郎嗎？」
「我讓黑蟲去盯了……」
「你有提醒他千萬不要輕舉妄動嗎？」
「有。」變戲法的人回答，隨即又發出了呻吟聲。
「你很痛苦嗎？」破顏坊問道，臉上依舊掛著微笑。
「是的。」
「已經快不行了嗎？」
「看樣子是的。」
「臨死之前還有什麼心願未了嗎？」
被破顏坊這麼一問，變戲法的人沉默了半晌。
「說說看。」
「這……」
「到底是什麼？」
「是的，我想要跟那邊的姬夜叉……」
「跟姬夜叉？」
「我想要在臨死之前，嘗嘗跟她交媾的滋味……」
「哦……」
聽到變戲法的人這麼說，破顏坊的喉嚨深處發出了嘻嘻笑聲。
只不過，臉上的表情還是文風不動。

「每個大限將至的人都會說同樣的話呢！這也難怪，無論是什麼樣的男人，一輩子也只有一次跟姬夜叉交媾的機會。不過這一次就可以讓你嘗到飄飄欲仙的極樂了！」

破顏坊把視線望向一旁的女子。

「怎麼樣？這可是這個男人最後的心願喔！」

被破顏坊這麼一問，穿著一身黑衣的女子——姬夜叉輕輕地點了點她那雪白的頸項。

「那就來吧！」破顏坊說道。

2

姬夜叉挪動膝頭在木頭的地板上慢慢前進，一路移動到變戲法的人旁邊，然後站了起來。

她慢條斯理地，把身上穿的衣服一件件地脫了下來。

最後全裸了。

細緻的肌膚彷彿散發著蒼白的燐光。

乳房不大，但是形狀很美，乳頭尖挺地向上翹起。

肌膚很有彈性，彷彿用手指輕壓之後，會原封不動地把加諸於其上的力量反彈回來似的。

腰部的曲線和臀部的緊緻度跟一般女人沒什麼兩樣，唯獨肌膚異樣蒼白。

感覺上不像是人類的肌膚，而是冷冰冰的、宛如爬蟲類一般的皮膚，像是在伸手不見五指的黑暗中長大的白蛇皮膚。

它散發出令人不敢逼視的豔情與滑嫩感。

燭光在她的肌膚上搖曳生姿。

雙腿間淡淡的凹陷處十分美麗。

「真是完美的肌膚啊！」破顏坊說道。
姬夜叉在變戲法的人旁邊跪了下來，解開他身上的水干，脫下他的小袴。
「喔……」破顏坊出聲了。
因為變戲法的那話兒早就已經硬了起來，擎天而立。
「即使死到臨頭，該站起來的還是站得起來呢！」
破顏坊那細細上弦月般往兩旁咧開、掛著詭異笑容的嘴角吐出了這麼一句。
姬夜叉的眼中靜悄悄地燃起了兩簇妖異的光芒。
破顏坊要她用自己的嘴巴含住男人的那話兒。
姬夜叉吸了一口氣，蒼白的臉頰頓時凹陷了下去。
她把頭埋在變戲法的人兩腿之間，將他的男根深深含進嘴巴裡。
在她的嘴巴裡，舌頭究竟是如何動的呢……？
變戲法的人原本已經毫無血色的臉變得更鐵青了。
不知道是因為痛苦，還是因為欲仙欲死的快樂。
他甚至還喊出了聲音。
姬夜叉用手指頭扶住男根的根部，把臉埋在他的雙腿之間蠢動。
「啊，啊——」變戲法的人發出了呻吟。
「快、快點，姬夜叉。趕快讓我進到妳的身體裡吧！沒有時間了……」
姬夜叉這才鬆口，把頭抬起來。
男人的那話兒，濕淋淋地，挺立於紅色的燭光下。
姬夜叉站了起來，跨在男人的身體上。

她用手扶住那話兒，慢慢放下腰。
男人的那話兒被吞入了姬夜叉的陰部。
「哦哦哦！」
就在這個時候，變戲法的人發出了低沉的嘶吼聲。
姬夜叉一臉哀戚地，低頭俯視著男人的臉。
那是一張非常美麗的臉蛋。
「兄長大人……」鮮紅的嘴唇喃喃低語著。
姬夜叉開始扭動自己的腰。
變戲法的人也咬緊牙關，往左右擺動著臉。
看樣子，無法言喻的快感正侵襲著他的肉體。
「唔……這真是……真是太美妙了……」變戲法的人呻吟著。
他一面呻吟，一面舉起雙手，用他那失去手腕的雙臂，觸碰著姬夜叉的乳房。
不一會兒，包在斷臂上的布條便鬆開，掉了下來。
即便如此，變戲法的人也絲毫不以為意，依舊用他那失去手腕的兩條斷臂撫弄著姬夜叉的乳頭。
新的鮮血又從那裡噴了出來，姬夜叉的乳房一下子就被黏膩濕滑的鮮血給染紅了。
然而，變戲法的人仍繼續揮動著斷臂，彷彿是要把血抹在她的乳房上一樣。
在粉紅色的肉裡，隱約可見被刀俐落砍斷的骨頭。
「兄長大人……」姬夜叉以細如蚊蚋的聲音說道。
「給我專心一點。」破顏坊說道。

就在這個時候，變戲法的人已經發出了類似夢話的囈語：「真是極樂……」
他大叫。
還發出低吼。
臉激烈地左右擺動。
他奮力把腰桿從地板上挺起來，用力地頂入姬夜叉的身體裡。
那是發狂似的動作。
「唔！」
「唔！」
變戲法的人放聲大叫。
姬夜叉的身體正面已經被他弄得鮮血淋漓，原本束起來的頭髮也散開了。
但是散開的髮絲並沒有往下垂落，而是一根根豎了起來，宛如孔雀開屏。
每根頭髮之間都流竄著細微的電光。
秀髮在黑暗中散發出令人目眩的藍色燐光。
「啊——！」
變戲法的人大聲咆哮，身體突然一陣僵直，撐在半空中的臀部也跌回地面上。
在那之後，變戲法的人就再也不動了。
姬夜叉還是繼續跨坐在他的身上。
姬夜叉也跟他一樣動都不動。
秋夜的靜寂從四面八方逼來，包圍住他們。
就連蟲鳴也安靜了下來。

「死了嗎……？」破顏坊打破了寂靜，說道。
臉上還是浮著那抹招牌笑容。
「是的。」姬夜叉回答，慢慢站了起來。
只不過，理應在姬夜叉陰部內的東西卻不見了。
只有一隻紅色的小蛇，從起身的姬夜叉兩條蒼白的大腿內側，悠悠滑落下來。
是血流成的小蛇。
血流成的小蛇從姬夜叉的兩腿之間滑了出來。
姬夜叉慢條斯理地把右手的手指探入自己的兩腿之間。
從裡面掏出一個沾滿血跡的肉塊。
是變戲法的男人的那話兒。
姬夜叉凝視著那個肉塊好一會兒，然後把那個肉塊送到自己的嘴邊。
放進嘴巴裡。
開始咀嚼。
姬夜叉流出了血作淚。
「萬源九郎……」
破顏坊喃喃低語著：「那就是殺害妳哥哥藤次的凶手之名。」
姬夜叉凝望著遠方的夜空，反覆咀嚼著嘴裡的男根，發出咯吱咯吱的響聲。
長長的頭髮升高到幾乎要碰到天花板的地方，散發出藍白色的火焰，熊熊燃燒。

第四章　黑暗使者

1

換了一個場景，依舊有秋蟲在鳴叫。

源九郎閉著眼睛，躺在地板上，聆聽秋蟲的叫聲。

——時值夜深。

地點是在一座小小的祠堂內。

源九郎兩腳開開，兩條手臂交叉墊在腦袋瓜底下。

那是一座遠離塵囂，位於森林裡的祠堂。

祠堂周圍的草叢裡有無數的蟲在鳴叫，但只要側耳傾聽，還是可以分辨出每一種蟲的叫聲。

鈴蟲。

邯鄲。

蟋蟀。

馬追。

松蟲。

真要一一細數的話，恐怕超過十種也說不定。

只不過，源九郎並沒有真的去數。

他就只是靜靜傾聽。
夜晚沁涼的空氣，從門板的隙縫滲入祠堂內部。
潮濕的泥土和青草的味道，融解在那股冰冷的空氣裡。
是秋天的味道。
有隻蟋蟀在離他非常近的地方鳴叫著。
看樣子，那隻蟋蟀似乎偷偷溜進了祠堂裡。
那隻蟋蟀現在就在源九郎的腳邊引吭高歌。
源九郎的頭上還插著那根簪子。
他模模糊糊地想起了白天所發生的事。
也想起了那個想要奪取這根簪子的男人。
——他是誰？
既不是那個矮個子男人，也不是雲遊僧。
只不過，很有可能是他們其中之一的同夥。
——但又是誰的同夥呢？
搞不清楚。
他從早到晚都把這根簪子插在頭上逛大街，所以也可能是被別人盯上了。
無論如何，這根簪子的來歷肯定不簡單。
如果知道真正的失主是誰，根本不需要什麼報酬，他也會把這根簪子物歸原主，但現在已經不是這麼簡單的問題了，因為兩派人馬都堅持這根簪子是自己的東西，而且一開始也是對方先說要用錢解決的。

他根本不在乎先遇到的是矮個子男人還是雲遊僧。

一開始他的確打算把簪子交給先把錢準備好的人，但現在似乎變得騎虎難下了。

因為把簪子交給對方之後，別說是要拿錢了，感覺上好像連命都會賠上。

像今天中午，就差點連簪子帶項上人頭都一起丟掉了。

對方是個高手。

如果自己是普通人的話，恐怕頭早就已被砍下來，連同那根簪子一起被帶走了。

源九郎想起那位美麗的劍士。

臨別之際，對方報上了自己的姓名：「牡丹……」

這麼叫我就行了——美麗的劍士如是說。

不管「牡丹」是不是他的本名，但他顯然武藝高強，使長劍的速度宛如電光火石。

源九郎回想著當時的畫面。

曾幾何時，原本在他腳邊引吭高歌的蟋蟀，已經移動到他的右手邊來了，在靠近牆壁的地板上繼續鳴叫。

那隻蟋蟀似乎是一面鳴叫，一面沿著牆壁慢慢繞到他的頭這邊來的。

那柄大劍擺在他的頭頂上緣，大小不一的兩把刀放在他的右側。

一寸一寸地，蟋蟀的叫聲愈來愈靠近。

蟋蟀停下了腳步。

源九郎也微微睜開了雙眼。

就在這個時候，蟋蟀的叫聲突然劃破空氣，跑到天花板上去了。

「哼……」

源九郎右手握住大刀，起身將大刀連著刀鞘往頭頂上的空間用力一揮。

喀嚓！

手上傳來一刀砍在骨頭上的觸感。

潛入的人雖然故意表現出往天花板上移動的假象，但是其實他從剛才就一直待在源九郎的頭頂上方。

刀入骨的觸感傳來的同時，另一把利刃也「咯」一聲打在前一秒他的頭還躺著的地板上。

黑色的影子把刀留在地板上，「咻」一聲竄上了天花板。

到此為止，對方一句話也沒說、一點聲音也沒出過。

換作是一般人的話，早就發出呻吟聲了。

就算沒有發出呻吟聲，至少呼吸也會亂掉。

畢竟他的腿骨都被源九郎打碎了。

但黑影似乎只是坐在樑上，低頭看著源九郎。

源九郎盤腿坐在地板上，一隻手握著還沒有出鞘的劍，抬起頭來往上看。

「喂！」他對樑上的影子喊了一聲。

雖說是影子，但是幾乎連輪廓都看不太出來。

只知道有一團黑黑的東西在那裡。

外頭雖然有一輪明月，但是月光並沒有照到祠堂裡。

只有些微的光線，從門板及牆壁的隙縫中透進來。

對於常人來說，與伸手不見五指無異。

「你這傢伙，從白天就一直跟在我後面呢！」

「……」

影子並沒有回答。

「只要你不對我出手，我也想睜一隻眼、閉一隻眼的。怎麼？看到我睡著了，就以為有機可乘了嗎……」

「……」

「你為什麼要搶這根簪子？」

「……」

影子依舊沉默以對。

「既然如此，那你就一直這樣待到早上吧……」

源九郎把身體往後倒，靠在牆壁上。

大小不一的兩把刀就放在自己的膝蓋前。

大劍插在盤坐的雙腿之間，把握柄靠在左肩上，再用兩條手臂抱著。

「我要睡覺了。」

源九郎閉上眼睛。

過沒多久，就開始傳來打呼的聲音。

影子還是一動也不動的。

又過了好長一段時間……

影子動了。

木板發出傾軋的細微聲響，天花板被打開了一小塊。

那是相當於屋頂正下方的部分。

幾片屋瓦被掀開，順著屋簷滑落到地面上，發出了輕微的聲響。
星星從打開的天花板中露出臉來。
藍色的月光也經由打開的天花板灑落到祠堂裡。
源九郎還在呼呼大睡。
影子靜悄悄地從那個打開的洞口跑到外面。
就在那一瞬間——
鏗鏘！
屋頂被踩了一下，空氣中響起金屬與金屬猛烈碰撞的尖銳聲響。
只不過，金屬互相撞擊的聲音也就只響了那麼一次。
屋頂上發出某種沉重的物體倒在上面的聲音。
不一會兒，又傳來了液體滴落的滴答的聲響，從天花板上落在還插著白刃的地板上。
源九郎睜開眼睛。
月光從天花板上的那個洞流洩一地，因此祠堂內部看得比剛才還要清楚。
深褐色的液體不停地從天花板滴落到插在不遠處地板上的白刃上。
是血。
「以前沒見過你呢！」
源九郎抬頭望著天花板。
「下來吧！」他簡短說了一句。
然而，屋頂上還是一片死寂。
取而代之的是一股強大的氣場，慢慢盈滿整間屋子。

是一股殺氣。
那股殺氣和血一起，從天花板上的洞湧入祠堂內。
血腥味愈來愈濃，那股殺氣亦有增幅的趨勢。
「真是有夠煩人的！」
源九郎站了起來。
右手握著那柄大劍。
慢條斯理地，在月光下拔出那柄大劍。
那是一把異常沉重的劍。
在月光的映照下，冷冰冰的劍身在黑暗中閃現了一道清冷的光芒。
源九郎把劍鞘丟在地板上，用兩隻手握住那柄大劍，輕而易舉地擺出應戰姿勢。
換作是一般人，光是要以這樣的姿勢握住這把劍，手腕應該就會麻痺了吧！
某種東西正從源九郎巨大的身軀裡慢慢滿溢出來。
那滿溢出來的東西，似乎一路流向到他手中握的那把大劍上。
在皎潔的月光下，大劍的劍刃開始閃動若隱若現的燐光，宛如釋放出水氣一般。
一般人實在難以判斷，那到底是源九郎的氣場凝聚在劍刃上才導致劍刃發出靈光，抑或只是劍刃單純反射著月光而已。
無論如何，祠堂內都逐漸盈滿了殺氣。
秋蟲繼續鳴叫著。
終於，滿溢的殺氣從劍尖開始釋放出來了。
宛如水滴一般，在劍尖上一滴一滴凝聚成閃亮結晶，慢慢溶化在月光裡。

源九郎用正眼瞧了大劍一眼，緩緩把劍往上舉起。
大劍的劍尖在月光中一寸一寸地逐漸升高。
一直舉到頭頂上。
源九郎的龐大身軀和那把劍裡都凝聚著某種氣場。
「喝！」
猝不及防地，源九郎揮動那柄大劍往下一砍。
咻！
空氣發出了撕裂聲。
「唔！」
一劍砍下來之後，源九郎馬上又水平揮了一劍。
在那一瞬間，祠堂周圍的蟲聲全都靜止了。
從頭上釋放出來的殺氣也瞬間煙消雲散，彷彿什麼事情都沒有發生過一樣。
源九郎望了天花板一眼。
然後再把目光慢慢移向正面入口。
「進來吧。」源九郎說道。
他往前跨出一步，用腳輕輕踢了一下門板。
兩扇對開的門「嘰」一聲往外打開。
門外是一道狹窄的緣廊，有座木頭的樓梯從那裡往下延伸。
沿著樓梯走到底，有一片長得十分茂密的草地。
黑漆漆的杉林就圍繞在那片草地的四周。

被藍色的月光映照得閃閃發亮的草地上，站著一個男人。
是那個矮個子男人──申。
「原來是你啊！」源九郎說道。
「我把錢帶來了。」申回答道。
「錢？」
「總共是三十兩。」
「喔。」
「我可以進去嗎？」
「進來吧！」
申踩著草地走了過去。
右手不知提著什麼東西。
爬到樓梯一半的地方時，申把那個東西舉起來搖晃了一下。手裡握的似乎是毛髮之類的東西。
「給你的見面禮。」
申把那個東西往緣廊上一丟。
居然是一顆人頭。
「這是剛才想要偷襲閣下的男人。」申站在爬到一半的樓梯上說道。
於此同時，蟲聲再度此起彼落地鳴叫了起來。
「哦？」
「這個男人好像是叫黑蟲之類的。」
「你是在屋頂上幹掉他的嗎？」

「沒錯。」
「為什麼要殺他？」
「因為他是敵人。」
「敵人？」
「他應該也是閣下的敵人，所以我就把他給殺了。」
「哦？」
「就算我們不能變成朋友，但是在面對同樣的敵人時，還是可以互相幫助的。為了讓閣下明白這些人是我們和閣下共通的敵人，最好的方法就是由我來殺了他。」
「你覺得我可以相信你嗎？」
「我可不會為了取信於閣下就故意殺死自己的同伴。」
「你不是忍者嗎？」
「是又怎麼樣？」
「聽說忍者為了達到目的，有時候會不擇手段不是嗎？」
「是有這樣的忍者沒錯。」
「你是說，你不是這樣的忍者嗎？」
「誰知道呢。」
「誰知道？」
「要視時間和場合而定。」
「那像現在這種情況呢？」
「我要怎麼說，閣下才會相信我呢？」

「不管你怎麼說，我都不會相信你的……」
「我大可以像那夥人一樣，先把閣下殺死之後，再取回那根簪子呀。」
「那你為什麼不這麼做呢？」
「剛開始我也在猶豫要不要這麼做，但後來我看見了那一幕。」
「哪一幕？」
「你在河岸邊幹掉了一個變戲法的，對吧？」
「你是說那一幕啊！」
「從那一刻起，我的想法就改變了。因為從那個時候開始，閣下和那夥人的樑子就結大了。」
「嗯。」
「只不過，如果我突然找上閣下，閣下想必也是不會相信我的。」
「沒錯。」
「所以我只好等待機會。」
「什麼樣的機會？」
「像這樣的機會。只要在那夥人對閣下發動攻擊的時候，由我來把刺客殺了，我想閣下就會明白我們的確擁有共同敵人了。」
「你為什麼不帶著金子直接過來找我？」
「那個時候，我身上真的沒有錢。」
「可是你在河岸邊的時候不就有了嗎？」
「是沒錯，但我要是在河岸邊的事件一落幕就帶著金子大搖大擺地過來找你了，你會相信嗎？」

「不相信。」

「老實說，我們也不相信閣下呢！」

「哦？」

「誰知道閣下會不會拿了錢之後就跑掉？再者，誰知道你會不會要我們拿更多錢來買？所以我才要等待機會。」

「嗯。」

「更何況，放任閣下在外頭走來走去，對我們來說是再好也不過了。」

「什麼意思？」

「因為那夥人就會因此而聚集到閣下的身邊來了。」

「這對你們又有什麼好處呢？」

「我們正在找一個女人，就是那根簪子的主人，只要抓住那夥人就可以問出那個女人的下落了。」

「這群人知道那個女人的下落嗎？」

「我不知道。」

「既然不知道，為什麼要把這個男人殺掉呢？殺了他不就問不出女人的下落了嗎？」

「因為對方太難應付了。」

「你以為殺了他，我就會相信你了嗎？」

「就算我殺了他，你還是不相信我，不是嗎？」

「這倒是。雖然我不相信你，我還是可以聽聽看你怎麼說，進來吧！」源九郎說道，手裡依舊握著那把出鞘的大劍。

申慢條斯理地爬完最後一階樓梯。
「喝！」
源九郎冷不防地朝剛爬完樓梯的申揮出一劍。
劍水平砍來，停在申剛才站立的空間。
但是申早已不在那裡了。
申踮著腳尖，站在靜止在半空中的大劍上。
「還不賴嘛！」
源九郎咧著豐厚的嘴唇笑了開來。
劍刃上雖然站著一個人，可是卻絲毫感覺不到他的重量。
「閣下的力量才真是驚人呢！」申說道。
源九郎把大劍輕輕一收，申就這麼「咚」一聲降落在緣廊上。
動作相當輕盈，宛如松鼠一般。
「閣下為什麼要試探我？」申問道。「不過這麼一來就扯平了。」
「是你先試探我的。」
「……」
「你說你一直在等待那邊那個叫作黑蟲還是什麼東西的人來偷襲我，這不就是在試探我嗎？」
「你還在記恨啊！」
「還不只呢，你還故意從屋頂上散發出殺氣來。」
「唔……」

「你是在觀察我會做何反應吧？」
「是的。」
「觀察別人的反應，如果覺得自己有勝算的話，你就會把我給殺了對吧？」
「呵呵！」
申一笑置之。
「我要進去囉！」
他說完話，準備一腳踏進祠堂的時候，被肩上扛著大劍的源九郎擋住了去路。
「你叫什麼名字？」源九郎問道。
「申。」申據實以告。
「申嗎？」源九郎嘟囔著複誦了一遍，往後退開。
申進入了祠堂裡。

2

源九郎跟剛才一樣，把背靠在牆壁上。
他屈起左膝，收起右腳平放於地上，並把那把尚未收鞘的大劍插在右腳圍出的空隙中，並用手抱著。
他的兩隻眼睛望著申。
申和源九郎保持著一小段距離，盤起雙腿，坐在地板上。
門就這麼敞開著，可以感覺到秋夜的寒意正一點一滴滲透到祠堂裡。
夜愈來愈深，秋蟲的鳴叫聲似乎也隨之變得更加嘈雜。

月光從天上灑落在源九郎和申之間。

先前那把刀還斜斜插在地板上。

源九郎的頭上也還插著那根簪子。

「我可以問你一個問題嗎？」申回望著源九郎的視線問道：「你說那根簪子是在山裡撿到的對吧？」

「是啊！」

「哪一座山？」

「伊吹山。」

「什麼?!」

「有什麼問題嗎？」

「問題可大了！你可以告訴我你是怎麼撿到的嗎？」

「你想知道嗎？」

「就是想知道才會問你啊！」

聽見申這麼說，源九郎的嘴唇右端往上拉出一條淺淺的微笑曲線。

那是一抹非常爽朗的微笑。

「有一群強盜把某家油行的閨女給擄走了，逃進伊吹山裡。」

「那又怎麼樣？」

「我受那家油行的主人所託，在三天前的晚上潛進了那座山。」

「就是下著雨的那個晚上嗎？」

「沒錯。」

「然後呢？」
「我擺平那班強盜，把閨女救出來之後，看見了一個奇妙的東西。」
「奇妙的東西？」
「一道劃過天空的光芒。」
源九郎的眼裡也燃起了光芒。
「哦？」
「那是一道巨大的光芒，把天空一分為二，往北方飛去。」
「……」
「那道光芒在途中又分裂成好幾道光束，其中最大的一道光束就落在伊吹山裡。」
「……」
「嚇了我一大跳。」
源九郎的嘴角浮現出一抹清楚的笑意。
「就連我這顆心臟都噗通噗通地亂跳呢！」
源九郎似乎又想起當時胸中的悸動，臉上堆滿了愉快的表情。
「然後呢？」
申還是搞不懂這個身材壯碩的男人到底想要說什麼，只能用一種狐疑的眼神凝視著源九郎。
這個比正常人還要來得魁梧許多的男人，居然像個孩子似的，眼睛閃閃發亮。
真是一個讓人摸不著底細的男人。
「我說中啊！」
源九郎的眼睛望著遠方。

「在這個世界上，的確有一些不可思議的東西呢！」源九郎喃喃地說道。
「那又怎樣？」
「我覺得很興奮。」源九郎繼續喃喃低語。
「覺得很興奮？」
「所以我就把那個閨女留在原地，自己走到那東光芒墜落的地方一探究竟。」
「我是在問你簪子的事情耶！」
「不要急嘛！申，我現在不就要開始講那根簪子的事了嗎？」
源九郎看了申一眼，開始描述當時發生的事。
「你還有看到什麼別的東西嗎？」申問道。
「沒有，就只有掉在地上的這根簪子。」
「然後呢……」
「然後就講完了。」
「沒有其他事情忘了說吧？」
「沒有了。啊！還有一件事。」
「哪件事？」
「這個嘛……申啊！我呢，從那個時候開始，就喜歡上呆呆望著天空的感覺了。」源九郎說道。
「有看到女人嗎？」申裝作沒聽見源九郎的話，繼續追問。
「沒有。」
「男人呢？」

「也沒有。」
「屍體呢？」
「屍體倒是在路上看過好幾具。」
「嗯……」
「離洞穴不遠處的森林裡，有好幾具忍者打扮的屍體。」
「如果是那樣的屍體，我們也有看到。」
「你也去了那個地方嗎？」
「沒錯，不過是在閣下去的第二天。」
「既然如此，為什麼還要問我這些問題？」
「因為我以為你會看到我們沒看到的東西。」
「哼！」源九郎嗤之以鼻。
「可以把簪子給我了嗎？」申壓低聲音說道。
「這個嗎？」源九郎微微挑了挑眉，指著插在頭上的簪子問道。
「錢我已經準備好了。」
申把右手伸進口袋裡。
「慢慢來喔！」源九郎維持用兩條手臂抱住大劍的姿勢說道。
「我知道啦！」
申慢慢把右手從口袋裡伸出來。
手裡拿著隱隱約約閃著金黃色的東西。
申把那個東西丟在灑滿月光的地板上，發出唰的一聲。

是小判。

「一共三十兩。」一申補充說明。

源九郎保持沉默，以同樣的姿勢注視著那些小判。

「三十兩啊？」自言自語似的說道。

「一毛也沒少。」

「哼……」

「不滿意嗎？」

「沒錯。」

「那你要多少？」

「等一下！你是不是會錯意了呀？」

「會錯意？」

「是的，錢當然是愈多愈好。只不過，當時的情況和現在的情況已經不同了。為了這根簪子，我可是差點連命都給賠上了呢！」

「……」

「我所謂的不滿意，並不是指小判的數量。」

「那是什麼？」

「現在已經不只是錢的問題了，我想要知道你們這麼想要這根簪子的原因。」

「原來是這麼回事啊！」

「不僅我的生命受到威脅，一路上也已經死了好幾個人。你們不惜做到這個地步，也想要這根簪子的理由到底是什麼？」

「這我不能說，如果你決定把那根簪子給我的話，就更沒有必要知道了。」
「是這樣嗎？」
「如果你知道了，我可能就真的必須把你滅口也說不定呢！」
「既然如此，如果我不給呢？」
「那可就真的要用武力來解決了。」
一道閃亮、銳利的氣聚集在申體內。
那道氣朝源九郎直射了過去。
源九郎什麼也沒做。
就像深不見底的池子吞入小石子時也不會揚起波紋，源九郎的肉體原封不動地吸收了那道劍氣。
「呵呵！」
發出笑聲的人居然是申。
「你笑什麼？」
「果然跟首領說的一樣。」
「首領？」
「就是當時坐在我旁邊的那位。」
「那個老頭子嗎？」
「正是。」
「那個老頭子說了什麼？」
「他說那個男人——也就是指閣下啦！他說閣下可能不會乖乖把簪子交出來。」

「是喔！」

「他說閣下可能會坐地起價，不過最有可能的，還是會先問我們為什麼要那根簪子。」

「這豈不是完全被他說中了嗎？」

「所以我才笑的。」

「哈哈哈！」

源九郎也露出了爽朗的微笑。

「他只有說這些嗎？應該還有別的吧！」

「有的。」

「什麼？」

「他說以閣下的本事，我們既殺不了你，也奪不走簪子。如果閣下真的問起我們為什麼要那根簪子的話，就把你帶去他那邊。」

「哦……」

「你要來嗎？」

「去了就可以知道你們為什麼想要簪子的理由嗎？」

「這我就不知道了，因為接下來就要看首領的心情了。」

「嗯。」

「你要來嗎？」

「為什麼要去？」

「如果你不怕死的話，就來吧！」

申說完這句話之後，用挑釁的眼神望著源九郎。

「真有意思。」——呵呵！

源九郎笑出聲了。

「你讓我想起來了。」源九郎說道。

「想起什麼？」

「我很久以前的敵人。」

「敵人？」

「無聊——這就是我的敵人。」

「……」

「我之所以笑，是因為跟著你至少就不會無聊了。」

源九郎說完，慢條斯理地讓自己的巨大身軀立了起來。

「走吧！」

說完，源九郎的嘴角浮現出異常開心的笑容。

第五章　異形

1

權三盤坐在一棵巨大的山毛櫸底下，背靠在樹幹上，凝視著火焰。
一把獵槍就立在身體的右側。
時值夜深。
權三抱著手臂，從剛才開始就一直注視著火焰。
他的臉上長滿了鬍子。
進了這座山以來，整整七天，他都沒有刮過鬍子。
權三是一個獵人。
年齡大概過三十五歲了。
全身上下都散發出一股泥土的味道。
也可以說是山的味道。
落葉腐爛在泥土裡的味道。
樹的味道。
草的味道。
野獸的味道……

總而言之，這個男人全身上下沾滿了所有會出現在山裡的味道。
因為日曬和風沙的關係，臉色黝黑。
風很冷。
因為海拔高度已經超過了一千公尺。
山毛櫸的葉子已然轉黃，森林的底部被一整面的黃色葉片覆蓋住了。
只不過，現在就連那片黃色也已陷入深不見底的黑暗裡。
白天倒還看得十分清楚。
在今年的黃色落葉底下，還層層疊疊堆著去年的落葉，還有前年的落葉，慢慢地變成土壤。
走在這些落葉上，會感覺到一股不可思議的彈性。
假如走在野獸的內臟上，或許也能體會到同樣不可思議的彈性吧？
目前眼前所能看到的，就只有宛如鮮豔楓紅一般的赤色火焰。
不知不覺之間，火焰已經減弱成巍巍顫顫的火星了。
在火堆的西側，有座用木頭搭成的架子，上頭橫跨著一根木棍。
木棍上吊著一個鍋子。
鍋子黑色的底部之下，燃燒著細細的火苗。
鍋子並沒有很大，小小的。
從剛才開始，煮味噌湯的濃郁香氣就不斷從鍋子裡飄散到冰冷的夜空中。
鍋子裡正煮著兔肉和剛才在路上採集到的竹筍。
頭頂上是一整片黃色的葉子。
從頭上掠過的風似乎愈來愈強了。

月亮出來了。
枯黃的葉片不斷隨著月光一起輕飄飄地落下。
這個季節，山腳下還盛開著蘆荻與敗醬草。
不過，到了這個高度以後，清晨就會結霜了。
時序剛進入十月。
也就是俗稱的神無月⑫。
地點在大峰山脈的正中央。
權三為了追一頭熊，從吉野上了山。
那是權三每年都在獵捕的熊。
今年已經是第四年了。
他每年都會看到一頭熊，也會去追捕牠，只可惜始終抓不到。
這頭熊可能知道有人在追牠，所以每次穿越山谷的時候，一定會進入河裡。
牠不僅知道人類會帶狗追尋野獸的蹤跡，還知道狗是循著野獸的氣味加以追蹤的。
那頭熊就連消除身上氣味的方法也很懂。
那頭熊在第一年殺害了權三的夥伴加助。
牠狡猾地躲在陰影裡，等加助一追過去，便猝不及防地撲上去。
當時加助的頭部側邊硬生生地吃了一掌，當場斃命。
頭上的肉和一部分的頭蓋骨被打飛了。
權三便從那時候起，開始追捕那頭熊。
基本上，捕捉熊這種動物時，獵人是不會一個人單獨行動的。

也不是兩個人就可以搞定的。

通常要四、五個人……甚至更多人一起行動。

必須把人手分成兩組，一組利用狗去追捕熊；一組埋伏在暗處，等待熊自投羅網。

然而一直以來，權三和加助都是靠兩個人就能夠完成兩組人馬的任務。

加助死了以後，權三便一人分飾兩角。

雖然獵物的確是減少了，但是打到一頭熊不需要跟任何人分享。

熊的全身上下，沒有任何一個部分是必須丟棄的。

從毛皮到肉再到內臟，所有的部位都可以加以利用。

而權三的目標是一頭沒有左耳的熊。

熊的左耳早在第一年就被臨死的加助用獵槍射掉了。

也正因為如此，無論何時，權三都可以一眼就看出那頭熊跟其他熊的不同。就算沒有左耳上的傷，他也絕對不會把那頭熊跟其他熊搞混。

那是一頭非常大的熊。

宛如大峰山脈的主人一般。

此時此刻，那頭熊應該也藏身在同樣的黑暗裡。

權三繼續凝視著火焰。

一面凝視著，一面等待。

等待他養的狗回到他身邊來。

⓬日本的陰曆十月。

那是一隻名叫白虎的狗。
在傍晚時分跟權三走散了。
好像是發現鹿或其他野獸的臭腺⑬，所以便追著那條臭腺消失在草叢裡。
權三跟白虎分開行動是常有的事。
只不過，白虎每一次都會循著主人的臭腺，回到權三的身邊來。
這次卻遲遲不見牠回來。
已經深夜了，白虎還是沒有回來。
白虎是一隻白色的紀州犬。
如果沒有這隻狗，權三恐怕沒有辦法從四年前到現在都一個人單獨行動吧！
白虎就是這麼能幹的狗。
就在這個時候——
從黑暗中某個遙遠的地方，傳來了踩著落葉的腳步聲。
腳步聲急速靠近過來。
是他熟悉的腳步聲。
權三把頭抬起來。
「白虎……」權三站起來，叫了一聲。
踩著落葉的腳步聲變得更快了。
白虎的身影隨即出現。
哈！
哈！

呼吸急促的白虎衝到權三的腳邊。

「你跑到哪裡去了？」

權三蹲了下來，抱住白虎。

白虎用舌頭舔著權三的臉，然後掙脫權三的擁抱，轉身往來的方向衝去。牠頻頻回頭看著權三，一副要他趕快跟上的樣子。

不僅如此，還把頭往左傾，咆哮了起來。

這是牠在呼喚權三時的習慣。

「很好！」權三說完，把獵槍扛到肩膀上。

如果連自己養的狗都不相信，也不用當什麼獵人了。

權三從火堆裡拿起一根燃燒著的山毛櫸枯枝。

權三握著那根燃燒著的枯枝，走到白虎前面。

「走吧！」聽見權三這麼說，白虎低吼了一聲，開始往前走。

權三跟在牠後面。

一人一狗，沿著森林的斜坡往上爬。

莫非是發現熊了嗎？權三心想。

如果是，就不能發出腳步聲，還得從背風面靠近才行。

風是從上面吹過來的。

剛好是背風。

⓭哺乳動物大部分都會在經過的地方留下一條長長的、殘留著氣味的線。

權三握緊了獵槍。

大約走了半個時辰之後，白虎終於停下腳步。

距離有一點遠。

權三慢慢往那個方向靠近。

他們還在山毛櫸的森林裡。

裡頭夾雜生長著好幾株石楠花。

白虎停下腳步的周圍，傾倒著好幾棵山毛櫸。

感覺就像有什麼龐然大物，從斜上方滾落下來，把一整片山毛櫸都給壓垮了一樣。

多虧有從天上傾洩而下的月光跟手中的火把，權三終於看清楚眼前是什麼狀況了。

似乎曾有某物掉落其上的地方開了一個大洞。

那是一個漆黑、幽深的洞。

空氣中彌漫著燒焦的土和草的味道。

看樣子，那東西掉下來的時候，曾經讓這一帶包圍在熊熊烈焰裡。

只不過，火似乎沒有延燒開來就熄滅了。

就只有這樣而已。

「是那個下著雨的晚上嗎……」權三喃喃自語地說道。

白虎站在洞穴前面咆哮。

權三慢慢靠近洞穴邊緣。

洞穴裡好像有什麼東西。

可是看不清楚。

權三撿起掉在地上的枯枝，用手上的火把點燃，然後再把燃燒著的枯枝丟進洞穴裡。

「這是什麼?!」權三小小驚呼了一陣。

因為在那個洞穴裡的東西……

居然，是一艘鐵船。

2

就在這個時候——

白虎在風裡伸長了鼻子，還發出低沉的吼聲。

「怎麼啦？」權三問白虎。

嗷嗚嗚嗚嗚——

白虎一個勁地低吼著。

「白虎？」

權三看著白虎。

白虎並不是朝洞穴的方向咆哮，而是朝權三來的方向咆哮。

權三蹲了下來，伸出左臂把白虎摟在懷裡。

白虎全身的毛都豎了起來，肌肉也繃得緊緊的，彷彿使出吃奶的力氣要掙脫他的擁抱似的。

不過，抱著牠的是權三，他就算把手放開，白虎應該也不會衝出去。

只要沒有權三的命令，白虎就不會擅自衝出去。

白虎的嘴邊冒出了泡沫。

權三和白虎相處了這麼久，很少看到牠這麼興奮。

到底是聞到什麼東西的味道呢？
應該不是兔子，也不是鹿，不是狐，也不是狸，更不是黃鼠狼。
如果是這些動物，牠應該不會吼得如此激動。
至少毛不會豎起來。
那就只有……
一股電流迅速通過權三的背脊。
「是熊！」他忍不住發出了聲音。
在發出聲音的同時，他也鬆開了摟住白虎的手。
權三放開手之後，白虎也沒有衝出去，反而緊緊靠在權三身邊，伸長口鼻。
是那傢伙！權三心想。
他跪在地上，把槍從肩膀上卸下來，在黑暗中裝填彈藥。
這個動作，他已經做過無數次了。就算閉上眼睛，他也可以裝得比任何人都快。
問題是，熊為什麼會出現在這附近呢？
一般來說，野生猛獸（不只是熊）是不會主動靠近人類的。
只有那傢伙例外——權三心想。
只有那傢伙會接近人類。
因為對手是自己，牠才會主動出現。
那頭沒有耳朵、把加助的頭一掌擊飛的熊……
那頭沒有耳朵的熊在尋找獵物當消夜時，發現了我的臭腺。
而且是剛留下的、全新的臭腺。

那頭無耳熊還記得權三的味道。
真是一頭有智慧的熊。
有時權三甚至會懷疑牠具有比人類還要高的智慧，所以才能那麼機靈地判斷對方的氣味有沒有朝自己逼來。
所有的味道都會筆直朝著某個目的地前進，如果味道前進的方向是跟自己所處的位置完全沒有關係的方向，就代表那股味道的主人並不是在追捕自己。
味道的來源是長年追逐自己的、討厭的人類。
而且味道還那麼新。
難怪無耳熊會追來了。
目的只有一個。
那就是追上權三，把多年來的恩恩怨怨做一個了結。
如果牠追上來，還突然從背後發動攻擊的話，自己絕對不是對手。
為了即將來臨的冬天，熊必須在秋天收集大量的食物，把吃進去的食物變成皮下脂肪、蓄積在體內，成為抵禦冬天的能量來源。
如果牠一直跟在這個帶槍的人類後頭，肯定沒有閒情逸致好好覓食。
牠應該還沒有收集到足夠的食物。
熊在接近獵物的時候，會把全身的毛豎起來。
讓全身的毛變成一種緩衝裝置，即使踩在森林裡的小樹枝或草地上，也幾乎不會發出半點聲音。
牠們有時候可以在不知不覺之間，靠到近得令人意想不到的距離內。

「沙沙！」前方的黑暗中傳來細微的聲響。
一股寒意迅速竄過權三的背脊。
嗚——
白虎在喉嚨裡醞釀著吼聲。
事情發生在他將火從火把移到火繩上的時候。
權三抬起頭來。
眼前的樹木之間，有一個巨大的黑影動了。
「上吧！」
權三說出這句話的時刻，跟那個巨大黑影移動的時刻，幾乎完全一致。
那個巨大的黑影朝著權三飛撲而來，速度快得驚人。
果然是那隻無耳熊。
吼！
白虎大聲咆哮，衝了上去。
權三根本沒有好好瞄準的時間，直接把槍口對著無耳熊，扣下扳機。
在震耳欲聾的槍聲響起的瞬間，槍也被一把打掉，不知道飛到哪裡去了。
白虎一口咬住無耳熊的後腿。
要不是因為這樣，在槍被打掉的下一個瞬間，權三的頭也會被打飛。
權三往旁邊一滾。
子彈肯定打中了某個地方，問題是，到底打中了哪裡？
權三的右手拔出了開山刀。

那是一把比小刀還要厚、刀身也比較寬的特別訂製刀。
長度是普通開山刀的兩倍，前端還是微彎的厚刀刃。
權三一面滾，一面把繫在腰間的開山刀拔了出來。
嗷嗚！
白虎發出哀鳴聲的同時，權三站了起來。
白虎縮成一團的身體從空中飛了過去。
浮在半空中的白虎，腰部以下已經不見了。
看來是被無耳熊那一掌打掉的。
權三瞬間感覺到眼前一黑。
接著如野火燎原般的怒意燒遍了全身。
就連加助死的時候，他都沒有這麼憤怒過。
權三挺直了腰桿。
身高六呎有餘。
以他這樣的身高，就算跟一般的熊站在一起，也絲毫不顯遜色。
問題是，如今站在權三眼前的，並不是一般的熊。
而是比一般熊還要大上兩到三倍的無耳熊。
無耳熊用後腳站立，擺出威嚇與攻擊的姿勢，咆哮了起來。
充滿了驚人的壓迫感，臭氣衝天的氣息彷彿變成了固體，砸在權三臉上。
權三也從喉嚨裡發出了野獸的咆哮聲。
無耳熊舉起左前腳掃向權三的身側。

「哇啊啊啊！」

權三也用力地將手裡那把沉甸甸的開山刀砍在熊的前腳上。

咯吱！

既粗大又堅硬的骨頭被開山刀切斷的觸感傳到了權三的右手裡。

無耳熊被切斷的前腳保持著它原來的行進方向，飛過空中，從權三的右臉頰邊掠過。

掠過的是爪子的部分。

但光是這樣，就讓權三的右臉頰上出現一道深深的傷口了。他皮開肉綻，整塊肉都被挖掉了。

無耳熊整個身體撲了上來，同時又揮出右前腳。

權三逮住這個千載難逢的機會，掄起開山刀，一刀砍在無耳熊的臉上。

咂！

開山刀的刀刃深深砍在無耳熊的臉上。

無耳熊有一半的上顎被權三的開山刀劈掉了。

這時候，空氣中響起了一記悶響。

權三這才慢慢感覺到有個東西戳進自己肚子裡的痛楚。

原來是無耳熊把前腳戳進自己的肚子裡了。

「呃啊！」權三發出慘叫。

並不是因為疼痛。

那早就已經超出了疼痛的領域。

他感覺到的是溫度。

宛如一塊燒得火紅的石頭被放進肚子裡的溫度。

是那塊石頭的溫度，讓他叫出了聲音來。

他用握在右手裡的厚刀刃往無耳熊戳進自己肚子的前腳砍下去。

刀刃雖然砍進了肉裡，但他已經使不上力了。

無耳熊張開了血盆大口，彷彿就要一口咬在權三的臉上。

臭氣薰人的血腥味和口水，從無耳熊的嘴巴裡滴落在權三的臉上。

無耳熊被劈開的上顎，湧出了大量的血液。

沾滿鮮血的黃色獠牙，眼看就要咬掉權三的頭了。

權三情急之下，只好舉起左手臂來讓牠咬。

咯吱！

無耳熊一口咬住了權三的左手肘，用力把頭一甩。

牠咬在手肘上方，扯掉整隻手，權三的內臟也被挖了出來。

「哇啊啊！」權三口吐鮮血，狠狠瞪著無耳熊。

無耳熊還咬著自己的左手。

咯吱咯吱！

耳邊傳來骨頭被咬碎的聲音。

好想吐啊。

是因為內臟被翻攪得亂七八糟，又被扯出來的緣故嗎？權三已經無法判斷了。

我就要死了……權三心想。

他猜自己應該只剩下再喘幾口氣的生命了。

在那之前，他到底還能使出多少力氣呢？他想。

沒有倒下還真是了不起。
還能夠用兩隻腳站立這點，就連他自己也覺得不可思議。
只要再一次。
只要再讓他揮一次開山刀就好了。
這是他最後的心願。
他已經筋疲力竭了。
手臂搞不好都已經舉不起來了。
但是，如果是最後一次的話……
權三用盡全身的力氣，舉起手臂。
他從來不知道，原來開山刀是這麼重的東西。
身體搖搖晃晃的。
仔細想想，他的雙腳根本沒有碰到地上。
是從什麼時候開始就沒有碰到地上的呢？
應該是從無耳熊把前腳戳進他的肚子裡，把他的身體甩來甩去之後。
儘管如此，他還是舉起了開山刀。
真是一項吃力的工作啊！
他只剩下一口氣了。
絕對不能把這口氣吐掉。
一旦吐掉，他就再也沒有辦法吸氣了。
無耳熊的臂力就是這麼驚人。

喀嚓！

肋骨就快斷了。

但他也終於把開山刀舉高過頭了。

接下來，只要砍下去就行了。

只要把開山刀砍下去，他就可以死了。

他想要快點賞自己一個痛快。

反正都要死了，他不需要再留下一絲半點的體力。

乾脆把力氣全部用盡好了。

他把全身的力量都放鬆。

將所有的力量都集中在右手臂上，就連最後一滴也不放過。

當他感覺到最後一滴體力也注入右手臂的瞬間，手便自然而然地揮了下去。

唰！

刀身傳出一記悶響，筆直砍進無耳熊的腦袋裡。

那是權三用盡畢生之力的一擊。

呼——

身體終於輕鬆了。

他先是被拋到半空中，然後感覺到一股劇烈的衝擊。

他猜自己是跟無耳熊一起掉進那個洞裡了。

洞裡有硬邦邦的東西，也有軟綿綿的東西。

軟綿綿的東西就在右手臂底下。

硬邦邦的東西則卡在背後。

軟綿綿的東西是白虎。

那硬邦邦的呢？

對了，是那艘鐵船。

自己和白虎、無耳熊都掉到那艘鐵船上了。

「白虎……」

權三把手伸向白虎。

有個柔軟又溫暖的東西正舔著自己的手。

是白虎的舌頭。

白虎還活著。

不過，應該也快要死了。

無耳熊的方向也傳來了潮濕的喘息聲，斷斷續續的。

看樣子，那傢伙也還活著。

就在這個時候，有個滑溜溜的東西碰到了自己的額頭。

那東西是冷是熱，他已經沒有辦法判斷了。

只知道被某種東西碰到了。

而且那個滑溜溜的東西還在觸碰著。

耳朵、嘴巴、鼻子、眼皮……

到底是什麼東西?!權三想著。

不知道。

為什麼不知道？
因為看不見。
為什麼看不見？
這點他倒是馬上就知道了。
因為他閉著眼睛。
權三奮力睜開眼睛。
他看見了天上的月亮。
好美的月色。
但是那抹月色卻突然消失了。
因為有個東西朝自己撲了上來。
這一次，權三終於看見了那個東西。
尖銳的悲鳴，從權三的口中迸發出來。

第六章　怪人

1

天曚曚亮了。

才藏一開始還搞不清楚那光線代表什麼，以為自己還在睡夢中。

那光亮度一點一點增加，才藏最後才知道自己的眼睛是睜開的。

雖然只有一點點，但視力的確是恢復了一點。

所以才藏才會知道天漸漸亮了。

雖然知道天將亮這點，但是天色變化在他眼中只進行到一半就停住了。

因為他的眼睛最多只能睜開到一半，只能勉強看見黎明前曚曚亮的天空。

不知道視力在這之後能恢復到什麼程度，但是得知視力並沒有完全喪失，已經足已讓才藏鬆一口氣了。

眼睛下方很痛。

最初覺得眼球整個是腫起來的，如今已逐漸恢復成平常的狀態了。

這也難怪，畢竟是在那麼近的距離內目睹了那麼強烈的光芒呀。

即使閉上眼睛，光芒還是從眼皮之間毫不留情地射進來，穿過薄薄的眼皮，撞擊在才藏的眼球上。

在那之後過幾天了？

雖然無法清楚地分辨出晝夜的區別，但現在是如果早上的話，把第一個晚上加進去，他已經在這個地方度過四個夜晚了。

這個地方——指的是一塊大石頭的後方。

頭頂上是一片宛如屋簷般突出的岩石。

即使躺在地上，只要伸手一摸，馬上就可以摸到岩石。

背後抵著的也是岩石。

才藏就躺在上下都被岩石包夾的空間裡。

左下方，順著岩石稍微往下滑的地方，有水流過。

並不是大量的水，而是涓涓細流。

細微的水聲傳進才藏的耳朵裡。

他的眼睛被洞穴裡噴射而出的火柱光芒弄傷了。

在眼睛看不見的情況下，才藏呼喚著女人的名字，一路在山中漫無目的地徘徊，最後終於來到這個地方。

他是先發現水源，才找到這個地方來的。

眼睛已經看不見了，還繼續在山裡亂跑的話是很危險的。

要再回到那個洞穴基本上是不可能的。

光是來到這裡，才藏就受了大大小小無數的傷。

樹根、枯枝或岩石……各式各樣的東西都有辦法傷害他的肉體。

他是漫無目的的遊走的時候，不小心滑落到這座山谷底下，才在這裡發現水源的。

從那個時候開始，他就沒有再移動了。

只會每天三次從岩石底下爬出來喝水。

才藏差不多已經有一死的心理準備。

就算讓他找到水源，如果眼睛還是看不見的話，頂多也只能再撐一個月。

想要在看不見的情況下走到有人煙的地方，可能性可以說是微乎其微。

在這過程中，他若沒從懸崖上掉下去，也會成為猛獸的食物，不管是哪一種，都會讓肉體受到致命一擊，因而死去。

也有可能遊走到最後，還是因為筋疲力竭而餓死。

山裡雖然多的是山菜，但是眼睛看不見的話，就沒有辦法採來吃。

只能用手去摸，再把莖或葉子搗爛，利用味道來判斷是否能吃。

就算是這樣，可以吃的山菜也不是到處都有的。

不過，待在這個地方，至少不用擔心沒水喝的問題。

幸好他還有兵糧丸⓮。

而且是才藏自己特製的兵糧丸。

這是把韓國人參、胡桃、狐狸的睪丸、燒成黑炭的山椒魚……等主要材料加以乾燥，用石頭碾碎，磨成粉，再加水糅製而成的藥丸。

除此之外，還加入了一點點樹根、藥草……甚至是像莨菪那樣的毒草。

這種兵糧丸和曬乾後儲藏的飯，一向是才藏隨身攜帶的糧食。

雖然大小只有小指頭那麼大，但是只要小小一顆，就可以撐上半天到一天。

每當他爬到小池子的旁邊喝水時，往那邊的石頭底下伸手一探，通常都可以抓到幾隻河蟹，他會直接生吃。
雖然不能動，但他應該還可以活上一小陣子。
只不過，才藏的內心依舊有一股不安騷動著。
「小舞小姐……」才藏低喃。
舞是跟他一起旅行的女人。
他最後看到舞的時候，舞正站在洞穴的邊緣。
和鼴鼠的半助纏鬥了一會兒後，再讓視線飄過去時，舞已經不在那裡了。
他還以為舞掉進洞裡了。
結果過沒多久，就有一道強烈的光芒從洞穴的中心噴了出來，直衝天際。
舞到底怎麼樣了？
雖然眼睛看不見，他還是下到洞穴裡，用盡吃奶的力氣喊了舞的名字老半天，只可惜絲毫得不到任何回應。
之後，他就為了尋找水源而離開了。
鼴鼠的半助後來又怎麼了呢？
那個人應該也有看到那道強光。
這麼說來，他的眼睛應該也受傷了。
可能下場和才藏一樣吧，要不就是死了也說不定。
那麼，舞呢？

⓮主要用於戰國時代的攜帶式保存用糧食。

無從得知。

「首領大人……」

下一秒鐘，才藏的腦海中浮現出一張老人的臉。

他應該正在中仙道赤坂村外的某個地方，和申一起等待著自己和舞吧！

當初選擇不進入城鎮，直接走山路過去，實在是太失策了。

不，也不能這麼說。

就算取道城鎮，大概還是會有人追來的。

不管走哪一條路，應該都一定會遇到半藏派來的追兵。

自己的同伴如果遲遲等不到自己和舞出現，大概也會派人到那座山裡搜索。只要有人上了那座山，再怎麼樣都會注意到那片傾倒的樹林跟大洞吧！

他們應該也會看到庄助倒在山裡的屍體，或者是被他們撂倒的敵人屍體。

或許同伴已經找到舞了也說不定。

只不過，對敵人來說，狀況也是一樣的。

如果半助遲遲未歸，對方也會派人上山搜索。

問題在於誰先找到舞。

然而，眼睛看不見的話，想再多也是枉然。

萬一，舞落到敵人的手裡，肯定沒有活命的可能。

萬一，舞死掉的話……

到那個時候，他也不會獨活。

他已經有這樣的心理準備了。

自從他藏身在這裡之後，他只感受到一次人的氣息。
一開始，才藏還以為那是一頭巨大的熊。
他一步一步地，在岩石和草叢裡踏出沉重的腳步聲，從底下的小池子爬了上來。
散發出沉甸甸、充滿重量感的氣息。
感覺上是一具灼熱的肉體。
那股氣息以相當快的速度和悠然的態度從才藏的下方通過，呼吸一點也不急促。
才藏無法分辨那人是敵是友，或者既不是敵也不是友。
所以不但沒有出聲呼救，反而還屏住了呼吸。
那是他藏身於這個地方後，沒多久就發生的事。
那個人是誰？
不知道。
總之，得先把眼睛治好才行。
把眼睛治好，再去那個地方走一趟。除此之外，還得跟申聯絡。
只要能夠聯絡上申，應該就能知道舞的下落。
問題是，沐浴在那麼強烈的光線下的舞，不知道要不要緊。
除了光以外，還有迎面而來的強烈熱風。
船……對了，半助似乎說過這麼一句。
半助好像是用這個字描述洞內之物的。
問題是，船這種東西怎麼會出現在山裡的洞穴中？
那可是一個從天而降，鑿穿大地的洞。

如果說，那個洞裡真的有艘船的話……
「會飛的船嗎……」才藏喃喃自語。
一面發散光芒，一面從天而降的船，又再度發散光芒，回到天上了。
但，這又是為什麼……
才藏的思緒一片混亂。
而且最不可思議的是，這混亂似乎讓他非常快樂。
活了四十多歲，沒想到還能遇到這麼不可思議的事。
才藏雖然還是很擔心舞，但是他內心的某個角落卻雀躍了起來。

2

美麗的劍士，名叫牡丹。
牡丹一路踩著被露水沾濕的草往前走。
他是個光鮮亮麗的男人。
不只光鮮亮麗，還很妖豔。
人如其名，宛如大朵的牡丹一般。
是一朵花瓣內潛藏著微微毒性的牡丹。
他似乎光是走在路上，就會在經過的空氣裡留下甘甜濃郁的芳香。
因為在他那紅色牡丹宛如鮮血般星星點點綻放的小袖裡藏有焚香。
藏青色的袴上盛開著鮮紅色的大朵牡丹。
袴的下襬被沾在草上的朝露弄得濕漉漉的。

牡丹正走在清晨蓊蓊鬱鬱的雜木林裡。
腳下踩著一條小徑。
一條湮沒在秋草之中、根本看不見路面的小徑。
剛升起沒多久的朝陽帶著氤氳的水氣，從地平線射入了樹林裡。
另一個作町人打扮，看上去大約四十多歲的男人，彎腰駝背地走在牡丹前面。
「四郎大人……」町人朝走在後面的牡丹發話。
「什麼事？」牡丹回答。
「昨天晚上您與其他人所說的話，我在角落裡聽見了。」
「哦？」
「等到了目的地，您會再把那件事情講清楚嗎？」
「關於這個嘛……如果對方問我的話，我可能就會說了吧！」
「如果您允許的話，我可以跟在四郎大人身邊服侍您嗎？因為我也想要知道那件事的來龍去脈。」
「我比較喜歡獨來獨往的喔，不習慣把任何人帶在身邊。」
「這樣啊？」
「自從天草之亂⑮以來，我就對佛產生興趣了呢！」
「佛？」

⑮日本歷史上發生於江戶幕府期間（西元一六三七年至一六三八年十月二十五日）的一場人民起義的抗爭，參加者多為基督徒。此役為幕末之前的最後一次內戰，亦稱「島原之亂」。

「耶穌的教義跟佛的教義，就好像完全相反的太陽與月亮一樣。」
「呃？」
「佛的教義是要眾生成佛，而耶穌的教義則是要眾生信奉神的旨意，由神來解救眾生。」
「……」
「乍看之下雖然是兩個極端，但是這兩種教義卻又有無數的共通點。」
「什麼共通點？」
被男人這麼一問，牡丹沉默了一下，抬頭望了一眼頭頂上的藍天。
「其中之一，就是沒有武士、百姓或町人之分吧！」
「……」
「不管是武士，還是尋常百姓，只要想，人人都可以成佛喔！」
「喔……」
「另一方面，神在解救眾生的時候，也不會去分你是武士、百姓，還是町人。」牡丹說完之後，豔紅的嘴角露出了微微的笑意。
「只不過，對於眾生平等這件事，我倒是有另一種不同的看法。」
「哦？什麼不同的看法？」
「你知道嗎？市松……神殺世人時，也是不分階級的吶。」
「咦……」
被喚作市松的町人臉上流露出意外的表情。
顯然，他沒想到這樣的話居然會從這個貌美如花的男人口中說出來。
「嚇到你了嗎？」牡丹冷靜地問道。

「是的。」

「在天草之亂裡，不但死了武士、死了百姓，就連町人也死了。耶穌的信徒也好，不是耶穌的信徒也好，無一倖免呢！當然，就連佛教徒也是……」

「可那是因為……」

「我知道你想說什麼，所以我才說神的旨意是人類的智慧所無法推量的啊。」

牡丹露出一抹妖豔的微笑。

「四郎大人……」

「話說回來，希望你不要再叫我四郎大人了，那個名字的主人已經死了……」

「那麼，我應該怎麼稱呼您才好呢？」

「這個嘛……昨天，我想到了一個好名字。」

「什麼好名字？」

「就是牡丹這個名字。」

「牡丹？」

「你以後就用這個名字叫我吧……」

「牡丹大人……是嗎？」

「再仔細一聽，真的會覺得像是女人的名字呢……」

牡丹講到這裡，再次發出了嗤嗤笑聲。

他原本抬頭望著天空，突然，視線落在一個定點上了。

市松一個人走了幾步路，轉過頭來看身後的牡丹。

只見牡丹抬起他那雪白的頸項，望著天空。

「怎麼了嗎？」市松問道。
「有風箏。」牡丹回答。
「風箏？」
市松也抬頭望向天空。
一紙菱形的白色風箏翱翔在樹梢之上，更高、更遠的藍天裡。
白色的風箏上寫著一個「む」字。
「哼……」牡丹嘟囔了一聲。
「那個風箏有什麼問題嗎？」
「……沒有。」
「那剛好是我現在要帶四郎大人……不對，是牡丹大人去的方向。」
「哦？」
「總而言之我們先過去吧！要是還有別人在的話，應該就得等下一次機會或是晚上了吧……」
市松往前走，牡丹在後頭跟著。
走著走著，樹木長得愈來愈茂密，開始有點森林的感覺了。
「就是這裡。」
市松在一座小小的石階前停下了腳步。
湮沒在荒煙蔓草裡的石階，從市松跟前緩緩往上延伸。
高度並沒有很高，頂多只有兩個人的身高那麼高。
爬到最頂端後，來到了一個小小的神社內院。

正前方有一座屋簷已然頹圮的神社。
看樣是一座沒有人照料的神社。
「在德川大人打天下的時候，這裡的住持被入侵的盜賊殺死了，從此以後，就沒有人敢再靠近這一帶。」
「喔。」
「不管是神像還是什麼東西，全都被搬得一乾二淨。」
就連破廟的屋頂上也長滿了雜草，還有一部分破了洞。
白色的風箏就翱翔在距離屋頂很遠的天空裡。
從風箏上延伸出來的線，就綁在這間破廟的屋頂上。
牡丹發現了這一點，緊接著，市松也發現到了。
「有人……」市松說道。
「嗯。」牡丹回答。
「神像呢？」
「就藏在破廟地板下的泥土裡。」
「原來如此。」
「本來應該要由我家主人帶您過來的，可是為了避人耳目，就由我一個人帶您過來了。」
「沒想到原本給八百萬神靈居住的神社，如今卻成了異國神之子的眠床呢！」
牡丹臉上浮現出一抹清淺的微笑，似乎覺得很有趣的樣子。
「我家主人無意中得到了這件南蠻傳來的東西，如今就藏在這個地方。如果那就是四郎大人在找的東西，我家主人也願意割愛。」

市松朝破廟走去。
牡丹跟在他後面。
兩人一面留心查看有沒有其他人的氣息，一面慢慢走進破廟裡。
「好像沒有其他人呢！」
「我還以為放風箏的人就躲在某個地方……」
「是啊！」
牡丹似乎還是覺得有點不太對勁，頻頻往四周張望。
「怎麼了？」市松問道。
「那應該是忍者的風箏吧！」
「忍者的風箏？」
「忍者之間用來跟遠方同伴取得聯繫的工具。」
「這麼說來……」
「可能有人正在這裡等另一個人過來，也可能是有人把聯絡用的風箏放了上去，但他已經不在這裡了……」
「該不會是為了那尊神像吧……」
「你是說那紙風箏是為了通知同伴神像在這裡嗎？」
「怎麼可能，這裡只有我家主人夫婦和我知道而已。」
「姑且先不論地點，應該還有其他人知道你家主人擁有那尊神像的事吧？」
「是的，當各式各樣的物品跟那尊神像一起被送到這個國家後，有人幫它們進行了分類，這些人當中應該還是有幾個知道這件事吧，我想。」

「我就是在天草，從那些人當中的一個，也就是福田屋庄兵衛口中得知那尊神像的存在……」
「這個我有聽說，福田大人好像在天草之亂的時候喪命了。」
「沒錯。」
「既然如此，那我們這一趟還真是來得巧呢。趁這個機會把神像挖出來，移到安全的地方去，再不然就是交給四郎……呃……牡丹大人。」
「確定要挖出來了嗎？」
「確定。」
「這裡似乎沒有其他人，不過對方也可能只是把自己的氣息隱藏起來……」
「那麼就趁現在這個狹窄的破廟裡四下無人的時候趕快動手吧！」
的確，一眼望去，破廟的確是沒有其他人。
市松從懷裡拔出小刀。
蹲下身子，用那把小刀撬起地板上的木板。
地板上出現一個人可以爬進去的洞。
市松爬了進去。
裡面立刻傳出小刀挖土的聲音。
泥土的味道撲鼻而來。
他似乎是先用小刀把土挖鬆，再用兩隻手把土撥開的。
不一會兒，地板下傳來了嗓音：「有了……」那是充滿緊張感的嗓音。
「咦？」市松叫出聲來。
「怎麼了？」

「有人在前面……有人……有人……好像有人倒在那裡！」

市松的聲音突然變成悲鳴，悲鳴在下一秒鐘便戛然而止了。

地板下出現了另一個人的氣息。

「市松?!」牡丹往地板下喊了一聲。

過沒多久，夾雜著泥土味的鮮血味道傳來了。

而且是剛剛才流出人體，還很溫暖的鮮血味。

「牡、牡丹大人……」

一個嗓音和兩隻沾滿了鮮血的手，從地板下探了出來。

兩隻手裡捧著濺滿血跡的木箱。

「市松？」

牡丹伸出手去，接過了那個木箱。

「請把聖、聖母瑪利亞大人……」市松用氣若游絲的聲音說道。

從地板下伸出來的兩隻手，又再度往下掉，消失無蹤了。

「誰在裡面……」牡丹抱著木箱，朝地板下方提問。

地板下並沒有任何回應。

兩個人的氣息已經完全消失了。

一個是市松的氣息。

另一個是殺死市松那個人的氣息。

前者已經死了，後者應該只是把自己的氣息隱藏起來。

放風箏的主人果然屏氣凝神地埋伏在地板下。

看來是個相當棘手的高手。

牡丹抱著木箱，悄悄往後，也就是出口的方向移動。

退到出口附近的牡丹突然跳了起來。

在他跳起來的瞬間，一道明晃晃的刀光，從地板下穿了出來。

跳起來的牡丹直接用單手抓住頭上的橫樑，輕盈地爬了上去。

對方的氣息又消失了。

剛才從地板底下穿出來的刀尖也消失了。

「枉費我這麼努力地屏住氣息……」地板底下傳出一個聲音。「要是你們沒有發現我，我還可以放你們一條生路，要怪就怪你們的運氣不好吧！」那個聲音說道。

「你是忍者嗎？」

「……」

「風箏是你放的嗎？」

「……」

沒有回答。

那當然，如果對方真的是忍者，自然不會回答他的問題。

牡丹的頭上開了一個大洞。

他輕輕一躍，通過那個洞口，到了屋頂上。

已經腐朽得差不多的屋頂，微微往下一沉。

躂躂躂！

牡丹在屋頂上疾馳，然後高高一跳。

單手往空中一伸，抓住櫸木的樹枝。

樹枝在空中劃出一道優美的曲線，牡丹的身體也隨之往下沉。

咚！牡丹的腳著地了。

他將木箱抱在左邊腋下，拔足狂奔。

木箱的大小相當於一個人的頭。

牡丹虛晃一招，做出要從石階上一口氣衝下去的樣子，然後大大往後一躍。

他站在內院的中央。

從石階那裡現出了幾個人的身影。

一共有四個人。

雖然每個人都打扮成町人或行商旅人的樣子，但看他們的身手馬上可以知道，他們絕非普通人。

因為町人絕對不會那樣紮馬步。

四個人裡有一個是女人，打扮得就像旅行途中在鄉下小店裡常常會看到的尋常女子。

還有人打扮成賣藥的郎中，但是每個人都散發出一種刻意隱藏的獨特氣息。

「你到底是誰……」其中一個男人問道。

「關於這個問題嘛……我應該怎麼回答才好呢？」牡丹宛如唱歌一般地說道。

女人站在正中央，男人們分散在兩旁。

兩個在牡丹的右邊。

兩個在他抱著箱子的左手邊。

正前方只剩下那個女人。

「就算我說，我出現在這裡的理由跟你們出現在這裡的理由一點關係都沒有，恐怕你們也不會相信吧！」牡丹絲毫不為所動地說道。

他站在那裡的身影，宛如花朵一般地優雅。

他的一隻腳稍微往後跨了一小步，但是就連那個動作，也像是微風輕輕拂過百合或牡丹一樣。

「用風箏把你們召來的人，就在破廟的地板下。」牡丹說道。

「你知道風箏的暗號，所以才來到這裡的嗎？」站在牡丹面前的女人說道。

「我不是說過了嗎？我是因為別的事情。」牡丹說道。

這時，牡丹背後響起一個聲音：「是姬夜叉嗎？」

原來是剛才從地板下傳出來的聲音。

牡丹往人數比較少的左邊側過半個身體，往破廟的方向一看，在稍微高起、被露水打濕的緣廊上，站著一個一身黑的男人。

男人骨瘦如柴到令人難以想像的地步。

右眼上有道從額頭一路劃到臉頰的傷口，看起來十分猙獰。

傷口還很新。

左眼固然是睜開的，而且異常地大。幾乎所有看得到的巨大眼球部分，全都是黑眼珠。

總之是個長相令人毛骨悚然的男人。

頭髮沒有綁起來，而是亂糟糟地垂在兩邊。

明明是大白天，可是他的瞳孔卻睜得老大。

「是半助嗎？」被喚作姬夜叉的女人問道。

「是的。」一身黑衣的男人——半助回答。

「發生什麼事了？」姬夜叉問道。
「我在伊吹山裡發生了一點意外，現在眼睛只能看到模糊的影子。」
「在伊吹山裡？」
「沒錯。」
「那舞呢？」
「不知道。」
「不知道？」
「因為我又看不見。」
「眼睛看不見還能到這裡來，真是難為你了。」
「我在山裡因為眼睛看不見而不知該如何是好的時候，剛好有一個燒炭的經過，還好心問我怎麼了，我就威脅他帶我來這裡。」
「那個燒炭的呢？」
「被我埋在那個破廟的地板下了。」
「喔——」
應聲的是牡丹。
「剛才有人突然闖了進來，還開始挖地板，可真把我給嚇了一跳。」半助說道。
「到底發生了什麼事？破顏坊也等得快要不耐煩了啊！」
「詳細的經過我晚一點再告訴妳，姬夜叉，先殺了這個人。」半助說道。
「這樣好嗎？」
「我不知道那個地板底下到底埋了什麼，不過他們確實是來挖那個東西的。剛才我已經殺了他的同夥，現在又被他知道這麼多我們的事……」

半助的話還沒說完，站在牡丹左側的男人已經把手伸進懷裡，抽出一把小刀，「咻」一聲朝牡丹射了過來。

哐！

牡丹用手裡的木箱接住了那把小刀。

小刀插在木箱上。

他一動，繡著牡丹的小袖也跟著飄動，使焚香的味道往周圍散開。

在自己的衣服裡放入焚香，不是忍者會做的事。

對忍者來說，無臭無味才是最好的。

牡丹懷裡的木箱從小刀射中的地方裂開了。

木片和小刀同時掉在地上，發出「哐啷」一聲。

「啊！」

牡丹直接伸手接住了裡頭掉出來的東西。

那是一個彩色的聖母瑪利亞像。

聖母瑪利亞站立著，懷中抱著年幼的耶穌基督。

聖母瑪利亞身上穿著淺藍色的衣服。

是作工相當棒的雕刻。

似乎是年代久遠的陶器古物。

如果偷偷拿去向有錢的基督徒兜售，對方或許會出到一萬兩也說不定。

「哇……」圍著牡丹的那幾個男人裡，有人發出了驚呼聲。

「你是耶穌教的人嗎？」
「被你看到啦！」牡丹說話時，先前偷放暗器的男人行動了。
速度非常驚人。
男人瞬間拔出腰間的劍，橫向一揮。
沒想到牡丹卻文風不動。他面向朝自己衝過來的男人，把拿在手裡的聖母瑪利亞像扔了過去。
完全是一個出人意表的舉動！
耶穌教的人絕對不可能對神像做出這種大不敬的舉動。
男人把往橫向揮出的劍往上一挑，在半空中將那尊神像一刀兩斷。
就在那個瞬間。
一把閃著寒光的劍由男人上方揮來，砍在他的腦門上。
原來是牡丹從腰間的朱鞘裡拔出了長劍，一劍砍在那個男人的腦袋上。
咻！
鮮血宛如噴泉飛濺，腦漿散落於掉落地面的神像碎片上。
「我也不想這樣呀！」牡丹以一種置身事外的語氣說道。
脣邊甚至還浮現出一朵麗似夏花的微笑。
一直努力想保持站立的男人，最後終於「咚」一聲往後倒下了。
牡丹迅速跨出一步。
一腳踩在形狀還清晰可辨的聖母瑪利亞臉上。
——踏繪⑯。
這是耶穌教的信徒，絕對不會做，也根本不敢做的行為。

聖母瑪利亞發出支離破碎的聲音，在牡丹的腳下變成一堆碎片。

牡丹的微笑完全沒有表現出任何情感的波動。

「神也只不過是這種程度的東西呢！」

牡丹輕聲說，同時把腳抬起來，然後以迅雷不及掩耳的速度，把左手伸到神像的碎片裡。

當然了，這些人才不會放過這樣的機會，紛紛握劍衝向牡丹。

「嘿！」

「哈！」

他們幾乎在同一時間把劍刺向牡丹。

牡丹並沒有站起來，他從地上撿起某樣東西之後，反而順勢滾向朝他衝過來的其中一個男人腳邊。

鏗鏘！

第一個男人的劍被彈開了。

另一個男人的手腕則被牡丹突然揮下來的劍切斷了。

被切斷手腕的男人面向牡丹，發出哀號聲的同時跪倒在地。

牡丹的劍飛快劃過他的膝蓋與膝蓋之間。

劍尖剛好把男人的恥骨一分為二。

牡丹轉身，位移到恥骨被割開的男人背後。

男人屈膝，在牡丹剛剛站過的地面跪了下來。

⑯在江戶時代，聖母瑪利亞像、耶穌十字架像會被刻在木板或銅板上，讓人踐踏，以測試其是否為基督徒。

這股衝擊，讓他的內臟有一大半都從被割開的雙腿之間嘩啦啦地掉落在地上。

彷彿自己把內臟排泄出來後，男人趺坐在上頭，以這樣的姿勢，嚥下了最後一口氣。

剛剛劍被彈開的男人，高高地一躍而起。

在半空中重新調整好姿勢，從正上方往剛從同伴的身體下繞出來的牡丹展開攻勢。

牡丹一面轉身，一面把握在右手裡的劍尖朝上，立在地上。

他放手了。

同時，他把臉往上仰，右手拔出小刀。

立在地上的長劍雖然緩緩往旁邊倒下，但是從天而降的男人速度更快。

劍尖就剛好在從天而降的男人正下方。

「哇啊啊啊啊！」

利刃從屁眼一口氣貫穿了男人的身體，但他還是奮力把握在手裡的劍從空中往牡丹的方向射過來。

如果他用自己的劍揮開底下的劍，馬上就會被一旁仰望的牡丹用劍撂倒。

如果他用手裡的劍攻擊牡丹，就會被立在地上的劍貫穿屁眼。

無論怎麼選擇，最後的下場都是死。

既然如此，如果選擇的是後者，就算是死，或許也可以拖著牡丹一起下地獄；就算不能拖著牡丹一起下地獄，至少也可以傷到他吧！

男人瞬間做出了決定。

他決定選擇後者。

只不過，射出去的劍還是被牡丹漂亮地擋開了。

但另一把劍卻深深刺入男人的體內，連劍托也幾乎沒入了男人的肛門裡。
沾滿鮮血的劍尖，從男人的肚臍附近刺穿出來，暴露在空氣中。
男人頹然倒下。
牡丹把自己的劍從男人痙攣著的屁眼拔了出來。
在他拔劍的過程中，男人已經一動也不動了。
這一切全都發生在極短的瞬間，以眨眼的次數來算的話，大概只眨了四次吧！
牡丹已經站了起來。
周圍是一片血海。
然而，他的衣服卻連一滴血也沒沾上。
姬夜叉站在牡丹的正前方。
他的後方有半助站著。
彷彿無視於這兩個人的存在一般，牡丹露出了滿臉的笑意。
他舉起左手，凝視著手中垂下的東西。
那是他剛才從摔得粉碎的聖母瑪利亞頭部碎片裡撿起來的東西。
是一個十字架，顏色黑得令人心驚膽跳，吊在細細的金鍊子上。
牡丹臉上的笑容是燦爛到不能再燦爛的喜悅之笑。
姬夜叉死盯著牡丹不放。
漆黑的雙眸裡，燃燒著熊熊的火焰。
「你這傢伙。」姬夜叉說。
「就是那個人吧！」她細語。

牡丹像是沒聽到她說的話。

他把手中的鍊子掛到脖子上，再把十字架塞進衣服底下，貼著自己的肌膚。

他這才慢條斯理地，把頭轉向姬夜叉的方向，問道：「妳在說什麼？」

「你這傢伙。昨天在杭瀨川的河岸上，有人把一個變戲法的男人的手切斷了。那就是你，對吧？」

「喔……」牡丹嬌豔欲滴的紅唇微微往上一勾：「妳是那個男人的同伴嗎？」

「果然是你！」

姬夜叉大大的瞳孔裡，升起了淡青色的熊熊烈焰。

她把手伸向後腦勺的頭髮，將挽起來的秀髮鬆開。

那是一肩如瀑的長髮。

一直長到腰部。

它們宛如無數的小蛇一般，在姬夜叉的胸前蠕動。

「哦？」

牡丹微微一笑。

「姬夜叉，我幾乎沒有辦法動喔。」半助說道。

姬夜叉表現出「我明白」的樣子，輕輕往前踏出一步，把重心放低。

她身上看起來不像帶有任何武器的樣子。

懷裡雖然看似有一把小刀，不過那根本連牡丹的一劍都擋不住。

因為牡丹手裡握的可是一把長劍。

小刀早就已經收回腰間了。

只要再往前跨出一步，姬夜叉就會進入牡丹的攻擊範圍裡。
就在姬夜叉又即將往前踏出一步的前一刻，牡丹往後退了一步。
他把長劍收回朱鞘裡，同樣把重心放低。
將手指放在胸前合十，十指交纏。
看起來像是什麼密宗的手印，至於到底是不是密宗的手印，在場沒有人知道。
牡丹以低沉的聲音唸起某種咒語。
而且還是用異國的語言唸的咒語。
兩人的立場對調了。
剛才是姬夜叉向握著劍的牡丹發動攻擊。如今，情況已經逆轉了。
這次換成是牡丹在對姬夜叉發動攻擊。
姬夜叉微微一笑，將右手的指尖探向自己的衣領。
從那裡摸出一個閃著寒光的銳利金屬。
那是一種黑色的菱形金屬。
中央有一個洞，可以把手指伸進去。
姬夜叉把手指伸進那個洞裡，拿好金屬。
插入手指的方式會因使用情況而略有不同。
上頭所附的利刃，也會因為握法不同，時而突出於拳頭之外，時而隱藏在手腕與拳頭之間。
是一種暗器。
基本上使用它的人是不會讓對手看見的。
通常會先將它藏在手心裡，等到雙方打得天昏地暗的時候，再出其不意地用來攻擊對手——

這就是這種武器的厲害之處。
姬夜叉故意讓牡丹看見那武器之後，再將它握在拳頭裡。
當姬夜叉揮拳出擊的時候，那武器已經不見了。
真是出神入化的手上工夫。
姬夜叉舉起乍看之下什麼東西也沒有握的拳頭，往前踏出一步。
「呼！」
她呼出一口宛若游絲的氣，將拳頭往前面推出。
一道金屬的光芒劃破空氣，從她的拳頭射向牡丹的臉。
乍看之下還以為要出拳，結果是丟出暗器。
鏗鏘！
空氣中發出一個尖銳的聲響。
牡丹用右手把腰間的小刀抽出來，立刻由下往上地把暗器撥開。
金屬在空中轉了好幾個圈。
牡丹在空中轉動他用來撥開暗器的小刀，轉了幾圈後，筆直朝姬夜叉的胸口砍過去。
然而下一秒鐘，小刀卻像是被什麼某種柔軟的東西纏住了，停在途中。
「嗯？」
牡丹出聲，疑惑不解。
自己砍下去的小刀被姬夜叉的頭髮給漂亮地接住了。
姬夜叉的頭髮彷彿有生命似的高舉了起來，繞在小刀上。
真是驚人的力量。

宛如章魚的觸角一般。

下一瞬間，姬夜叉其他的頭髮又像是有生命似的動了起來。比針還要銳利的髮梢紛紛朝牡丹的咽喉、眼睛、心臟直線刺過來。

沒有時間把纏住的小刀從姬夜叉的頭髮裡拔出來了。

牡丹放掉手中的小刀，大力往後一跳。

姬夜叉又往牡丹的方向踏出一步，緊追不捨。

她一面追，一面用右手取下頭髮纏住的小刀。

然而，牡丹還在繼續唸咒。

姬夜叉的髮間閃爍著藍白色的電光。

她似乎可以隨心所欲操縱自己的頭髮。

姬夜叉打算用握在手中的小刀把牡丹的頭給砍下來，她稍稍跳起，讓小刀橫空一掃。

只不過，那把小刀並沒有掃中牡丹的身體。

牡丹的身體早就跳到比姬夜叉飛躍砍來的小刀還要高的地方了。

這位美劍士身高過人，動作卻是那麼地輕盈。

真是令人讚嘆的跳躍力。

「哪裡跑！」

姬夜叉算準了牡丹落下的時機，打算再把劍往空中一揮。

然而——

姬夜叉的背上一凜。

她壓制住差點脫手而出的小刀，並往後大大一跳。

姬夜叉的頭髮輕飄飄地倒豎了起來。
牡丹的身體並沒有落下。
他明明跳躍到沒有任何支撐物的半空中，卻傲立於大氣裡。
從牡丹的口中低聲流洩出異國的咒語。
姬夜叉如果從下面採取攻擊的話，在刀鋒劃過長空的那個瞬間，牡丹只要從正上方一劍砍下，她可能就會當場斃命也說不定。
「呵呵呵呵！」
牡丹唇邊流洩出不同於咒語的另一種聲音。
牡丹在笑。
「被妳撿回一條小命呢……」牡丹說道。
「你這傢伙……」姬夜叉抬頭望著牡丹，喃喃自語。
「似乎不是普通人呢！」她如此評論。
「呵呵！」牡丹在半空中輕聲笑了。
「得到『猶大十字架』的人，怎麼可能還是個普通人呢……」他自言自語般地回答說。
這時，牡丹的臉突然往後瞥了一眼。
半助原本站在被朝露沾濕的破廟緣廊上，現在已經不見了。
半助的身影出現在破廟的屋頂上。
不對，當牡丹瞥那一眼的同時，半助的腳已經離開了破廟的屋頂。
瞬間便飄浮在半空中的半助，以迅雷不及掩耳的速度在空中滑行，朝同樣浮遊在半空中的牡丹飛來。

在他張開的雙手雙腳之間，張著布製的皮膜。
「我幾乎沒有辦法動囉……」
半助的音量大到足以讓牡丹聽見的這句話，原來是個陷阱。
半助一注意到牡丹已經發現自己的行動，便讓身體在半空中轉向。
轉換方向的瞬間，半助的唇齒之間吐出一道細細的銀光，在晨光下一閃即逝。
「喔！」
牡丹在半空中喝了一聲，將右手的小袖揮舞一圈，在半空中接住了在晨光中破空而來的銀光。
再把接住的東西放進左手裡端詳。
「這是針嗎？」牡丹問道。
「哈哈哈！」降落到地面的半助笑道。「莫非你是會使用妖術的伴天連⑰嗎？真是個令人難以捉摸的男人啊！」半助說完，走到姬夜叉的身邊。
「如果我的眼睛可以看得更清楚一點，就可以跟你在空中較量一下了。」
「那還真是不巧呀！」
「你要和我們兩個在這裡決鬥嗎？」
「我沒有這個打算喔。話說回來，一開始就是你們主動挑起這場打鬥的……」
「那麼今天就先到此為止吧！因為我們還有別的急事要辦。」
聽見半助這麼說，姬夜叉狀似又要踏出一步，後來自己想了想，又收回腳步。
「下次再見面的時候，我一定會突然出現在你背後，把針插進你那雪白的頸項裡。」

⑰亦即室町時代耶穌教的宣教師（傳教士），由葡萄牙文的padre直譯而來。

「忍者可以私鬥嗎？」

「請不要把我們跟普通的忍者混為一談。」半助輕聲說道。

「更何況，我們還有未完成的任務……」

「任務？」

「你不是已經聽到很多了嗎？」

「是跟那個名叫舞的女人有關的事嗎？」

「總之是個重要任務，我們可不能在這裡和你決鬥而死。」半助抬頭望著牡丹說道。

右眼上的刀傷還是非常怵目驚心。

左眼的視力似乎也幾近於零。

身體宛如枯枝般細瘦。

活像隻蝙蝠一樣。

站在他旁邊的姬夜叉，依舊放長髮風中倒豎著。

站在下面的兩個人已經夠奇怪了，但是傲立在空中，低頭望著底下兩人的美麗劍士，更是詭異的存在。

咻！

原本在姬夜叉右手裡的小刀，撕裂空氣，往牡丹的臉上飛去。

牡丹伸出右手，接住差點就要在自己的左臉上劃出傷口的小刀握柄。

「還給你。」姬夜叉說道。

牡丹向姬夜叉還以一個微笑，把小刀轉了個方向，收回腰間的刀鞘裡。

「在河岸上跟你在一起的那個男人……叫作萬源九郎對吧？」姬夜叉問道。

「妳認識那個男人嗎？」
「你們是一夥的嗎？」
「不，我們不是一夥的……」
牡丹一副欲言又止的樣子，似乎不知道該怎麼回答比較好。
「你叫什麼名字？」姬夜叉繼續提出問題。
「牡丹。」牡丹回答。
「我記住了……」說完這句話的姬夜叉，身體開始往後退。
半助也跟在姬夜叉之後，開始往後退。
兩人都不想背對著牡丹。
他們就這麼倒退走下石階，慢慢消失在牡丹的視線之外。
現場只留下三具屍體。
再加上破廟的地板下還有兩具屍體。
除此之外，就只剩下懸浮在朝陽中的牡丹了。
微風吹動著與牡丹同樣高度的樹梢。
陽光同時照射著牡丹與樹梢。
就在這個時候，陽光與微風中突然傳出了低沉的笑聲。
呵呵……
呵呵……
那是人覺得某事可笑至極時，會發出的笑聲。
音量逐漸高揚。

在風中的牡丹笑著。

「我終於得到你了。」牡丹一邊輕笑，一邊喃喃自語：「猶大的十字架……」

「世上再也沒有人是我的對手了。」

牡丹絕美的紅唇兩端吊得老高，拉出一個深深的V字型。

第七章 獸人

1

在那之後又過了兩天。

才藏又在岩石的隙縫間度過了兩個晚上。

今天早上終於可以稍微看清楚周圍東西的輪廓了。

身體一旦開始痊癒，視力便急速恢復。

就連眼睛的疼痛也幾乎完全退去了。

趁著天色還將明未明的時候，才藏已經打點好自己，動身出發。

當然，他其實不是很確定想去的地方在什麼方向。

他直覺認定，十之八九應該是在上面。

他還記得自己是在眼睛看不見東西的情況下下山的。

所以距離那個地方應該不會太遠才對。

更何況還有一段時間根本沒在移動。

一個眼睛看不見的人，是不可能移動到太遠的距離之外的。

而且，他有將近六天的時間都待在同一個地方。

令人心曠神怡的鳥鳴聲。

肚子雖然很餓，但是體力還沒有完全消耗殆盡。

才藏的腳步十分穩健。

雖然視力還沒有完全恢復，但是至少看得見樹根和石頭，要走路是不成問題的。

只不過還沒有辦法跟武藝高強的對手兵戎相見就是了。

當陽光開始散發出熱力的時候，才藏也抵達了那個地方。

在陽光下所看到的景色，果然是令人歎為觀止的壯大。

一整面平緩上升的斜坡上，所有巨大的山毛櫸全都被連根拔起，倒向同一個方向。

從山毛櫸抽出的枝葉當中，有已經開始轉黃的葉片。

才藏正要開始沿著山毛櫸傾倒的方向往前走時，突然停下腳步，將身體藏入倒木的陰影底下。

因為前面出現了一個人影。

在還不能確定對方是敵是友的情況下，最好不要輕舉妄動。

視力還沒有完全恢復。如果恢復了，即使在這麼遠的距離下，還是可以判斷對方是敵是友。

不過才藏這麼做是對的，因為對方的確是敵非友。

遠遠走來的是破顏坊、半助，以及他們那一夥人。

2

「就是這個洞嗎？」破顏坊問半助。

半助點了點下巴。「是的。」

「真大的一個洞呢！」破顏坊說道。

破顏坊和半助都打扮成雲遊僧的樣子。
破顏坊站在從洞穴邊緣伸向洞穴內側的一棵倒木的樹幹上，居高臨下地望著洞裡。
那是一個宛如巨大研缽的洞穴。
並非正圓，而是橢圓的形狀。
看起來像是那個從天而降的巨大物體並不是從正上方掉下來，而是斜斜地撞上這座山。
靠近洞穴中心的樹和土全都燒焦了。
那是個就連大坂城內側的護城河都可以裝進去的大小。
「我記得你有提到船，對吧？」破顏坊問道。
「是的。」半助回答。
「什麼樣的船？」
「這個嘛……船其實是一種譬喻，因為那東西的形狀實際上並不像船。只不過在我看來，它散發出船的感覺罷了。」
「那它是什麼形狀呢？」
「硬要說的話，大概是這種形狀……」
半助用雙手比出一個類似雞蛋的圓形。
「哦？」
破顏坊望向洞穴裡頭，似乎在思索著什麼。
他的嘴角和眼睛浮現出那不變的表情。
在他們倆的周圍，還站著五個男人。
每一個都是作樵夫打扮的人。

「你是說那艘船從天上掉到這個地方，然後又飛走了嗎？」

「是的。」

「什麼樣的人才有本事操縱會在天上飛的船呢？」破顏坊喃喃自語。

「你覺得呢？要是能夠得到那艘船的話……」

「……」

「或許就可以隨心所欲地控制這座秋津島了，就連德川大人的天下也可能被取而代之呢！」

「別說這麼可怕的事。」

「我說的假設，德川大人的敵人要先得到那艘船，事情才有可能成真。」

「……」

「就連過去豐臣秀吉太閤沒有辦法完成的平定朝鮮，也不再是夢想。那些南蠻國家當然不用說啦，或許就連大唐、天竺也可以一舉收服，成為囊中物呢！」

「是的。」

「聽你說的時候，我還覺得半信半疑的，但是看過現場的樣子之後，也由不得我不信了……」

破顏坊望著半助。

半助點了點頭。

「眼下最重要的問題，還是秀賴的女兒……」

破顏坊又轉過頭看看洞裡。

「如果她已經死了，這當然是最好。只不過，就算她死了，我們也得掌握她已死亡的證據才行。」

「說得是。」

「你覺得呢？就你看到的，你覺得舞還活著嗎？」
「我想應該已經死了吧！可是又到處都找不到屍體。」
「那麼，還是應該要當她還活著才行喔。」
「可是……」
「那個叫才藏的男人還活著，舞被他帶走了——你不覺得這樣想比較自然嗎？」
「我也想過這個可能性。」
「問題是，真田那邊的人也在找她。」
「也就是說，那兩個人也遇到跟我一樣的狀況，至今還沒有跟同伴會合吧。」
「既然如此，就得趕在他們會合之前，把事情解決掉才行呢。」
「是的。」
「你不認為她可能已經被燒死了嗎？」
「如果是的話，那她的屍體又到哪裡去了？再說，如果她是被燒死的，這一帶倒下來的林木勢必也會跟著一起燒掉才對。」
「說得也是。」
「……」
「那她果然是還活著囉？」
「這麼想比較妥當吧！」
「只不過，那個拿著舞的髮簪的男人……」
「你是說萬源九郎吧。」
看來半助已經聽過源九郎的名號了。

「聽說那個男人也來過這裡？」
「好像是這麼一回事。」
「所以髮簪是他在這裡撿到的吧……」
「你認為那個男人還隱瞞了什麼事嗎？」
「或許吧！他也可能什麼都沒隱瞞，反正是個讓人摸不著頭緒的人。」
「這樣啊。」
「聽說被派去監視源九郎的黑蟲也被幹掉了。」
「是的。」
「現在換姬夜叉去追查他的下落了，但還是先假設源九郎曾經跟真田有過接觸比較好吧！」
「問題是，秀賴真的有女兒嗎？」
「既然有這樣的謠言傳出，不管是不是真的，都得先阻止這個謠言繼續流傳下去才行。」破顏坊說完這句話望向半助，好像想起了什麼事情。「在黑蟲和變戲法的藤次相繼死去之後，你的眼睛看起來也還要再一段時間才能夠復原，在那之前也派不上用場。」
「是的。」
「等你的眼睛復原之後，先去一趟伊賀。」
「去伊賀？」
「向土蜘蛛那幫人要兩、三個高手過來幫忙，我晚一點會把信寫好。」
「我明白了。」
「除此之外呢，半助。有件事我要先提醒你。」
「請說。」

「這件事先不要讓江戶的半藏大人知道。」
「咦？」
「我是說，先不要把天外飛船的事告訴江戶的半藏。」
破顏坊直呼半藏的名諱，捨棄了尊稱。
「我知道了。」
正當半助要點頭的時候，對面突然傳來一個粗啞的聲音：「喂！」
破顏坊和半助抬頭一看。洞穴對面邊緣的倒木上，距離眾人大約六八四十八呎⑱的地方，站著一個男人。
那一瞬間，破顏坊和半助都以為自己看到的是一頭用後腳站立的熊。
因為來者是個異常高大的男人。
那個男人揮了揮手，慢慢靠近過來。
他踏著像是在山裡行走慣了的步伐，跳過一棵棵倒下的林木而來。
但是還沒來得及走到破顏坊和半助跟前，就先被擋在前面的五個男人包圍了。
高大的男人臉上長著一臉大鬍子。
看起來像是獵人的樣子。
上半身披著一塊大大的熊皮。
似乎是才剛剝下來的熊皮，上頭還充滿了血腥味。
腰間插著一把很大的開山刀。

⑱相當於十四點五四四米。

右臉頰有一道怵目驚心的傷疤，還露出粉紅色的肉。
左手臂藏在袖子裡。
可能是因為左手揣在懷裡的關係，男人身上穿的衣服在腹部那邊有一塊突出。
強烈的野獸臭味從站著的男人臉上散發出來。
這個男人是權三。
可是男人的臉卻和鎮日帶著山林氣息的權三不同。
男人的眼角高高吊了起來。
就算是權三的朋友，應該也認不出他是權三。
他的相貌已經改變了。
不光是相貌，就連人格似乎也變了。
「你有什麼事？」包圍著權三的那五個男人裡的其中之一問道。
「你們知道掉在那個大洞裡的東西跑到哪裡去了嗎？」
「不知道！」答腔的是破顏坊。
「真的不知道嗎？」
「真的不知道。」
「那我換個方式問好了，你們這幫人為什麼會在這裡？」
權三問話的方式非常不客氣。
破顏坊把他始終保持著笑容的臉轉向權三。
「這個問題，我沒有必要回答你。」
「哦？」

「倒是你，為什麼會到這裡來？又為什麼想知道這個洞裡的東西的下落？」

「我也沒有必要回答你。」權三雲淡風輕地回答。

「你好像知道一些什麼呢！」

「嗯哼！」權三皮笑肉不笑地冷哼了兩聲。

微微咧開的唇縫裡，隱約可見巨大的牙齒。

「如果你知道什麼的話，最好是自己乖乖說出來。」

「什麼?!」

「不然，讓我抓住你，再逼你說也是可以。」

「哈哈哈！」權三的嘴唇咧得更開了。

那五個男人一語不發，圍住了他。

每個人手上都握著不知道從哪裡抄出來的小刀或開山刀。

「問題是你抓得住本大爺嗎？」

「你想試試看嗎？」

「真有意思。」權三轉動著濕漉漉的黑眼珠說道。

「既然如此，我乾脆也隨意抓住你們當中的一個人，再慢慢問他好了。」

權三這麼說的瞬間，站在他身後的男人動了起來。

雖然是站在很難保持平衡的倒地林木上，但男人的動作卻相當迅速。

他似乎打算從後方抱住權三的脖子，把利刃插進他的喉嚨。

突然間，權三也採取了動作。

說是採取動作，但其實只有向後轉而已。

只不過，光是這一個動作，就已經比一般忍者俐落太多了。

噗！

空氣中響起鈍重物體劃破空氣的聲音。

然後是「噗嗤」的一聲。

打算從後方發動偷襲的男人，他的上半張臉（上顎以上的部分）全都不見了。

到處亂噴的血跡跟四散紛飛的腦漿，一股腦兒地濺在周圍男人們臉上。

而在數公尺外的倒木之間，響起一記又濕又沉的重物落地聲。

男人消失的上半張臉就掉在那裡。

失去上半張臉的男人整個身體往前仆倒，跌落在倒木與倒木之間，發出「咚」一聲巨響。

剩下的四個男人紛紛往後退，圍住權三的圈子頓時往外擴大了半步的距離。

「哇啊啊！」破顏坊喊出了聲音。

因為權三左邊袖子到剛才都還是空蕩蕩的，此時居然長出一個令人毛骨悚然的東西。

那是又粗又黑、毛茸茸的——

巨大熊掌。

就是那隻手把從背後欺近上來的男人腦袋給打飛的。

「呼呼呼！」權三笑了。

那是野獸的笑容。

肥厚暗紅的舌頭，在嘴裡舔了一圈。

看樣子，剩下的四個男人早已打消抓住權三的念頭了。

他們都被嚇傻了。

權三和離自己最近的男人對上了眼。

「別過來！」男人發出了求饒聲。

然而權三卻像是被他的聲音吸引似的，朝他飛撲了過去。

宛如熊掌一般的大手代替了劍，從正上方往男人的天靈蓋一掌拍下。

男人的頭有一半陷入兩肩之間，另一半被硬生生壓扁了。

眼球和腦漿滴滴答答地落在男人的衣領上。

「嘿咿！」

破顏坊的身體往空中一躍。

將手中的錫杖往權三的胸口刺下。

一股強大的力量彈開了他。

錫杖斷成兩半，一頭飛得遠遠的。

「喝！」

差點就要跟權三撞在一起的破顏坊，用手中剩下的半截錫杖，往權三跟前的倒木上一頂，將自己的身子送上更高的空中。

從權三的頭上飛過。

然而，此時此刻，權三的眼中已經看不見破顏坊了。

權三瞪著下一個男人。

而下一個男人就只是把刀架在身前，動也動不了。

「哇啊啊啊啊！」尖叫聲源源不斷地從男人的口中迸出。

權三動了。

權三一路逼近到眼前，男人便反射性地把握著刀的雙手往上舉。
就在那個瞬間，權三抱住了那個男人。
用一隻熊掌外加一條人的手臂。
男人的尖叫聲停止了。
雙手還是維持著向上舉的姿勢，但是男人睜得老大的眼球已經整個翻成白眼。
鮮血從男人的口中湧出，血花飛濺在男人的胸膛上。
原來是因為被抱得太緊了，所以才沒有辦法尖叫的。
男人的臉因為痛苦而扭曲著。
一顆頭左右搖晃。
沒多久，男人就一動也不動了。
權三慢條斯理放開男人的身體。
已經沒有人敢再攻擊權三了。
只能眼睜睜看著這一切發生。
大家都想知道這異樣的男人到底是何方神聖，那份好奇與恐懼是醜陋人性的一部分。至於同伴的死亡，他們只會木然地看著。
男人終於被權三放開了，他腹部染滿了鮮血。
肚子上的肉連同身上穿的衣服，全都被挖去了一塊。
內臟從那個洞裡跑了出來。
咆嗚——
空氣中響起野獸的叫聲。

是從權三的腹部發出來的。

權三的腹部長著一顆狗頭。

是白色紀州犬的頭。

狗的鼻子和脖子都被男人的鮮血給染紅了，嘴裡咬著一塊似乎是男人肝臟的肉片。牠一面淌著參雜著男人鮮血的唾液，一面啃食得不亦樂乎。

那隻狗在權三抱住男人的時候，把男人的內臟當作是美味的佳餚般享用。

「有沒有吃飽啊？白虎。」權三說道。

像是在回答他的問題一樣，白虎把肝臟一口吞下，朝著藍色的天空咆哮起來。

權三一把手放開，男人的身體便軟綿綿地倒下。

在白虎的咆哮之外，又加入另一種聲音的咆哮。

權三和白虎齊聲朝天空發出喜不自勝的吼聲。

轉章

1

源九郎優閒自在地走在中仙道上。

天氣非常好。

陽光普照。

蔚藍的晴空下，飛舞著一群又一群的秋赤蜻。

隨著日子一天天過去，秋赤蜻的數量愈來愈多了。

微風吹著。

那風輕輕吹拂著源九郎的一頭亂髮。

亂髮中依舊插著那根簪子。

源九郎拖著牛步，慢條斯理地走在微風中。

他一面走，一面回想最近發生一連串奇妙事件。

三天前的夜晚，在申的帶路下，源九郎跟那個老人見到面了。

在黑暗中走了大約半個時辰後，源九郎被申領入一座寺廟。

寺廟位於山腳下，距離城鎮有一段路。外觀十分普通，並沒有特別破敗。

通往杉樹林的門雖然坐落於黑暗中，但是並未被荒煙蔓草所湮沒。

就連一路爬上來的石階，上頭的草也都拔得很乾淨。
寺廟都有人居住的痕跡。
「你們家首領就住在這種地方嗎？」源九郎問道。
「他不住這裡，只是首領大人剛好認識這裡的住持，所以暫時借住了一下。」申答道。
在黑暗中扶著石牆往正殿的方向走了一會兒後，他們看見了前方的燈光。
獨立於正殿外的別院坐落於黑暗中。
走近後就著月光一看，就會發現那是一棟草庵式的房子。
宛如茶寮一般。
光線是從敞開著的下地窗裡透出來的。
「就是這裡。」申說道。
「這裡？」
「沒錯。進去吧，首領大人已經久候多時了。」
申指著一個小小的入口說道。
源九郎如果想拖著他的巨大軀體通過，說不定會卡在那裡。
「嗯。」
源九郎把門推開，彎下腰來鑽進入口。
「那我進來囉！」
他一鑽進去，留在外面的申便把門關了起來。
榻榻米上坐著一個老人，他面前有一個鑲在地板上的方形火爐。
的確是當初跟申一起坐在路邊的老人。

老人背對著源九郎。
長到肩膀一帶的白髮，隨著燭光的明滅搖曳著明暗的光影。
火爐裡燒得赤紅的炭色，看起來格外鮮明。
爐火上吊著一只鐵壺，鐵壺中冒出縷縷的蒸汽。
滋！
滋！
屋子裡靜靜響著水燒開的聲音。
「你先在那兒慢慢地坐下吧！」背對著源九郎的老人說道。
老人指的地方在燭火另一頭，後方有壁龕。
壁龕裡放著一個小小的素燒花瓶，花瓶裡插著一朵桔梗。
源九郎光著腳丫走過去。
每踏出一步，承受他巨大軀體重量的榻榻米便會往下一沉。
源九郎拔出背上的大劍和兩把大小不一的刀，隨意往榻榻米上一扔，盤腿坐了下來。
宛如一塊安放在榻榻米上的巨石。
「一面喝茶、一面聊吧！」老人說道。
臉上浮現出令人安心的微笑。
他看起來既有武士風骨，又像是留下一大筆錢，把店讓給兒孫輩經營，自己跑去隱居的老人。
老人靜靜把茶筅⑲從茶碗裡取了出來，把茶碗推到源九郎面前。
源九郎伸出右手拿起茶碗，豪邁地將茶一飲而盡。
「可以再給我一杯嗎？」源九郎說道，把茶碗推回老人面前。

用他那粗壯的手臂。
老人一言不發地微笑著，接過茶碗，沖起第二杯茶。
源九郎依舊是一口氣就把第二杯茶給喝掉了。
「可以再給我一杯嗎？」源九郎搔著頭說道。
結果一共喝了七杯。
「滿足了嗎？」
「其實還可以再喝的，但我已經不渴了，真是不可思議啊！」源九郎說道。
「那就好。」老人說道。
源九郎把簪子從頭上取了下來，用左手握著。
「我說老爺爺啊，既然我已經不渴了，可以開始問你問題了嗎？」源九郎說道。
「請說。」
「拜這根簪子所賜，我遇到了很多好玩的事，現在我已經不想在不知前因後果的情況下把它交出去了。」
「你是說你不想交出來了嗎？」
「倒也不是，我只是想要知道你們為什麼會這麼想要這根簪子而已。」
「原來如此。」
老人點了點頭。
自始至終，老人都是笑咪咪的。

⑲在日本茶道中，用來攪拌茶葉粉末，使起泡沫的圓竹刷。

他看起來至少已經有六十五歲以上了。

「很遺憾的是，我還是不能告訴你呢！」

「哦？那你為什麼要找我來這裡呢？還是你打算把我騙來這裡，再仗著人多把我給殺了……」

「如果我真的打算這麼做呢？」

「如果你真打算這麼做的話，第一個死掉的可是你喔。除了你以外，也還會有其他人陪葬。」源九郎說道。

他的語氣依舊是悠哉遊哉的，但是卻充滿了不可思議的壓迫感。

「我不想再有人死掉了。」

「那你打算怎麼辦呢？」

源九郎用左手輕輕把簪子往上一拋。

簪子在半空中轉了一圈，又落回源九郎右手的大拇指和食指之間，被他插回頭上。

「無所謂，繼續保持現在這個樣子就行了。」老人說道。

「哦？」

「我也希望這根簪子能夠繼續插在閣下的頭上。」

「可以嗎？」

「可以，我就是希望這麼做，才請閣下過來的。」

「嗯。」

源九郎把單邊的手肘撐在盤腿而坐的右膝上，看著老人。

「不知您意下如何呢？」老人說道。

「也就是說，你其實希望我不要把這根簪子交給任何人，對吧？」

聽到源九郎這麼說，老人笑咪咪地回答。

「沒錯，就是這個意思。」

「但這樣一來，情況都沒有改變不是嗎？我還是無法得知這根簪子的來龍去脈呀？」

「不，情況並非沒有改變。」

「什麼意思？」

「我想申應該已經給你看過了，我們會給你三十兩。」

「……」

「我聽申說，只要付得起錢，不管什麼樣的工作閣下都願意接不是嗎？」

「我的確是個不挑工作的人，所以你的意思是說，那三十兩是當作要我保護這根簪子的代價嗎？」

「是的。」

「那要保護到什麼時候呢？」

「重點不在於時間，你要保護它，直到抵達江戶為止。」

「抵達江戶？」

「是的，只要你到得了江戶，我們還會另外再付你三十兩。」

「真有意思呢。」

「……」

「問題是，一路上肯定會遇到雲遊僧那夥人來搶奪這根簪子對吧？」

「沒錯。」

「如果他們準備要給我的錢比你們多呢？」

「到那個時候，你只要把金額記起來就行了。到了江戶，我們一定會付你比那個金額更多的錢。」

「我怎麼知道你們是不是在騙我呢？」

「當然，我們也有可能等你到了江戶，再把你殺掉，把簪子搶過來也說不定。」

「事情愈來愈有趣了。」

「所以你願意接下這樁買賣嗎？」

「基本上是沒問題，但是要到江戶的哪裡？」

「這個嘛……等閣下進入江戶之後，我們會再跟你聯絡的。」

「我明白了。這筆買賣我接下了。只不過，我的想法還是沒有改變喔。」

「什麼想法？」

「不管是在這裡，還是在江戶，在我交出這根簪子的時候，我一定要知道你們為什麼會這麼想要這根簪子。」源九郎說道。

「原來如此。」聽完源九郎的想法，老人點了點下巴，微笑說道：

「那就預祝你有一段愉快的旅程。」

「我想應該會是一段很有趣的旅程吧！」源九郎說道。

豐厚的嘴角也浮現出一抹微笑。

2

那已經是三天前晚上所發生的事了。

當然，那天晚上所聽到的事情，源九郎並非每件都相信。

那個老人肯定有什麼陰謀。

那也無所謂。

至少這陣子他都不會無聊了。

源九郎慢條斯理地往前走。

沐浴在輕柔的微風和暖和的陽光下。

街道的對面有一座茶寮。

茶寮前聚集了一群人。

看樣子似乎是在那裡停下腳步的旅人，將茶寮包圍了起來。

源九郎慢條斯理地走到那間茶寮前。

他比所有人都高了一個頭，因此直接站在人群的後面往裡看。

人群中央似乎站著一個女人。

「如果妳沒有錢的話，一開始就不應該白吃白喝吧！」

一個像是店小二打扮的男人，對著站在那裡的女人說。

那是一個奇妙的女人。

長髮披散。

年紀很輕，看上去大概只有二十三、四歲。

眼神十分清澈明亮，看起來是個很有教養的女人。

「吃飽喝足，才說妳沒有錢，妳以為這招行得通嗎？」男人說道。

女人的打扮有股說不上來的古怪。

基本上，女人身上穿戴的衣物都是旅行的裝束，但沒什麼行囊，幾乎是雙手空空的狀態。

只有右手裡握著一根樹枝，可能是用來當枴杖用的。
身上的衣服雖然還不到粗布，但是卻髒兮兮的，到處都沾著泥土和草汁。
女人只是以一種事不關己的表情，沉默地看著店小二，也不知道她到底聽懂了店小二所說的話沒有。
這種態度讓店小二愈來愈火大，說話的語氣也愈來愈不客氣。
女人環視著圍繞在四周看熱鬧的人，彷彿挨店小二罵的其實是別人。
此時，她看見了足足高旁人一個頭的源九郎。
有幾秒的時間，女人定定望著源九郎。
臉上表情像是覺得不可思議，又像是想起了什麼事情。
源九郎微笑了一下。
看見他笑，女人也跟著微笑了一下。
「喂！」
店小二把手搭上微笑著的女人肩上。
看樣子他的忍耐已經到達極限了。
「等一下！」一個粗獷的聲音從人牆的後方響起。
聲音的主人是源九郎。
店小二沒有把放在女人肩膀上的手拿開，直接抬頭望向源九郎。
「多少錢？」源九郎問道。
撥開擋在前面的人牆，一頭大熊似的走了過來。
「我問你多少錢？」源九郎又問了一次。

「什麼多少錢？」店小二反問。
「這個女人，到底吃了多少錢？」
「你的意思是……」
「會這麼問當然就是要替她付啊！」
「您是武士嗎?!」
「算是吧！」源九郎說完，有些靦腆地搔了搔頭。
面對這個身材魁梧到不像話的男人，店小二不由自主地倒退了幾步，以細如蚊蚋的聲音報出一個數字。
「了解。」源九郎把手伸進口袋裡，掏出店小二所說的金額，交給店小二。
「嘿嘿！」店小二的臉上露出卑躬屈膝的笑容。
「這些夠嗎？」
「是的，夠了……」
「那麼，可以放這個女人自由了吧？」
「那當然……」店小二忙不迭地點頭。
「太好了呢！」源九郎轉頭告訴那名女子。
女人微微一笑。
「呵呵。」
源九郎也回以一個微笑，然後轉身離去。
他離開茶寮了，開始在街上漫步。
原本聚集在茶寮前的旅人這時也紛紛往自己該去的方向出發。

女人亦步亦趨地跟著源九郎身後。
差不多走過半個村莊之後，女人終於走到源九郎旁邊了。
「你走路好快噢！」好不容易追上的女人說。
「因為我的腿很長嘛！」源九郎說道。
「剛才真是謝謝你了。」女人又說。
「哪裡，只是剛好最近手頭比較鬆而已……」
「可是……」
「因為妳看了我一眼。」源九郎說道。
「有嗎？」
「因為妳看了我一眼，又對我笑了一下。」
「……」
「而且妳完全沒有把那個店小二放在眼裡，這點也很奇怪呢！」
「我沒有不放他放在眼裡。」
「真的嗎？」
「當然是真的。」
「既然如此，為什麼妳還有辦法在那種時候看我這邊呢？」
源九郎還記得女人當時那種追憶、懷念的表情。
所以他才會情不自禁地緊盯著女人，甚至露出了微笑。
「我只是覺得怎麼會有這麼高大的人呀。就只是這樣而已。」
「哈哈！」

源九郎笑了。
女人走到他的身邊來。
「不過，還是要謝謝你救了我。我點東西來吃的時候，一時沒有考慮到錢的事……」
「哦？」
「因為我實在太餓了。」
「肚子餓的時候，的確會這個樣子呢！」源九郎感同身受地說道。
「謝謝你對萍水相逢的我這麼親切……」女人說道。
「親切的男人通常都不懷好意喔！」
「不懷好意？」
「就是要讓妳欠下人情，以此為藉口，跟妳發展出肉體關係。」
「真的嗎？」
「如果是真的，妳打算怎麼辦？」
「該怎麼辦呢？讓我考慮一下。」
「我要當真囉。」
「真不可思議呢。」
「不可思議？」
「你明明長得這麼魁梧，卻一點也不可怕，所以我可能真的會答應你也說不定喔。」
「因為我是幹便利屋的，如果身體不夠強壯的話，根本接不到生意。」
「便利屋？」
「就是只要雇主付得起錢，什麼都願意做的人。」

「什麼都做？」女人的眼神突然明亮了起來。
「沒錯，什麼都做。」
「那麼，如果我叫你送我到某個地方，不管是去哪裡，你都會願意送我去嗎？」
「只要妳出的錢夠多，什麼地方都沒問題。」
一聽見源九郎這麼回答，女人突然停下了腳步。
「求求你……」
女人凝視著源九郎。
凝眸深處閃動著懇切的光芒。
瞳孔裡帶了點不可思議的顏色。
「求求你，送我去這個地方……」
女人一面說「這個地方」，一面用拿在手裡的樹枝開始在地面上畫了起來。
乍看之下，看不出她畫的是什麼圖案。
女人繼續舞動著樹枝，一筆一畫地，把線條勾勒出來。
只可惜源九郎還是看不懂她在畫什麼。
只知道似乎是張地圖。
「你看，」畫完之後，女人抬頭望著源九郎。
「就是這裡。」
女人畫了一張歐亞大陸的地圖。
雖然她把日本列島畫出來了，但是源九郎根本不知道那是什麼。
「我希望你能把我送到這個地方……」

這時，源九郎終於發現了。

女人的眼神裡，閃動著奮力一搏和苦苦哀求的光芒。

女人用手裡的樹枝指著地圖上的一點。

那是歐亞大陸的正中央。

妖魔復活篇

序章

1

那個東西在海裡漂流了很長的一段時間。

到底會漂流到哪裡去呢？目前完全無法預測。

到底經過了多少個白天？又經過了多少個夜晚？

它只知道自己的意識愈來愈模糊了。

沒有時間了。

如果不趕快依附在這個行星的生命體上，自己的生命就會有危險，無計可施之下，只好先依附在最靠近自己的生命體上。

那是一種非常原始的生命體。

智商低到令人咋舌，幾乎可以說是沒有自我。構成這個生命體意識的，是些許的本能。

一旦依附的對象自我意識太低，自己的意識也會迅速落到那樣的低水平去。

這個生命體的移動方式是把海水吸進自己的體內，再把海水推出體外，藉著水流的反作用力在海中移動，但是效率未免也太差了一點。

早知道就應該依附在更有智慧的生命體上。

問題是，為什麼要依附在更有智慧的生命體上呢……

那個東西自問自答。

要是能夠依附在智能水準更高的生命體上，就不會失去自我意識了，就可以確實地完成任務……

思考到這裡，那個東西停止了思考。

任務？

自己到底有什麼任務？

自己到底是來做什麼的？

想不起來。

說不定，在依附到這個原始的生命體之前，自己是很清楚這些問題的答案的，但是現在根本想不起來了。在以前，「想不起事情」這點應該會讓自己感到很焦慮吧，但現在就連那股焦慮的感覺也想不起來了。

甚至還湧起一股「怎樣都無所謂了」的心情。

總而言之，得趕快附在更有智慧的生命體上才行。

再說，自己現在所依附的這個生命體的壽命到底還能撐多久？這也是個未知數。

它很清楚，這個生命體的肉身已經相當疲勞了。

因為它反覆進行超越這個生命體能力範圍的思考，大大削弱了這個生命體的生命力。

就快要沒有辦法靠自己的力量移動了。

為了把自己送上目前所待的這股潮流，這個生命體已經消耗了太多的能量。

所以現在只能隨波逐流。

這股潮流應該正往陸地的方向流去。

如果不先上岸的話，一切都不用再說。
偶爾，會有另外一些生命體來啄食那個東西所依附的生命體。
那是一些身上長著鰭的流線型生物。
種類琳瑯滿目，而且全都比這個原始的生命體具有更優秀的運動能力，似乎也比這個原始的生命體具有更高度的自我意識。
牠們作為依附的對象，雖然還不能令人滿意，但再怎麼樣也比現在這個原始的生命體來得好。
如果可以附上牠們其中一隻，肯定可以更快到達陸地。
只可惜，雙方的運動能力實在是天差地別，根本抓不到牠們任何一隻。
這也是沒辦法的事。
既然如此，只剩盡可能不要再浪費一絲一毫的體力、隨波逐流一途了。
在那之後，又過了好幾個白天跟好幾個夜晚。
潮流產生了變化。
變得比較弱了。
它似乎在隨波逐流的過程中，被推到潮流之外了。身體不時接觸到的，是空氣。
看樣子，這個原始的生命體浮到海面上了。
空氣的流動，也就是風，將它推到了潮流之外。
一陣上下搖動後，不知不覺間，它的身體有一部分被推到砂地上。
終於來到陸地上了。
先是被海浪推到陸地上，又被下一個海浪捲回海裡。
這麼反反覆覆上岸下岸了好幾次之後，這個原始的生命體終於爬上一個大浪，被拋到遠遠的沙灘上。
那個東西知道，自己已經來到無法自力移動的陸地上。
這個生命體雖然還活著，但是那個東西知道，它再活也沒多久了。
好不容易上了岸，但事情反而變得更加棘手。
因為那個東西所依附的原始生命體，在陸地上幾乎是無法生存的。
從海裡打上來的海浪，有時候會碰到那個原始生命體的觸手，但是已經無法再利用海浪回到海裡了。
這個原始的生命體早就應該死了，是那個東西讓它勉強活到現在的。
如今在烈日當空的陽光直射下，這個原始的生命體已經快要撐不下去了。
如果這個原始的生命體死了，那個東西的生命也會走到終點。
雖然依附的生命體死後，那個東西還可以再活一陣子，但如果沒有幸運女神眷顧的話，那個東西的死亡也只是時間的問題而已。
它感覺到細胞內的水分正在開始一點一滴流失。
那個東西也開始有了死的覺悟。
就在這個時候——
它感覺到了一種甘美的觸感。
是液體。
是一種類似海水的液體，但又不是海水。
而且還帶著海水所沒有的溫度。
應該是生物的體液之類的。

是血。

某種體內流著溫熱血液的生物正在靠近，而且那個生物正在流著血。

當那個東西領悟到這一點的時候，便從水母的體內溜了出來。沿著流淌在沙灘上的血液，努力伸長身體。

看樣子，這個正在流出體液的生物似乎受傷了，這些體液應該就是從傷口流出來的。

只要能夠潛入這個擁有溫熱血液的生物體內，就可以保住自己的小命。不僅如此，就連來時肩負的任務，或許也可以順利完成。

因為這個擁有溫熱血液的生命體，應該會比它現在所依附的生命體擁有更高度的智慧。

如此一來，應該可以進行較有條理的思考，或許就可以想起原來的任務了。

它終於抵達那個生物體身邊了。

稍微摸了一下。

暖暖的。

那個東西還活著。

只不過傷勢太重，已經流失了大量的體液。

看來再過沒多久也要死了。

但是，以這個生命體的種類來看，只要潛進他的體內，應該還是有辦法治好他的傷勢。

動作得快一點才行。

不論是那個東西正依附的原始生命體，還是這個擁有溫熱血液的生命體，都已經一腳踏進鬼門關裡了。

那個東西把身體的一部分伸長、再伸長，慢慢地從傷口進入那個擁有溫熱血液的生命體裡。

接著，把自己殘留在原始生命體裡的部分拉出來。
如果在這種狀態下遭受到攻擊的話，絕對無法抵禦的。
雖然心急如焚，但還是得確實完成每一個步驟才行。
終於，那個東西完成了換殼的作業。

2

那是一個瘦巴巴的男人。
身上穿著旅行的裝束，但是還是看得出他的身材像是骨架上包著一層皮。
腳步十分輕盈。
宛如沒有體重一般，一步步踩在山中的羊腸小徑上。
小徑上到處都是裸露的岩石和樹根。
男人穿著草鞋的雙腳毫不遲疑地踩在岩石和樹根上。
周圍是一大片陰暗的森林。
岩石和樹根都湮沒在荒煙蔓草裡。
看樣子這條路應該平常很少有人經過。
不對，說不定那條羊腸小徑或許根本就不是給人走的，而是野獸踏出的道路。
男人的眼睛異樣地大，幾乎整顆眼球都突出在空氣裡，而且黑眼珠占了整顆眼球表面相當大的比例。
眼皮很小很薄。
而且只有一隻眼睛。

男人的右腳從大腿到小腿的地方，還有一道深深的刀傷。
太陽爬到了正中央。
覆蓋在男人頭上的葉隙之間灑落的陽光，在森林底部篩落一片斑駁的光影。
突然，男人在光影中停下了腳步，左眼瞪著前方的岩石。
在距離男人大約六四二十四呎⑳的岩石上，坐著一個樵夫打扮的老人。
老人注視著男人。
男人一動也不動。
老人亦一動也不動。
兩人就只是互相注視著。
「你要去哪裡……」老人突然開口發問了。
那是低沉但傳得很遠的嗓音。
「這裡可不是泛泛之輩可以來的地方。」老人說道。
正當男人把腳往前跨出一步，打算走向老人的時候，突然有東西發出聲響，從上方樹上掉落下來。掉落下來的東西像無數的小石子一般打在地面，卻沒有發出石頭掉落地面的聲音，十分古怪。
它們發出的，是一種濕黏的聲音。
其中一個就落在男人的肩膀上。
男人用手指把那個東西彈開。
被彈開的東西撞到男人腳下的樹根，順勢黏在樹根上。
原來是隻又大又黑的水蛭。
男人沉默地凝視著那隻水蛭。

「怎麼……」老人出聲了。
「看你似乎不怎麼驚訝嘛！」
「你是土蜘蛛的人嗎？」男人問老人。
「閣下明知這裡是土蜘蛛的地盤還來嗎？」老人說道。
「在下是半藏麾下的人，名叫半助。」
「半藏？你是說那個在江戶替幕府將軍執行政務的人嗎？」
「是的。」
「你說你叫半助？如果是鼯鼠的半助，我倒是聽過。」
「我就是鼯鼠的半助。」
「你來我們土蜘蛛的地盤有何貴幹？」老人的眼眸裡閃過一道光芒。
在半助周圍的石頭、泥土上全都爬滿了又黑又大的水蛭，不停往半助靠近。
是剛才那些從天而降的水蛭。
「你聽過破顏坊這個名字嗎？」半助問道。
「喔，破顏坊啊，我們曾經共事過一次。」
「大坂城陷落的時候，你們應該是一起把千姬小姐㉑從大坂城救出來的吧！」
「嗯。」

⑳相當於七點二七二米。
㉑這裡指德川千姬（一五九七年五月二十六日至一六六六年三月十一日），為江戶幕府第二代將軍德川秀忠與其正室崇源院長女，於關源之戰後嫁到大坂城，為豐臣秀吉之子豐臣秀賴之妻。

「我是從破顏坊那兒聽說的，聽說土蜘蛛裡有一位名叫蟇翁，很善於操縱蟲子的人。」
「我就是你要找的蟇翁。」
「這是破顏坊要我交給你的信。」
就在半助正要把手伸進懷裡的時候——
「不用忙了，用說的就行了……」
經他這麼一說，半助也停下了動作。
「什麼事？」蟇翁問道。
「有一件事想要請你幫忙。」
「請我幫忙？」
「想向你們土蜘蛛借將兩、三個武功高強的人。」
「兩、三個？」
「因為對方很難應付。」
「是嗎？」
「目前死於對方手上的有名忍者包括黑蟲和變戲法的藤次。」
「對方是誰？」
「真田那邊的人。」
一聽到半助的回答，蟇翁便呵呵笑了起來。
「真田的忍者有個叫申的高手，我在大坂城陷落的時候還跟那傢伙交過手呢！」
「除了申以外，還有一個叫作霧隱才藏的人。」
「這個名字我也聽過。問題是，那幫人為什麼現在又有動作了？如果他們一起行動的話……」

說到這裡，蟇翁的嘴角突然往上高吊了起來。
「原來如此，原來幸村㉒還活著啊！」
「嗯。」
「說吧！你希望我們做什麼？」
「把真田藏起來的一個女人收拾掉。」
「什麼女人？」
「繼承豐臣血脈的女人。」
「說得再清楚一點。」
「秀賴的女兒……」
「什麼？」
「就是我說的那樣。」
「我記得秀賴應該沒有子女啊……」
「事實上，好像有。」
「哦？」
「據說在大坂城就快要陷落之前，有四個女人被帶到秀賴的身邊。」
「自己的城池都快要不保了，秀賴那傢伙還有辦法跟女人搞那檔子事啊？」
「好像其中有一個女人就這樣懷了秀賴的孩子，逃出城去了。」

㉒日本戰國時代末期、江戶時代初期的武將真田信繁的別名。因在大坂夏之陣以寡擊眾的英勇表現，被譽為「日本第一武士」。日本戰國時代末期的真田信繁、源平合戰的源義經，和南北朝時代的楠木正成，並列日本史中三大末代悲劇英雄。

「我想起來了，這件事我好像也聽過。聽你這麼一說，半藏的確為了收拾那四個女人採取過一些行動……」

「……」

「但我記得半藏確實處理好這件事了啊。」

「沒錯，那四個女人的確是被收拾掉了……」

「難道還有第五個嗎？」

「似乎就是這麼一回事。」

「嗯。」蟇翁點了點頭，喃喃自語地說道：「事情聽起來似乎很有意思呢。」

「只不過，這件事除了真田那邊的人以外，還有兩個莫名其妙的人……不對，是三個人在攪和。」

「是什麼樣的人？」

「一個是搞不清楚來歷的彪形大漢，叫作萬源九郎……」

「嗯哼。」

「另一個男人會使伴天連的妖術，名為牡丹……」

「第三個呢？」

「第三個……我還真不知道該怎麼形容。」

「什麼叫作不知道該怎麼形容？」

「因為我連他是人是獸都不知道……」

「什麼?!」

「那個東西雖然有一張人臉，但是左手是熊掌，肚子上還長了一顆活生生的狗頭。」

「唔！」蟇翁呼出一口氣。
「此話當真？」
「是我親眼看到的。」
半助和蟇翁彼此凝望了半晌。
「聽起來真是愈來愈有趣了。」蟇翁再次喃喃自語似的說道。
「怎麼樣？剛才的話你們都聽到了吧……」蟇翁一面問道，一面把頭往四周圍轉了一圈。
「聽到了……」
「聽到了……」
聲音是從周圍的樹林間傳出來的。
「我去吧！」
「為什麼是你？應該是我去吧！」
「如果對手是妖獸的話，當然是我去。」
聲音此起彼落。
但是只有聲音，沒有人的氣息。
是什麼時候被包圍的呢？
是看到坐在前方岩石上的蟇翁時？還是水蛭掉下來的時候？
當時的水蛭已經有一、兩隻爬到半助的腳上了。
「吵吵鬧鬧的成何體統？」
蟇翁對周圍的喧鬧大喝一聲。
「應該要先確認一下這個男人是不是真的半助？他說的話是不是真的吧！」

「這我剛才已經說過啦！我身上有破顏坊寫的信。」

哈！

哈！

哈！

四周響起了嗤之以鼻的笑聲，彷彿是在回應半助說的話。

「半助，你在江戶替幕府將軍執行過政務沒錯，但你什麼時候變成武士了？明明是忍者還模仿武士寫信，你拿一張紙來就要我們相信你？別笑死人了……」

「那要怎樣你們才肯相信呢？」

「你說的信，我先收下了。」

「然後呢？」

「然後就請你說明一下，跟在你後面鬼鬼祟祟的那兩個人是怎麼回事吧……」

蟇翁的語聲未落，半助後方的草叢裡便響起了「沙」一聲。

「什麼？」

半助回頭一看，只見兩個影子以極快的速度穿過樹叢，往森林深處飛奔而去。

嘻嘻！

呵呵！

哈哈！

半助的周圍又響起了笑聲。

可惡！

半助咬緊了下唇。

沒想到居然有人一直跟在自己後面，而且還是兩個。
自己竟然完全沒有發現他們的存在。
可見跟在他後面的那兩個人是高手，絕非泛泛之輩。
若非如此，就是自己的技藝退步了吧。
「快追！」蕈翁用低沉的嗓音說。
沙！
沙！
頭上傳來兩個聲音。
樹梢的葉片被陽光照得閃閃發亮，當中有兩道影子動了。
「一個就地解決，一個活捉回來。」
蕈翁的話還沒說完，那兩道影子已經去追逃走的人了，動作宛如猿猴般。

3

兩道影子在逃進森林裡的途中各自往左右散開。
無言的默契。
往左邊逃逸的是身形比較魁梧的影子，而往右邊逃逸的則是身量比較矮小的影子。
往右邊逃逸的矮個子身影和同伴分開之後，馬上往樹上一躍。兩、三步就跳到前方山毛櫸的樹幹上，第四步就開始在樹幹上奔跑，速度半點也沒慢下來。他一腳踢在樹幹上，身影斜斜飛到半空中，抓住掛在半空中的樹枝。
那道矮小身影會將自己的體重壓上樹枝，讓它微微彎曲，之後再讓樹枝彈回原處，利用反作用力跳到更高的空中。

就這樣，那道影子從這棵樹跳到那棵樹上，在樹上飛馳。

有時候，那道影子還會利用樹枝的反作用力飛到難以置信的距離之外，那可是一掉下來絕對會當場摔死的高度。

影子一面逃，一面確認追兵的狀況。

追兵應該有兩個。

但如今追兵的氣息只剩下一個。

肯定是在他們兵分兩路逃跑的時候，追兵也跟著兵分兩路了，一個人追一邊。

如果追兵只有一個的話……

要是一對一的決鬥，他有把握絕對不會輸給對方。

小個子男人馬上就下定了決心。

他決定在前面埋伏，逮住追兵。

不能活捉的話，就把他給殺了。

小個子男人心意已決。

他停下腳步。

把身體藏剛從粗壯樹幹分出的枝幹下方陰影處。

追兵應該馬上就會追上來了。

樹葉摩擦的聲音一路響到中途，突然戛然而止。

看來追兵也注意到他的埋伏了。

因為在這之前一直往前方逃竄的氣息忽然消失了。

追兵的氣息也瞬間消失。
真是了不起的隱身術。
看來雙方的身手不相上下。
只不過，若要將這種不相上下關係扭轉成對自己有利的情勢，得馬上先下手為強才行。
小個子男人從懷裡抽出小刀。
小個子男人眼前的樹枝上綁著一條細細的線。那條線被拉得有如繃緊的弦，一端綁在後方宛如拉滿弓的一根樹枝上。
只要切斷這條線，那根樹枝一定會猛烈搖動。
追兵應該也會因此做出一點反應才對。
小個子男人把線切斷。
沙！
樹枝猛然搖動。
問題是……
沒有任何反應。
連微小如毛的反應都沒有。
一把冷汗，沿著背脊往下流。
既然對方沒有表現出任何反應，就表示自己的立場變得不利了。
唔?!
小個子男人這時突然倒抽了一口涼氣。
因為他在自己藏身的樹幹下方，看見令人頭皮發麻的光景。

無數的小黑點正沿著樹幹朝自己的方向爬過來。
是水蛭。
發現到這一點的瞬間，小個子男人也察覺到背後一股宛如細絲般的殺氣。
一股宛如蜘蛛絲般，乘著微風，輕撫在自己脖子上的殺氣。
沒有片刻的猶豫。
小個子男人蹬著樹枝縱身一躍。
這一躍，救了小個子男人的一條命。
因為從小個子男人的角度看來是死角的樹幹彼方，有條細繩撕裂大氣而來。細繩的一端附著一個小小的鉛錘，分毫不差地從小個子男人前一秒鐘脖子的高度筆直盪過。
差一點，脖子就要被釘在樹幹上了。
只要躲在暗處的追兵從樹幹的死角利用這條細繩把小個子男人的脖子纏住，一切就結束了。追兵只要抓住細繩的兩端，從樹幹上跳下來，施加重量給纏在小個子男人脖子上的細繩後，就能把他的脖子切成兩段。
小個子男人跳到草地上。
先著地的那隻腳下傳來一股令人發毛的觸感。
柔軟，又潮濕……
小個子男人馬上就明白自己踩到什麼了。
是水蛭。
草地上有數以萬計的水蛭。
小個子男人用另一隻腳跳了起來。

他用盡全力往地上一蹬，飛躍到最近的樹幹上，然後馬上躲到樹幹的另一側。

在他躲到樹幹另一側的同時，背後飛來一把沒有握柄的棒狀小刀，插在他剛才跳上樹的地方。

如果小個子男人躲到樹幹背後的速度慢一秒鐘，那把小刀就不會插在樹幹上，而是會插在他背上了。

真是個不能掉以輕心的對手。

如果逃往另一個方向的同伴也遇到這麼厲害的對手……

小個子男人馬上拋開這種無謂的雜念。

現在只能想著自己要怎麼逃出生天。

他從腰際的鐵筒裡取出火種。

把那個火種連同鐵筒一起扔向他所藏身的樹幹對面。

砰！

爆炸聲響起，大量的煙霧和火焰在草叢中迅速蔓延開來。

這時，小個子男人跳到半空中。

這裡對於對手來說，就跟自家庭院沒兩樣。

在這裡跟對方打，實在是太不智了。

還是先逃再說吧——在這種情況下，這才是最正確的作法。

小個子男人跳了起來。

第一章　風方士

1

一個男人悠然走在中仙道上。

慢條斯理的腳步，宛如輕飄飄地掠過空中的雲絮一般。

男人的身型異常巨大，所有與他擦身而過的旅人全都不約而同停下腳步，駐足仰望。

彷彿山一般的存在感。

總之就是個長手長腳的巨漢。

走在路上的行人個個都矮他至少一個頭。

粗壯的脖子長在宛如岩石般堅硬的雙肩之間。

胸膛厚實地往前突出，彷彿可以躲在底下避雨。

古銅色的皮膚散發出絲緞般的光澤，包覆在破破爛爛的衣服底下。

披在上半身的上衣已經被汗水浸濕得變色了，看不出布料原有的材質與顏色。

兩隻手的袖子從肩膀以下整個不見了。

這件衣服看起來原本是有袖子的，男人大概只是覺得會行動不便或礙事等等的，才故意扯掉。

因此，兩條令人看得目瞪口呆的粗壯臂膀，從肩口處完全裸露了出來。

他的腦袋上頂著一顆鳥巢般蓬亂的頭髮。

頭髮裡插著一根簪子。
那是一根紅色的珊瑚簪子。
男人從頭到腳都散發出令人摸不著底細的謎樣氣息。
粗壯的脖子上是宛如岩石鑿出的堅硬下巴。
嘴唇很厚。
眼瞳很黑，而且很大。
還有相當漂亮的雙眼皮。
男人的嘴角流露出一股不可思議的俏皮喜感。
頭頂上是蔚藍的晴空。
秋高氣爽。
暖洋洋的陽光從天上斜斜灑落一地。
微風輕撫著男人的一頭亂髮。
空氣中飄散著稻穗的香氣。
男人的眼神恍惚，宛如置身於夢中。他用這樣的眼神一面眺望著周圍的風景一面往前走。
眼前是一片恬靜閒散的田園風景。
遠處可以看到山脈，山頂上的天空裡有雲，雲絮緩緩往東流過。
無數的秋赤蜻在風中成群飛舞著。
——萬源九郎。
這就是男人的名字。
源九郎的左邊腰際插著兩把大小不一的刀，背上還背著另一把劍。

那是一把巨大的劍。

並非日本劍，而是一把洋溢著異國風味的大劍。

那把劍的重量看起來至少有普通劍的三倍。

利刃大致可以分為刀和劍兩種。

所謂的刀，指的是刀刃上有弧度，基本上為單面刃的武器，像日本刀。刀也是一種用來斬擊的武器。

而所謂的劍，指的則是用來刺擊，而非斬擊的武器。

斬擊時，可以利用鋒利的刀刃做出切割動作，也可以利用刀身的重量做出劈砍的動作，像是使用斧頭一樣。

從正面看源九郎，會發現那把大劍的握柄正好從他的左肩上突出一截。

那一截正好是鑲嵌著象牙雕刻的握柄。

劍鞘似乎是用皮革和木頭、金屬做成的，上頭充滿各式各樣的螺鈿裝飾。

源九郎用一條皮帶把這把大劍背在背上。

「嗯……」

源九郎眺望著周圍的風景，不時還會發出一些聲音。

有時像是嘆息，有時候像是對某些東西發出的感動呢喃。

另一個可能是：這些聲音根本沒有任何意義。

源九郎的旁邊跟著一個走得比他稍慢的姑娘。

那是他在三天前遇到的那個女子。

女子長長的頭髮披散在身後，隨意紮成一束。

看上去大概二十三、四歲。

全身上下都散發出一股高貴的氣質。

身上雖然穿著旅行的輕裝，手裡也拄著一根作枴杖使用的木棍，但是除此之外，什麼行李都沒有。

是個非常不可思議的女子。

女子三天前在茶寮時，店小二要她付了茶資才能走。

她似乎身上明明沒有半毛錢，還在人家店裡白吃白喝。

不經意和女子四目相交的源九郎幫她付了那筆錢。

從那個時候開始，兩個人就開始結伴而行了。

女子的名字叫作蘭。

「源九郎先生。」蘭叫住源九郎：「還要多久才到江戶呢？」

被蘭這麼一問，源九郎回過頭來了。

「江戶嗎？」

「是的。」

「大概還要再二十天吧！在這段時間，可能會下大雨，也可能會淹大水，運氣不好的話可能還會碰上橋被大水沖走，過不了河的情況呢。如果是這樣的話，時間可能還要拖得更久也說不定。」源九郎說道。

「原來如此。」蘭點點頭。

在這三天內，同樣的對話已經重複過好幾次了。

「蘭呀，妳要我帶妳去的那個地方，到底是什麼地方？」源九郎突然沒頭沒腦地問道。

「我也不知道那裡的地名。」
「我記得妳說在大海的另一邊？」
「是的。」
「如果是在大海的另一邊，還真遠呢……」
源九郎望向天空彼方。
「是明國嗎？如果再遠一點的話，就是天竺了……」源九郎自言自語。
三天前，這個叫作蘭的女人用木棍在地面上畫了類似的圖的東西，要求源九郎把她送到地圖上的某個地方。
她畫的是一幅歐亞大陸地圖，日本也包括在內。
而她要求源九郎送她去的地方，剛好就位於那片大陸的正中央。
問題是，源九郎根本不知道那個地方在哪裡。
「要我帶妳去是沒問題啦……」源九郎當時是這麼說的。
「可是我目前正在處理另一件工作呢！」
「工作？」
「我必須把這根簪子護送到江戶。」
如果是在那之後的話，我倒是可以考慮看看——源九郎是這麼回答的。
「總而言之，我不知道妳指的是什麼地方。但到江戶以後，或許就有人知道那地方在哪裡，還知道要怎麼過去也說不定呢！」
於是，女人便開始跟源九郎結伴同行。
那已經是發生在三天前的事了。

「蘭……」源九郎一面眺望著天空，一面低語。

「什麼事？」

「妳為什麼想去那個地方呢？」源九郎問道。

蘭咬緊下唇，沒有作聲。

「是不能說的理由嗎？」

聽源九郎這麼說，蘭輕輕點了點頭。

「不說就算了。總而言之，一切等到了江戶再說吧！在那之前，如果妳改變主意的話，隨時都可以跟我說。」源九郎一面說，一面慢條斯理地往前走。

源九郎走三步的距離，蘭要走個四步才能跟上。

「話又說回來了，怎麼這麼平靜啊！」源九郎喃喃自語地說道。

他還以為那個臉上帶有古怪微笑的和尚會派同伴來攻擊他，或者是埋下什麼陷阱等他跳，好奪取這個簪子，可是卻完全沒有這方面的跡象。

在這三天裡，除了遇到蘭之外，幾乎沒有發生其他事。

源九郎似乎對「沒有發生其他事」這點感到很不滿。

「因為是工作嘛！」他叨絮出聲。

是在工作啊，如果沒有發生事件讓自己覺得有在工作的話，會很困擾的——他的表情似乎這麼說。

「你是不是有什麼煩惱？」蘭問他。

「是啊！」源九郎回答。

「什麼樣的煩惱？」

「工作上的煩惱。」
「工作？」
「我只是在想，什麼事都沒有發生，實在是太無聊了。」
「……」
「不過話說回來，如果真的發生了什麼事，害妳遇上危險的話，對妳也不好意思呢！」
「會有什麼事發生嗎？」
「會的，遲早會發生的。」
「會發生什麼事呢？」
「我也不知道。」
「……」
「妳趁現在什麼事都還沒有發生的時候，找別人幫忙說不定會比較好咧。」
「找別人幫忙？」
「我的意思是要叫找別人護送妳去想去的地方啦！」
聽源九郎這麼一說，蘭沉默了一會兒，然後抬起頭來望著源九郎說：「你的武藝很高強，對吧？」
「沒錯，我很強。」源九郎毫不遲疑，非常乾脆地回答。
「有多強？」
「哎呀，就是很強吧。」
「還有人比你強嗎？」
「我也不知道。」

「如果有人比你還強的話，我當然也可以請他帶我去，問題是，我怎麼知道那個人願不願意帶我去呢？」

「妳是說不夠強的話，就無法送妳去那個地方嗎？」

「是的。」蘭清楚回答。

「為什麼？」

「因為有人不希望我去到那裡。」

「咦？妳的意思是說，會有人來阻止妳嗎……」

被源九郎這麼一問，蘭點了點頭。

「妳問我強不強，也是因為這個原因嗎？」

只見蘭又再次點點頭。

「妳說會來阻止妳的人，大概是些什麼樣的傢伙呢？」

「我不能說。不對，不是不能說，而是我根本不知道。」

「怎麼會不知道呢？」源九郎望著蘭。

蘭卻沒有回答他的問題，只是靜靜搖了搖頭。

源九郎凝視著蘭，然後露出恍然大悟的表情說道：「妳倒是讓我發現了一件事。」

「什麼事？」

「妳的背後似乎也藏有什麼隱情呢！」源九郎微笑著說。

這個男人一旦露出微笑，容顏就會變得極為俊美。

「不過每個人或多或少都有一些隱情呢……」他又喃喃自語補上一句。

「這麼一來就誰也不欠誰了。」

「什麼意思？」

「妳和我在一起，可能會遇到意想不到的凶險也說不定；相反地，和妳在一起，我也可能會遇到意想不到的凶險。我說的誰也不欠誰就是這個意思……」源九郎說道。

2

……唔！

男人在最後關頭把差點脫口而出的驚叫聲吞了回去。

他是四十多快五十歲，作旅人打扮的町人。

看起來像是離鄉背井多年，終於衣錦還鄉的商人，一副長袖善舞的樣子。

地點在杭瀨川的河岸上。

精準地說，應該是在河岸上的一間小屋裡。

男人受到烤香魚的香味吸引，情不自禁地踏進那間小屋裡。

就在踏入屋內的瞬間，男人把差點脫口而出的驚叫聲吞了回去。

小屋裡坐滿了正在等船要過河的客人，有的正在喝茶，有的正在大啖烤魚。

店裡有個用河岸上的石頭圍起來的大灶，灶上吊著一只巨大的鍋子，水蒸氣正從鍋子裡裊裊升起。

在那個大灶前面，有一個女人。

男人凝視著那個女人。

「小舞小姐……」

這男人，也就是才藏，在心裡輕聲呼喚著差點就要脫口而出的名字。

但他知道，這個年齡看起來大約是二十歲上下的女人並不是舞。

問題是……

這個女人身上所穿戴的衣物飾品，分明是舞的。

是才藏在伊吹山中最後一次看到舞的時候，她身上穿戴著的東西。

才藏撥開好幾個客人，走到那個女人面前。

「請問……」才藏出聲喚道。

「你要買香魚嗎？」女人面朝才藏問道。

「是的，可以給我兩尾烤香魚嗎？」才藏說道。

「不過，除了香魚之外，我還想問妳另外一件事。」

「什麼事？」

「妳現在身上穿的這套衣服……」

「你說這個啊？」女人拉了拉自己身上所穿的衣袖。

「沒錯，我想知道妳怎麼會有這套衣服。」

「這是我跟一個女人交換的。」

「交換？」

「沒錯。」

「可以請妳講得詳細一點嗎？」才藏問道。

「那是六天前的事，因為是發生在那天，所以我記得特別清楚。」女人說道。

「就是有個小孩被變戲法的人殺掉那天對吧？」站在後面的老闆插話。

「沒錯，就在那件慘事發生後，有個女人進來店裡……」

「然後呢？」

「然後那個女人就問我，願不願意拿身上穿的衣服跟她交換。」

「然後呢……」

「我問她這樣好嗎？因為就連我也看得出來，那個女人身上穿的衣服比我當時穿的高級多了。我有先問過她喔！可是那個女人說沒關係，所以我就用我當時身上穿的衣服跟她交換了……」女人一口氣交代完畢。

「原來如此。」才藏點了點頭。

看來，舞應該是為了要混淆追兵的焦點，才刻意變裝的吧！為此，當務之急就是要先換掉身上所穿的那套衣服。

「後來呢？妳知道那個女人往哪個方向去了嗎？」

「我知道啊。她先坐船到對岸，然後就直直往前走。」

女人說到這裡的時候——

「喂……」

一個粗厚的男性嗓音突然響起。

眾人往發出聲音的方向一看，發現那裡坐著一個身形壯碩的男人。

男人的四周飄散著一股撲鼻而來的野獸體味。

身上披著一條看似才剛剝下來的黑色熊皮。

「我也想知道更多那女人的事情。」身形壯碩的男人回頭問道。

他那長滿落腮鬍的臉望著才藏和說話的女人。

這個男人……

才藏記得這個男人。

在伊吹山上，毫不留情地殘殺破顏坊手下的，應該就是這個男人。

雖然當時的視力並未完全恢復，只能夠看到一片模糊的景象，但那光景是他一輩子無法忘記的。

男人可是用兩隻手抱住破顏坊的手下，把對方的內臟吃掉了呢。

不對，正確地說，吃掉破顏坊手下內臟的並不是這個男人，而是這個男人養在肚子上的東西。是從這個男人的肚子裡長出來的狗頭把生人的內臟給吃了。

這個男人就是權三。

權三站了起來。

才藏稍微把重心放低，擺出備戰的姿勢。

圍在權三肚子附近的毛皮像吹氣球似的往前鼓出一大塊。

那裡面藏著什麼東西，才藏知道。

他知道權三的懷裡藏著一顆活生生的狗頭和一隻活生生的熊掌。

才藏不著痕跡地往後退了一小步。

「哦……」看到他的這個舉動，權三發出了疑問。「你為什麼這麼怕我？」

「哈哈……」才藏點點頭，唇角卻不由自主地輕顫。

「從你的表情來看，你應該知道我的懷裡藏著什麼東西吧。這也就表示……」

權三皮笑肉不笑地撇了撇嘴角。

「你以前見過我，對吧！」權三以一種不具威脅性的溫和語氣對才藏說。

那是溫柔到足以讓所有聽眾全身寒毛倒豎的語氣。

3

這是一個靜謐的夜晚。

四下只有蟲鳴聲從黑暗中傳來，此起彼落。

蟋蟀。

邯鄲。

鈴蟲。

秋蟲在草叢裡不斷鳴叫著。

在距離村莊有一段路的一座小小的破廟裡，源九郎正把頭枕在右手臂上睡覺。

胸膛上厚實的肌肉隨著每一次呼吸的頻率上下起伏。

他甚至還發出了微微的鼾聲。

看樣子已經完全進入了熟睡的狀態。

蘭也在源九郎的身旁熟睡著。

相較之下，蘭的呼吸聲非常輕，即使睡在她旁邊，說不定也聽不太到。

秋蟲的鳴叫聲遠比兩人的呼吸聲來得嘈雜。

其中又以鈴蟲的聲音最響亮。

其中有一隻鈴蟲的聲音突然產生了變化。

牠正慢條斯理地，往破廟的方向靠近。

一開始以為牠在門外鳴叫，但牠似乎已進入到屋子裡了。

源九郎微微地睜開眼睛。

跟那時的情況一樣。
那時，指的是六天前的那個夜晚。
那時，他也像現在這樣，在破廟裡睡覺。
地點也跟今天晚上一樣，是蟲鳴聲包圍的破廟裡。
當時他也是在屋子裡聽見一隻蟲的鳴叫聲。
有人模仿蟲的叫聲，假裝有蟲鑽進屋子裡，其實是他自己潛入了破廟裡。
那是一個名叫黑蟲的忍者。
他已經被申殺了。
如今又有人用黑蟲用過的手法，打算進入破廟裡。
——呵呵！
源九郎的嘴角在黑暗中微微往上一勾。
因為他已經知道來者何人了。
那人並不打算進來裡面，而是要把源九郎引到屋外去。
源九郎在黑暗中慢條斯理地撐起他那熊一般的巨大軀體。
他把大劍拿在手裡，站了起來，走到破廟門口，悄悄把門打開。
反手在身後把門關上後，他踩著木頭地板，走到草地上。
夜露一下子便沾濕了褲管的下襬。
這是一個星光滿天的夜晚。
弦月高高掛在空中，包圍著破廟的杉林在草地上投下深淺不一的陰影。
源九郎慢慢地往前走去。

就在他往杉林裡走了幾步之後。

「申嗎……」

他壓低聲音一喚，眼前那棵杉樹的陰影底下，便出現了一道比樹影還要漆黑的陰影，果然是申。

在月光的映照下，申的表情就像草鞋一樣，皺成一團。

「怎麼了？」源九郎問道。

「我是來告訴你，事情發生了一點變化。」

「事情發生了一點變化？」

「沒錯。」

「什麼變化？」

「哦？」

「出現了棘手的敵人。」

「你知道有一幫人叫作土蜘蛛嗎？」

「不知道。」

「不知道是很正常的，因為他們是殊異破格的忍者。」

「又是忍者嗎？」

「嗯。他們是忍者，但又不完全是忍者。」

「什麼意思？」

「聽好了，源九郎。所謂的忍術，指的無非是一種技能。具備這些技能的人，就叫作忍者。所有的技能都是經由學習、修業的過程才能內化的，但是土蜘蛛那幫人卻不一樣……」

「哪裡不一樣？」
「他們不需要修業，因為他們所擁有的技能全都是與生俱來的。不過，他們還是會修業，只是修習的盡是別人無論如何都不可能模仿的技巧……」
「……」
「鼯鼠的半助和姬夜叉就是這樣的人，他們一方面是伊賀忍者，一方面身上也流著土蜘蛛的血。所以半助的身體才會異於常人地輕，姬夜叉則能夠任意操縱自己的頭髮，據說是這樣……」
「這樣啊。」
「土蜘蛛指的就是這種生來就擁有不同於常人體質的傢伙。」
「那些人為什麼會出動呢？」
「是破顏坊找他們來的。」
「意思是說，他寧願承認光靠自己的力量沒辦法擺平嗎……」
「我想應該是這個意思吧！」
「然後呢？」
「我偷偷跟在半助的後面，打算去調查這件事。但還沒踏進土蜘蛛的地盤，就被他們給發現了，好不容易才逃出來。他們真的是超乎想像的強敵。」
「是嗎？」
從源九郎的回答裡，完全聽不到半點危機意識。
「和我一起去刺探敵情的與四郎，到現在都還沒有回來。」申說道。
「這麼說起來，從那之後就暫時沒有人來偷襲我了呢！看樣子，他們只派人監視我，重頭戲還是要等到土蜘蛛那幫人來才會上演吧……」

「似乎是這樣。」
「還有呢？」
「還有什麼？」
「你不是還有話要跟我說嗎？」源九郎問道。
「閣下好像從前幾天開始，就和一個女人結伴同行了。」
「是啊！」
「那是什麼樣的女人？」
「我也不太清楚，她只叫我帶她去一個地方……」
「會不會是對方派出的間諜？」
「也有可能吧。」
「什麼?!」
申看著源九郎的臉，只見源九郎臉上堆滿笑意。
「真是的，不知道閣下哪一句話是真的，哪一句又是假的。」申嘟囔幾句後，望向源九郎。
「還有一件事，我覺得很奇怪。」
「什麼事？」
「根據探子回報，跟閣下結伴同行的那個女人，很像是我們正在找的人。」
「哦？」
「那個女人叫什麼名字？」
「她說她的名字是蘭。」
「蘭嗎？」

正當申喃喃低語的時候，源九郎發現自己好像踩到某種觸感奇妙的東西了。

申在同一時間也察覺到同樣的狀況。

「是水蛭。」申說道。

「水蛭?!」

「土蜘蛛那幫人會操縱水蛭！」

申的話還沒有說完，就有東西發出啪答啪答的聲響，從頭上掉了下來。

水蛭瞬間鑽入源九郎的肩膀、手臂、頭髮裡。

就在這個時候。

源九郎背後的黑暗中，發出了尖銳的慘叫聲。

聲音是從破廟裡傳出來的。

是蘭的尖叫聲。

「糟了！」

源九郎和申同時衝向破廟。

曾幾何時，草叢裡已經爬滿了水蛭。

兩人踩著水蛭，拔足狂奔。

跑在前面的申突然停下腳步。

就在他跟前的草地上，在他們與破廟之間，站著一個沐浴在月光下的人影。

申就是看到那個人影，才停下腳步的。

「與四郎……」申喃喃喚了一聲。

與四郎伸出右手，從腰間拔出劍。

劍甫一出鞘，就朝申筆直砍了過來。

鏗鏘！

金屬與金屬撞擊的尖銳聲響傳來，黑暗中，火花四濺。

4

「快去！」申一面抵擋著與四郎的攻擊，一面說道。

「好。」源九郎簡短回答，迅速從二人身旁穿過。

正當與四郎想把劍揮向打算通過自己身旁的源九郎時，申瞄準他的右手腕，一劍砍下。

「你休想！」

與四郎用自己的劍擋下了申的劍。

申對重新轉頭面向自己的與四郎說：「與四郎，你是哪筋根不對了？」

只不過與四郎並沒有回答。

他眼神渙散，望著不知名的遠方。

「你被控制了嗎……」

申依舊把短劍握在右手裡，把重心放低，讓原本就很矮小的身體蜷得更加嬌小。

這時，源九郎已經站到破廟入口處的門板前了。

源九郎迅速察看裡面的樣子，之後便一腳把門踹開，大搖大擺走進破廟裡，完全沒有表現出半點遲疑的樣子。

正前方的黑暗裡，有一道凌厲的劍氣朝源九郎的正面襲來。

源九郎完全沒把那道劍氣放在眼裡。
就在他對那劍氣視而不見的瞬間，有個東西從正上方往源九郎的頭頂落下。
那才是對方的目的。
一開始朝著源九郎的正面襲來的劍氣，說穿了，只不過是個幌子而已。
對方打算利用那道劍氣來讓源九郎分心，抓準源九郎呼吸亂掉一拍的瞬間，從正上方一劍砍下來。
所以他才會躲在天花板上。
對方打從一開始就想從源九郎的頭上發動攻擊。
源九郎利用單手握住的劍硬生生把對方的攻勢架開了。
劍被架開後，敵人身影似乎承認了自己的失敗，往後退到屋子後方的角落裡。
退到牆角之後，影子的主人再次浮到半空中。
往上方橫樑跳去。
源九郎把劍射向那道影子。
影子浮到一半便停止了動作。
因為源九郎所射出的劍貫穿了影子的胸口，將他釘在那面牆上。
源九郎的視線早就已經不在那道影子上了，他四下尋找著蘭的身影。
蘭臉部朝下，臥倒在地。
「蘭?!」
源九郎衝到蘭的身邊。
腳下似乎踩到什麼黏膩滑溜的東西。

顏色發黑的液體正從蘭的胸口大量湧出。
源九郎踩到的就是那個。
是血。
這時，源九郎覺得後腦勺有一種奇妙的觸感。
彷彿是蜘蛛絲被風吹到自己的頭髮裡，在那裡輕輕觸碰著自己的頭皮……
只不過是這樣的感覺，但源九郎背上的寒毛全都豎了起來。
「唔……」
宛如火球一般的氣場，在源九郎的全身上下奔竄。
要比喻的話，那像是源九郎發現有人正打算把利刃射向他的後腦勺時，會有的感覺。
「哼！」
源九郎伸出右手，往身後一揮。
用右手的食指和中指在空中夾住一個濕黏黏的東西，使勁往地上一扔。
「喔……」
一個嗓音在天花板的陰暗處響起，佩服的意味濃厚。
緊接著……
咯！
咯！
咯！
一陣悶在嘴巴裡的笑聲，從天花板上落了下來。
「原來還有一個人啊？」源九郎護著蘭的身體問道。

「真是了不起的身手呢……」那聲音笑道。

雖然有聲音，但是卻沒有氣息。

「那姑娘已經快要不行囉……」

屋頂上傳來微微的傾軋聲。

比貓用肉球踩在屋頂上的聲音還要小。

而且只響了這麼一次。

顯然，剛才還在屋頂上的人已經跳走了。

「蘭。」

源九郎重新抱好蘭的身體，讓她臉朝上。

感覺上就像是抱著一條打濕的破抹布一樣。

蘭身上所穿戴的衣物已經被溫熱的血液徹底濡濕了。

「源九郎先生……」

仰躺著的蘭在源九郎的懷裡睜開了眼睛。

「請救救我，求求你，救救我的……這個……」

蘭只能說到這裡，就閉上了眼睛。

「蘭?!」源九郎不禁大喊她的名字。

雖然睜開眼睛的千真萬確是蘭，剛才這句話也是從蘭的口中講出來的，但那語氣和源九郎所認識的蘭完全不一樣，這點非常明顯。

彷彿是有另外一個人借用蘭的嘴巴講話似的。

「源九郎……」

申和他自己的聲音同時衝進破廟裡。

「被暗算了嗎？」

「還有呼吸。」源九郎說道。

「傷勢呢？」

「很深，失血過多了。」

石頭與石頭的碰撞聲響起，火花隨之綻放於黑暗中。

申的手中燃亮一盞小小的燈。

原來是他用浸了油的繩子點的火。

在屋子的牆角，全身黑衣的男人被一把劍貫穿在地板與天花板之間的身影，從火光中浮現出來。

是剛才想要跳到樑上，在半空中被源九郎射出的劍釘在那裡的男人。

男人的右手還握著劍，但是左手從手肘以下的部分都不見了。

申只瞥了那幅光景一眼，就馬上趕到源九郎的身邊。

「小舞小姐！」

當火光映照在被源九郎抱在懷裡的蘭臉上時，申驚呼了一聲。

「她就是舞嗎？」源九郎問道。

「應該是……」

申只吐出這一句，就閉上了嘴巴。

過了一會兒，他又斬釘截鐵地說道：「沒錯，錯不了的，她就是我們一直在找的姑娘。」

「可是這個姑娘說她的名字叫作蘭……」源九郎說道。

「或許是小舞小姐認為，在和我們會合之前，最好先使用別的假名……」

申在地上跪了下來。

「你看一下她的傷勢。」

聽完源九郎的話，申把蘭胸前的衣襟往左右兩邊拉開。

右邊的乳頭上有一道傷痕，剛好就落在肺部的地方。

問題是，那道傷痕竟然……

「傷口正在癒合……」申用一種難以置信的表情說道。

那是一道被利刃刺入的傷口。

一眼就能看出，是道很深的傷口。

但是那道傷口現在居然正在癒合。

胸脯附近雖然全被鮮紅色的血液濡濕了，但是傷口已經不再流出新的血。

申拿火光靠近去一看。

傷口上覆蓋著一層薄膜。

那裡的細胞正在反覆進行急速的分裂，在短短的時間內，那道傷口似乎就已經癒合了。

「真是令人難以置信……」申喃喃自語。

不僅如此，蘭的呼吸雖然還是很急促，但也已慢慢恢復了規律。

「我聽說伊賀的土蜘蛛那幫人裡面，有人擁有足以稱為不死之軀的肉體，但小舞小姐只是個普通人……」

申的語氣也慢慢恢復了平靜。

源九郎側耳傾聽的蘭（從剛剛開始，申就一直稱之為「小舞小姐」）的呼吸聲，那已經不再是一個瀕死之人的呼吸聲了。

「是我太大意了。」

源九郎撇下這麼一句。

因為他作夢也沒想到，那些來搶自己頭上那根髮簪的傢伙，居然會突然轉移目標，攻擊蘭。

「因爲有人不希望我去到那裡。」

源九郎這才想起蘭說過的話。

她所謂的「有人」，就是指剛才的敵人嗎？

還有，源九郎剛才聽到申將那個站在月光下的男人喚作與四郎。

他之前才聽申說，與四郎是跟申一起去土蜘蛛那幫人的地盤上刺探敵情，後來就下落不明的人。

如果申說的話是可信的，那麼剛才這夥人應該就是土蜘蛛一幫人。

既然如此，土蜘蛛那幫人為什麼要攻擊蘭？

「如果這位姑娘真正的名字叫作舞，而不是蘭的話，她遭受伊賀土蜘蛛那幫人攻擊就合理了？」

「是的。」

申點了點頭。

「為什麼合理？」

「還不是跟那根簪子有關嗎？等到了江戶我自然會告訴你……」

「又來了！」

呵呵……

源九郎豐厚的唇畔流露出一抹笑意。

「喂！」源九郎的臉上依舊噙著那抹微笑，對申喊話。

「幹嘛？」

「你看到那個男人的左臂了嗎？」源九郎問道。

申點點頭回答。「被工整地砍了下來呢！」

「那條手臂現在就在那裡。」

源九郎用視線指向屋子的中央。

理應會被釘在牆上的男人左臂就掉落在地板上，衣袖也還在。

「那可不是我幹的喔！」源九郎含糊地拋下一句。

「什麼?!」

「我注意到的時候，那條手臂就已經在那裡了。」

「也就是說，在閣下還沒有回到這間破廟之前，那個男人的手臂就已經被砍下來了嗎？」

「就是這麼一回事。」

「那會是誰幹的呢？」

「既然不是我，也不是你，當然也不可能是他自己砍下來的，那就只有……」

「你的意思是……這是小舞小姐幹的嗎？」

「除此之外，沒有別的可能性了吧！」

「你倒是說說看，她是怎麼辦到的？」

「這個姑娘的短刀不就掉在那裡嗎？」

源九郎用視線指著舞身旁的地板上。
那裡的確是放著一把短刀。
刀身上還沾著血。
中拿起那把短刀。
「這的確是小舞小姐的短刀……」
「沒錯吧！」
源九郎用他那粗壯的手指，從頭髮裡揪出一隻水蛭。
那隻水蛭還在源九郎的指間不安分地動來動去。
源九郎用手指把那隻水蛭給彈得老遠。
「問題是，那條手臂可是被人一刀兩斷的喔！你我的話倒還有可能，但你覺得女人的力氣有可能這麼俐落地把男人的手臂削下來嗎？而且用的還是短刀吶。就算是武士，也不見得能用這把短刀將人的手臂一刀兩斷……」
「說得也是。」
「而且小舞小姐也沒有這麼大的力氣。」
中用一種欲言又止的眼神望向源九郎。
源九郎假裝沒有注意到他的視線，看著那個自稱是蘭，卻被中稱為舞的姑娘。
「呼吸已經恢復正常了呢！」源九郎說道。
如他所說，姑娘的呼吸又比剛才更安定了一點。
剛才傷口上覆蓋的只是一層薄膜，不知不覺中，那層膜的厚度也增加了。
「真是有意思呢！中……」源九郎說道。

「看樣子，不管這個女人是誰，背後肯定有很多故事。」
他臉上浮現出愉悅的笑容。
「你這是什麼意思？」
「我是說，不管她是蘭，還是舞，背後肯定都有很多故事……」源九郎如此回答。
申注視著源九郎，眼裡射出銳利的光芒。
「源九郎，關於小舞小姐，你該不會知道某些我們不知道的事吧！」
「你說呢……」
源九郎摸著下巴，一臉開懷。
「說！」
「不說。」
「什麼？」
「想要知道的話，就把你們隱瞞的事情告訴我。」
「……」
「不說就算了。」
源九郎粗聲粗氣地打斷了他的猶豫，拍拍申的肩膀說道：「不要露出這麼恐怖的表情嘛！申……」
申輕輕撥開源九郎搭在自己肩膀上的手。
他手裡握著一個黑色鐵製的小型金屬利刃。
如果源九郎不識相點把手拿開，肯定會被那個利刃劃出一道淺淺的傷口。
源九郎放聲大笑。

「對了，你剛才不是跟那個叫作與四郎的男人打到一半嗎？後來怎麼樣了？」
「逃了。」
「逃的是他？」
「嗯。有個小小的影子從破廟的屋頂上高高一跳，落向森林的另一頭，與四郎也追著那道影子逃走了。」
「這樣啊。」
從破廟的屋頂上跳出來的那道影子，應該是剛才在屋頂上幸災樂禍地說「蘭已經快要不行」的人吧！
「雖然我很想知道與四郎到底發生了什麼事，但是我對這位神似小舞小姐的姑娘更感好奇，所以就回來了。」
申說到這裡，突然低吼一聲「喝」，往旁邊跳開一小步。
似乎有什麼東西正碰到他的腳了。
他把拿在手裡的火光往地板上一照。
「唔……」
申發出低沉的一聲。
在火光的映照下，一隻閃著濕亮光澤的黑色水蛭出現在地板上。
這隻水蛭比剛才源九郎從頭髮裡揪出來的那隻大得多了。
黑色的身體表面分布著紅色的斑點，看起來就很毒。
這隻水蛭朝申爬了過來。
光是看到牠收縮身體再拉長身體的移動方式，就夠令人毛骨悚然了。

牠伸長身體時，姿勢會變得像用後腳站立的野獸，左右擺動的頭上只有宛如肛門一般的唇部。

左右搖擺的頭部彷彿在空氣中搜尋著人類的體溫或氣味，牠突然停在一個方向，然後把頭往申的方向伸來，精準度讓人不寒而慄。

水蛭把身體收縮起來的時候，大小也差不多有成人的一個拳頭大。

把身體伸長之後，則有小孩子從手腕到手肘之間的長度那麼長。身上的紅色斑點在伸長的時候還會被拉成長長的橢圓形。

「這是什麼？」申說道。

「你剛才看到那個從破廟屋頂上跳走的人，原本打算扔到我頭上來的東西。」

源九郎瞥了天花板一眼。

屋頂底下就是天花板，其中有一部分開了個小小的洞，星星從那裡露出臉來。

源九郎曾經用手把從那裡丟進來的東西打落在地。

那就是現正蠕動於地板上的巨大水蛭。

那隻水蛭一靠到申的腳邊，就改用尾巴站立的姿勢，把身體縮起來。

牠突然把身體伸長了。

水蛭跳到半空中，朝著申的臉上飛去。

咯！

一個聲音響起，水蛭被釘在木頭地板上了。

剛才撥掉源九郎搭在自己肩膀上的手時，申的手頭握著武器。此時，他用它射穿水蛭的頭部，把牠釘在地板上。

那是大小剛好可以藏在人類手掌中的菱形武器。

被釘在地板上、動彈不得的水蛭，噴出顏色令人作嘔的汁液，身體劇烈扭曲著，更添了幾分詭異。

「暗器嗎……」源九郎喃喃自語地說道。

他指的是貫穿水蛭的金屬。

「暗器」這兩個字，是傳自中國的語言。

翻譯成日文，指的就是隱藏式的武器。

舉例來說，像是刀、槍之類的武器，只要帶在身上，任誰一眼都看得出來。

那些是外顯式的武器。

所謂的暗器，指的是不讓人看見的武器。

這種武器雖然攻擊力不若刀那麼強大，但是只要在使用時不讓對手看見，出其不意發動攻擊的話，有時候的威力會比刀、劍還要強大。

「原來你還有這種好東西，我會記住的。」源九郎說道。

中無言地把蘭敞開的衣襟合上。

「從今晚開始，我要跟你們一起走。」申說道。

「什麼？」

「光憑你一個人的力量，無法同時保護響子和小舞小姐的安全。要是再來一個今晚這樣的敵人……」

「這個嘛……」

源九郎又是點頭，又是搔頭的。

「我要一起走。」申說道，似乎心意已決。

「隨便你。」源九郎說道。

「跟你在一起，事情好像會變得更有趣呢。」

源九郎的語氣裡，透露出躍躍欲試的亢奮。

豐厚的唇畔浮現出一抹淘氣的笑容，活像是一個剛學會新玩具要怎麼玩的孩子。

第二章　犬權三

1

才藏在黑暗中屏住了呼吸。

把呼吸壓低到別人幾乎難以察覺的程度。

並消除自己的存在氣息。

才藏躲在離地三十呎的樹上。

幾乎要與周圍的樹木同化了。

那是在一棵巨大的楠木樹枝上。

巨大的樹枝往上一分為二，才藏就躲在分岔的地方，背靠著其中一根樹枝，腳掛在另一根樹枝上。

背上傳來樹枝堅硬的觸感。

他知道自己的身體正在靜靜地上下擺盪。

因為藏身的樹枝正被風吹得上下搖晃。

樹葉也在才藏的周圍被風吹得沙沙作響。

有人正在追他，這點他很清楚。

也很清楚那傢伙一點要放棄的跡象都沒有。

那傢伙，就是在杭瀨川渡船頭遇到的那個男人。

名字叫作權三。

只不過在這時，才藏還不知道他的名字。

「你以前見過我，對吧！」在杭瀨川時，權三問了才藏這個問題。

「沒有，我們是第一次見面。你是不是認錯人了？」才藏是這麼回答的。

「不對喔！我想我應該沒有認錯人才對。」權三說道。

「我們真的是第一次見面。」

「既然是第一次見面，你為什麼要那麼緊張？」

權三望著才藏的眼睛裡透出銳利的光芒。

看樣子，權三早就看穿才藏稍微把重心放低了。

雖說把重心放低了，但也只放低一點點而已。

只要採取那樣的姿勢，無論權三採取什麼樣的行動，才藏都能馬上反應過來。

乍看之下，就跟普通的站姿沒什麼不同。

那種備戰狀態幾乎是察覺不出來的備戰狀態，一般人是不可能看得出來的。

權三又往店裡走進一步。

撲鼻而來的野獸臭味，將才藏重重包圍。

店裡的女人早就已經嚇得躲到後面去了。

權三擋住才藏的出口。

「你剛才在向那邊那位姑娘打聽一個女人的事吧？你為什麼要打聽那個女人的事？」

「沒什麼，只是剛好我也在找一位姑娘，而且這件事跟閣下一點關係也沒有。」

「可是，我記得你的味道喔！我以前曾經聞過這個味道。」

權三說完，懷中便傳出了低狺。

「味道？」

「是伊吹山上吧？沒錯，不是在四天前，就是在五天前……」

「請問閣下到底在說什麼？」

才藏打算趁權三不注意的時候逃出去，所以一面說話，一面往前踏出一步。

在還沒有搞清楚權三的底細之前，不可能告訴他任何事，這是當然的；但就算搞清楚對方的底細，這件事也是不足為外人道的祕密。

現在可不能跟權三糾纏不清。

萬一引起什麼騷動的話，肯定會被半藏放出來的探子察覺。

其實才藏也有滿腹疑問想要問這個男人。

為什麼他也在找舞？

他明明有一具人類的身體，為什麼肚子上會長一顆狗頭？為什麼會有一隻熊掌？

最基本的疑問是：他到底是何方神聖？

「閣下似乎也在找某位姑娘的樣子，理由可以說來聽聽嗎？」才藏問道。

「真狡猾啊你！別忘了，是我先問你問題的。」

有個東西在權三的體內滾來滾去，還發出窸窸窣窣的聲音。

權三往前移動了。

這時，權三右側出現了一個空隙。

動作夠巧妙的話，或許可以從中穿過。

才藏又往前跨出一步，心裡掂量著從那間隙逃跑的時機。
「既然你不想說，我也不想說，那結論就只有一個了。」
「什麼結論？」
「讓較強的一方逼較弱的一方把話說出來吧。」
「我聽不懂閣下的意思呢……」才藏說。
他說謊。
才藏很清楚這個男人是用什麼手段逼弱者把話說出來的。
因為才藏曾經親眼看過。
「對了，既然閣下這麼說的話，那麼就請閣下看一下這個吧……」才藏邊說、邊把右手悄悄伸進懷裡。
「只要看了這個東西，就能知道閣下在找的姑娘跟我在找的姑娘是不是同一個人了。」
才藏說完，伸出懷中的手。
手裡握著一個小小的布袋。
「哎呀……」
布袋從才藏的手裡掉了下來。
掉在權三的左側。
權三的注意力有一瞬間被吸引到那個方向了。
「……真是不好意思，我手滑了。」
才藏把手伸向那個方向，作勢要撿起布袋，身體卻往相反的方向移動。
從權三的右側穿出門外。

「站住！」

權三朝擦身而過的才藏揮動左邊的袖子。

左邊的袖子裡，滑出一條又粗又黑的東西。

是野獸的手臂。

是那條熊掌。

熊爪掃向拔腿就跑的才藏。

那是才藏正要從權三身旁鑽出去的時候。

錯身而過的那一瞬間，他受到了攻擊。

右手的衣袖被劃破了。

不只衣袖，就連手臂上的皮膚也被熊的爪子劃出一道淺淺的血痕。

所幸傷勢不會影響行動。

才藏繼續往前跑。

權三追了上來。

好快。

對方雖然很快，但才藏的速度更快。

看來，是長在腹部的狗頭拖慢了權三的速度。

才藏衝上堤防，鑽進比人高的茂密蘆葦裡。

他打算在那裡面甩掉權三。

身在蘆葦叢中理應是看不見彼此身影的，權三卻能緊追著才藏不放，移動方向精準得叫人詫異。

才藏鑽出蘆葦叢。

權三正一步一步逼近上來。

為了拉開與權三之間的距離，才藏跳上杭瀨村的屋頂。

那是從地上絕對看不到他身影的地方。

才藏躺在屋頂上，調整呼吸。

要繼續逃嗎？

還是要打？

當他思考這個問題的時候，底下傳來一個嗓音：「我聞到囉……」

是權三的聲音。

「你在屋頂上吧，滾下來。如果你不下來，我就上去囉。」

不會吧！才藏大驚。

對方不可能這麼快就知道他的藏身之處才對。

除非權三是從頭到尾都沒有絲毫的猶豫，準確無誤地循著他的蹤跡緊跟而來，否則絕不可能這麼快就找到他。

因為他既沒有留下踩在草地上的痕跡，也沒有在濡濕的地面留下腳印。

「追捕獵物可是我的強項呢！你應該是踩著那邊的銀杏，利用樹枝跳到屋頂上的吧……」權三的聲音愈來愈靠近了。

靠他的氣息來判斷，他已經開始攀爬銀杏樹幹了。

才藏四腳著地趴在屋頂上，往下窺探權三的狀況。

銀杏粗壯的樹幹就在眼前不遠的地方。

視線被屋簷遮住了，看不見底下，只能看到比才藏所在的屋頂還要高的樹幹。

一隻毛茸茸的黝黑大手突然從底下伸了上來。

權三用爪子抓著樹幹爬上來了。

「找到你了。」權三笑道。

才藏瞄準他的臉射出一把飛刀。

鏘！

那把飛刀被擋了下來。

權三從腰間拔出一把刀刃厚似斧頭的開山刀，彈開才藏射出的飛刀。

「可惡……」

才藏往樹幹所在的反方向疾行，跑過屋頂，然後縱身一躍。

用雙手和雙腳抵銷了下墜的重力加速度。

然後拔腿就跑。

問題是，他根本還沒跑多遠，就再度聽到權三的聲音了：「我聞到囉……」

權三已經從後面追上來了。

像這樣你追我跑的拉鋸戰，持續了將近大半天。

夜幕降臨了。

即便如此，權三還是窮追不捨。

不管才藏是逃往森林裡、跳到樹上、還是從這根樹枝移動到那根樹枝上……

就在這時，才藏終於明白一件事。

權三並不是在追蹤自己的腳印，而是自己的味道。

是狗。

是狗的鼻子鎖定了才藏的臭腺，才能這樣緊咬不放。

擁有人類智慧的狗……擁有狗的嗅覺的人類……再說，從權三的言行舉止看起來，他似乎是個獵人。

他已經習慣在森林或山裡追逐野獸了。

追逐著才藏的，就是這樣的怪物。

才藏躲在樹上，從懷裡取出一個小小的布袋。

把緊急時刻用的糧食拿出來，放進嘴色裡。

那是將木實、蜂子、蛇肝各自曬乾之後，磨成粉末，再和水糅成的藥丸。

還加入了切成碎末的柚子皮。

只要吞下一顆，就可以暫時解除喉嚨的乾渴。

白天的時候，為了引開權三的注意，故意在他眼前弄掉的就是這個小布袋。

才藏真想直接在樹上睡去。

問題是，自己的行蹤遲早會被發現的。

權三至少會追到才藏跳到樹上的地方。

他一旦發現才藏的味道消失，就會猜才藏跳到樹上了。

一旦被他猜到這點，權三就會移動到下風的地方。

才藏如果繼續往上風的方向逃，他就可以在風中捕捉到才藏的臭腺。

如果什麼味道都聞不到的話，他也會馬上知道，才藏是往下風的方向逃命。

所以還是應該要往下風的方向去。

才藏的氣味不斷融入夜晚的空氣中，這股氣味應該也會乘風到達下風處。
無論如何，他的臭腺遲早都會被發現。
一旦自己的臭腺在風中被發現，權三很快就會找到這棵樹下來了。
才藏閉上了眼睛。
閉上眼睛之後，浮現在眼瞼裡的，是權三那時的樣子。
也就是他第一次在伊吹山裡看見的權三樣貌。
才藏從倒木的陰影裡目睹了一切。

一個伊賀的忍者被權三抓住了。
其他人和鼯鼠的半助、破顏坊，早已逃之夭夭。
權三徒手將俘虜的身體一塊一塊撕開來。
一開始是左耳。
他毫無預兆地把那伊賀忍者的左耳給扯了下來。
「我有件事情想要問你。」
權三動了動嘴唇。
才藏不能靠近到足以聽清楚他在講什麼的距離內。
所以只能靠他的嘴型來判讀。
至於被抓住的伊賀忍者到底說了些什麼，他就真的無法判斷了，只能從權三的嘴型來想像。
當時他在下風處。
風是從權三的方向吹過來的。

所以當時的權三才沒注意到他的味道。
「你們在這裡看到了什麼？」權三的嘴型是這麼說的。
只不過，伊賀忍者不可能輕易開口。
權三把剛扯下來的耳朵餵給肚子上的狗頭吃。
「還不說？」
權三右手的手指突然又戳進伊賀忍者的右眼裡，把他的眼珠子挖出來，放進自己的嘴巴裡。
開始咀嚼。
「你的眼球還真好吃呢！」權三說道。
接下來是鼻子。
權三把伊賀忍者的鼻子扯下來，放進嘴巴裡，咀嚼。
為了讓他聽見自己發出的聲音，故意留下他的一隻耳朵。為了讓他看清楚發生什麼事，所以故意留下他的一隻眼睛。
權三深知，讓對方看見自己的手臂和耳朵被吃掉的樣子，可以加深對方的恐懼。
接著，他把忍者臉頰上的肉撕下來吃掉。
然後折斷了對方的手指頭。
權三用嘴巴含住被折成奇妙角度的手指頭，一口咬下。
咯吱！
咯吱！
耳邊傳來骨頭被牙齒咬碎的聲音。
「原本在這裡的東西跑去哪裡了？」權三問道。

伊賀忍者終於鬆口了，那時他右手手指已全部消失不見。
「你是說那個叫作鼯鼠的半助的人在這裡看到一艘『船』嗎？」
「女人掉進這個洞裡去了嗎？」
「那個女人現在在哪裡？」
「應該有東西從那艘『船』裡出來才對。」
「既然是這樣的話，只好把那個女人找出來了。」
「你們又是什麼人？」
從權三的嘴型讀到的對話到這裡就結束了。
不知不覺中，風向已經改變了。
原本從權三的方向吹過來的風，轉而從才藏的方向往權三的方向吹。
狗頭從權三的肚子上抬起來。
吠叫著。
吼嗚……
權三抬起頭來。
伊賀忍者抓住那一瞬間，不知對權三的臉做了什麼。只見權三的左頰被割開一條長長的傷口。
才藏看見權三舉起左手熊掌，揮下。
在那瞬間，他拔足狂奔。
逃跑了。
他沒有確認那個伊賀忍者是否還活著，直接逃離了現場。
看樣子，舞並不在那裡。

似乎也沒有被伊賀忍者抓住。

反倒是突然現身、擁有一隻熊掌的男人勾起了他的興趣。

可以想見的是，那艘「船」和舞之間似乎產生了某種關聯。

那艘「船」跟擁有一隻熊掌的男人似乎也有某種關係。

只不過，身體的狀況還不是很理想，眼睛也還沒有完全復原。

當務之急還是確保自身的安全，方為上策。

他從男人的嘴型上讀到的對話說明了一件事：他顯然也不知道舞在什麼地方。

既然如此，應該先保住自己的命才是。

男人並沒有追來。

才藏走進城鎮裡。

他打算在城鎮裡到處問問看有沒有人見過舞，也必須跟同伴取得聯繫才行。

他走在路上，向熙來攘往的路人詢問舞的去向，最後終於有人說他見過一個長得很像舞的女人。

據那個人所說，那個長得很像舞的女人隻身走在大街上，往諏訪的方向去了。

因此，才藏便往諏訪的方向追去。

今天的白天，他在杭瀨川的渡船頭的小屋裡再度打聽到舞的消息。

擁有一隻熊掌的男人也出現在同一個地點。

才藏在黑暗中靜靜調整著自己的呼吸。

他還沒有跟同伴聯絡上。

在約定好要會面的破廟裡沒有半個人。

聯絡的紙條也沒留。

這也難怪，萬一被半藏的手下看到就糟了。

下一個可以取得聯繫的場所，是在妻籠地區的驛站。

非得在到達那裡之前，先和舞會合才行。

大路上有申在。

只要申能搶在半藏的手下之前，先一步找到舞，至少可以確保舞的安全無虞；反之，半藏那邊的人也可能先找到舞。

如果是那樣的話，舞肯定會沒命的。

各式各樣的想法在才藏的腦海裡來來去去。

腦海裡閃過的盡是一些想再多也沒有用的事。

他就快要邁入五十而知天命的年紀了。

當初要是早一點結婚的話，大概已經有孫子了。

這時，他已經不認為統治者會易位。

他已經不會幻想德川政權遭到顛覆、失去天下的場景。

他只希望能夠讓舞像普通的女孩子一樣，過平凡的一生。

天上飛來的那道光芒……

才藏想起那道光芒。

一想起那道光芒，才藏便心跳加速。

沒想到在這個世界上，還有那麼不可思議的東西。

不對，真正不可思議的，是看到那樣的光芒還會內心激昂的自己。說是這點讓自己震驚不已，或許比較正確。是當時的悸動心情，讓現下的才藏心跳加速。

話雖如此，這倒也不是什麼討厭的感覺。

自己對天開始有了一些想法。

天是什麼？

存在於天之中的「我」，到底為何會生到這個世上？肩負了什麼使命？

思考這些問題讓他覺得相當愉快。

就在這個時候……

從下方的黑暗裡，傳來某種東西的氣息。

是野獸的氣息。

「我聞到囉……」低沉的嗓音響起。

「我聞到囉……聞到囉……」是權三的聲音。

他的聲音正一步一步逼近過來。

「你在哪裡？應該已經離我很近了吧……」

聲音戛然而止。

「哈哈哈……」

那轉變成喜悅的笑聲。

「在上面啊……」

權三說道。

2

才藏由上往下看了一眼。

一雙目露凶光的野獸雙眸，在下方的黑暗中仰望著才藏。

那是宛如會發出藍色燐光的雙眸。

天上的一輪明月就倒映在那雙眼眸的深處。

那是男人的肚子上長出來的狗頭之眼。

不是男人自己的眼睛。

人類的眼睛就算是由下往上看也不會發光。

「你果然在這裡。」那聲音就像煮沸的石頭一樣，迴響著。

嗷嗚……

狗發出低吼。

「白虎乖，我很快就會讓你吃到這個男人的肉了。」權三說道。

看來白虎應該是權三肚子上那條狗的名字。

「閣下還真是有夠難纏呢。」才藏說道。

「你是逃不掉的喔，因為我已經牢牢記住你的味道了。」

才藏從樹枝上站起來。

如果有什麼突發狀況得逃跑的話，他只有三個方向可以選。

在那些方向，有樹枝延伸出去。

只要跳到那些方向，就可以完全不用落地，直接在半空中移動。

至於要跳到哪一個方向，就全憑老天的安排了。
才藏慢條斯理地把右手伸進懷裡，取出一個竹筒。
「哦，是火藥嗎？」權三說道。
狗的鼻子實在是太靈敏了。
只不過他早在權三逼近之前，就已經確認好逃走的方向了。
「你竟然知道呀。」才藏說道。
「我連你懷裡還有什麼其他的東西都知道呢！有火種、曬乾的飯、藥，和鐵的味道。所以你接下來想幹什麼，我可是清楚得很喔！」
「是嗎？」
「你一路上也下了不少工夫呢！一下子走在河裡，一下子跳到樹上……」
「就是啊！」
「雖然多花了一點時間，不過我最後還是找到你了。」
「言歸正傳，閣下為什麼要找那個女人？」才藏問道。
黑暗中，傳來權三意味深長的低沉笑聲。
「就算跟你說了，你也聽不懂吧。如果你還是想知道的話，就抓住我、逼我說出來吧。」
「閣下是要我把你的眼珠子挖出來嗎？」才藏說道。
「哼，不打自招啊。」權三說話的語調非常高興。
「不打自招？」
「我在伊吹山上抓了一個男人，問出很多事情。你都看到了，對吧？」
「看到了啊。」

「那個時候被你逃掉了呢……」

「被閣下抓住的男人後來怎麼樣了？」

「被我吃掉囉！」權三的語氣很乾脆。

「吃掉了？」

「我那時候肚子餓了。本來要去追你的，沒想到那個男人突然對我發動攻擊。我一氣之下，就用手把他的內臟全都挖了出來。他的肝臟看起來很好吃的樣子，我忍不住就吃掉了。我在用餐的時候，你就跑了。」

「這樣啊……」

「因為你的關係，我不小心殺了那個男人，沒辦法繼續追問事情。剩下的，就由你來告訴我吧！」

「我可不能成為閣下的晚餐呀。」

對話的過程中，才藏不停把竹筒裡的火藥往外撒。

「我聞到火藥的味道了。」權三的聲音從下方傳來。

「這對你來說不算什麼吧！」

才藏一邊說，一邊從懷裡取出火種，把火種點燃，丟到腳邊的樹枝上。

燒得滋滋作響的熊熊火焰，從才藏的腳邊一路燒到樹幹上。馬上就沿著粗壯的樹幹往下延燒。

熊熊烈焰往下延燒到半路時，權三眼前突然升起一道熾烈的火柱。

對於早已習慣黑暗的眼睛來說，是非常刺眼的一道強光。

才藏往他原先計畫要走的左側樹枝縱身一躍，一把抓住樹枝。

才藏的體重讓樹枝彎曲了。

和彎曲樹枝同高度的地方，有其他樹枝。
他穩穩站到其他樹枝上，再把手放掉。
下一根樹枝也因為他的體重彎曲了。
這次，才藏屈起膝蓋，把力量集中在雙膝上，利用反作用力飛向伸手不見五指的黑暗裡。
腳一踏到地面，馬上拔足狂奔。
權三應該不會馬上就追上來。
因為大量的火藥正在他眼前燃燒。
狗的鼻子應該受到重創了才對。
權三自己的眼睛應該也被爆炸的火藥擺了一道才對。
才藏在若隱若現的月光下狂奔。
「我聞到囉……」
聲音是從才藏的後方傳來的。
才藏的背脊一涼。
是那個男人的聲音。
為什麼這麼快就追來了呢？
「我聞到囉……」
而且那個男人的聲音還愈來愈近。
他的眼睛沒事嗎？
難道他的眼睛具有異於常人的恢復力嗎？
不只是那個男人的眼睛。

還有狗的眼睛跟狗的鼻子。
如果剛剛火藥的爆炸對狗的眼睛跟狗的鼻子都不構成威脅的話，那麼才藏就危險了，夜晚的森林是不利於他的環境。
對嗅覺和視力都優於常人的狗來說，是大大有利。
雖然不能看得太遠，但狗的眼睛在黑夜裡看近處的物體反而看得更清楚。
「可惡！」
才藏沒命地往前跑，同時從懷裡取出四根針。
四根長約七寸左右的針。
這時，他已經跑到森林的盡頭了。
只有這個地方的樹木被砍倒了一整排，月光從天上肆無忌憚地灑落一地。
空氣中彌漫著木炭的味道。
這裡是燒炭人，也就是隨季節一面燒炭一面在山裡頭移動的人，搭建小屋休息的地方。
草叢裡還有小屋殘骸似的東西。
只有這裡沒有樹，就連草的種類也不太一樣。
因為可以曬到大量的陽光。
才藏背對小屋站好。
他把針一根一根扎進自己的兩條大腿裡。
接下來是左肩。
然後是右肩。
最後再從懷裡取出兩根針，雙手各拿一根。

才藏把針刺進進去的地方，是名為飛燕孔的穴道。
只要把針刺進肩膀及手臂、大腿上，動作就會比平常更為迅速。
只不過，這麼迅速的動作只能維持很短的時間。
如果時間拖得太長，會對肌肉造成過大負擔，造成筋脈盡斷，因為肌肉無法承受那樣迅速的動作。
過沒多久，權三就現身於月光下了。
「看來你似乎已經有所覺悟了。」權三停下腳步來說道。
「不是，我只是厭煩了這種你追我跑的遊戲，覺得差不多該在這裡做個了結……」才藏說道。
「喔哦！」權三笑了。
吼嗚！
吼嗚！
權三的肚子上傳來白色紀州犬的咆哮聲。
一副咬牙切齒的模樣。
「那就要看你有沒有這個本事了。」
權三喃喃低語的同時，他的身體裡湧出一股熱氣團似的東西。
彷彿權三的五臟六腑正在他的身體裡咕嘟咕嘟沸騰著。
那股氣場不停往才藏的方向彌漫開來。
獸氣……
那只能稱為強烈的野獸之氣，沒有更好的形容了。
獸氣突然朝才藏直撲而來，宛如爆炸一般。

「哇啊啊啊啊！」

唇邊飛沫四散的權三對才藏發動了攻擊。

在權三的熊掌似乎就要以驚人氣勢掃掉才藏腦袋的那一瞬間，才藏有了動作。

他在千鈞一髮之際低下頭去。

熊掌只拂去才藏幾根頭髮。

在熊掌剛剛掃過的地方，才藏的頭又冒了出來。

「喝！」

才藏雙手齊動。

把兩根細針深深插進權三瞪得有如牛鈴大的雙眼裡。

「哇啊！」權三仰天長嘯。

扎在上下眼皮之間的針動個不停，顯然眼皮底下的眼珠子正骨碌碌地轉個不停。

才藏無意戀戰，立刻拔腿就跑。

腹部受了一點小傷。

那是他把針插進權三眼睛裡時，被狗的獠牙咬傷的。

才藏趕緊拔出扎在自己身上的四根針。

再多延遲片刻，他的肌肉就會毀壞了。

權三也把針拔了出來。

血從他的雙眼泉湧而出。

狗頭朝才藏離去的方向拚命咆哮。

「是那個方向嗎？」

權三馬上就把身體轉向才藏的方向。

「原來眼球被人暗算是這麼痛的感覺啊！」權三喃喃自語似的說道。

真是不死鳥般的男人。

權三還打算繼續攻擊才藏。

才藏不給他機會，再度縱身躍進一片漆黑的森林裡。

「下次我再陪你好好打上一場，今天先到此為止吧！」

才藏逃走了。

「慢著！」

權三追了上去，但是追擊的速度顯然比剛才慢了一點。

他剛剛同時擁有人類的視力和野獸的視力，才能在夜晚的森林裡做出極迅速的反應。如今，他只剩下野獸的視力可以倚仗了。

「給我站住！」

儘管如此，權三還是在後面窮追不捨。

才藏繼續逃命。

即使兩隻眼睛都被針戳穿了，還是緊咬著對手不放的那股狂氣，令才藏感到不寒而慄。

第三章 妖美牡丹

1

真是一個妖豔又華美的男人。

這男人每通過一個地方，似乎就會在風中留下香味。

男人身穿的小袖上頭綻放著紅色的牡丹花，宛如濺上了星星點點的鮮血一般。

香味的來源似乎就藏在他的小袖裡。

下半身穿著一件藏青色的袴，上頭同樣綻放著大朵的牡丹。

小袖上還罩著一件鮮紅亮麗的肩衣。

雖說是十分華麗的錦衣玉服，穿在那個男人身上居然沒有半點格格不入的感覺。

男人的腰間插著兩把大小不一，套在朱鞘裡的劍。

歲數頂多只有二十出頭吧！

身材十分頎長。

雪白的膚色幾近透明。

小袖裡若隱若現的手臂，以及從衣領探出細細長長的脖子，都跟女人一樣白。

那是讓人不禁聯想到芍藥的雪白膚色。

柔順直髮披散在背後，長度約略過肩。

五官還隱隱約約地保有著少年的青澀。
兩道細細的柳葉眉，筆直高挺的鼻梁，宛如牡丹花瓣一樣鮮豔的嫣紅嘴唇，漆黑如夜的眼眸。
在那雙漆黑如夜的黑眸中，似乎永遠閃爍著不可思議的色彩。
真是個妖豔異常的青年。
臉上明明留有少年的稚嫩，全身上下卻又籠罩在一股極為成熟、靜謐的氛圍裡。
有人叫他「四郎大人」，不過他卻自稱「牡丹」。
青年正往京都的方向前進。
再往前走一小段路，就會來到前幾天才剛經過的杭瀨川渡船頭。
時值清晨。
每個旅人和牡丹擦身而過時，都會情不自禁地回頭看他一眼。
牡丹的唇畔始終帶有麗似夏花的微笑，彷彿很滿意這樣的結果。
就在這個時候——
對面傳來了吵鬧的人聲。
仔細一看，不遠處有一道人牆，而且人數還在不斷地增加當中。
「有人在吵架喔！」
「是武士跟武士在吵架。」這類話語此起彼落。
「嗯。」牡丹輕哼了一聲，腳底下的速度還是一樣沒變。
走著走著，便走到了那道人牆之前。
牡丹停下腳步。
人牆的另一邊有人在說話。

用的是武士的語言。
看樣子，的確是有人在吵架。
身材頎長的牡丹讓視線越過那群人的頭頂，往發出聲音的方向望去。
只見一邊有一個武士，另一邊有兩個武士，兩邊正對峙著。
地點就在大馬路旁的草地上。
三人的旁邊長著一棵松樹。
三個人都是將近四十歲的男人。
同樣都是作旅人的打扮。
「聽我的準沒錯，你們兩個都回去吧……」其中一個武士對另外兩個武士說道。
「不要，我才不能就這樣回去。」
「我也不回去。」另外兩個武士回答。
「小林、渡邊，你們還不明白嗎……」第一個武士的語氣很強硬。
「島岡，你該不會是為了阻止我們，特地從小倉趕過來吧？」
「沒錯，渡邊……」第一個武士——島岡說道。
「我還以為你是為了跟我們一起對抗那個男人才來的……」另外兩個武士的其中一人——渡邊說道。
「難道你已經忘了師父是怎麼死的嗎？」被喚作小林的武士面向島岡說道。
「那已經是二十六年前的事了，小林。」
「管他是二十六年，還是三十年、五十年、一百年……對我來說都是一樣的。」
「不要這樣……」

島岡面向兩人踏出一步。
兩人不但沒有退縮，反而也往前踏出了一步。
「那男人使的可是一把魔劍吶。你以為你們用尋常人的劍可以打贏那個男人嗎？」
「不管那個男人的武藝再怎麼高強，畢竟還是血肉之軀。」小林說道。
「不對，我在舟島看過那個男人是怎麼揮劍的，光是看那動作就足以讓人頭皮發麻了……」
「是嗎？」小林說道。
「那男人還在小倉的時候，的確是沒有辦法對他下手，如今他離開小倉了，正是千載難逢的好機會，他這次又是獨自旅行……」渡邊跟著說。
「算了吧。」
「你說什麼?!」
「我不是不了解你們的心情，但那個男人這次旅行是有任務在身的。」
「任務?!」
「是的。」
「什麼任務？」
被小林這麼一問，島岡看了看四周。
周圍圍滿看熱鬧的人。
「在這裡不方便說。」
「不管他的任務是什麼，都跟我們沒關係，我們早就已經脫藩㉓了。所以這次對我們來說，

㉓武士不再侍奉原先的藩主，成為浪人。

真的是千載難逢的好機會。」渡邊說道。

「沒錯。」小林點頭附和。

「算了吧！」島岡還是這句老話。

「如果你們真有勝算的話，我也打算睜一隻眼、閉一隻眼，跟上面報告說我並沒有遇到你們。問題是，既然我知道你們此去必敗無疑，怎麼可能還讓你們去？」

「你也太誇張了吧，島岡。」小林說道。

「那個男人已經是五十幾快六十歲的老人了。他以前有多厲害我是不知道，但是現在應該已經沒那麼厲害了吧！」這次換渡邊說道。

「是不是我說什麼都沒有用？」

「很遺憾。」

小林的語聲未落，島岡已經紮起了馬步。

「我這趟來也是有任務在身的。既然遇到了你們，就不可能跟上頭報告，說我說服不了你們……」

「既然如此，那就只有一個辦法了……」小林說道。

「嗯。」島岡也點了點頭。

繼續把重心往下擺。

小林把手放在劍的握柄上。

「讓我來陪他過兩招。」小林制止搶著要出手的渡邊，往前跨出一步。

「點到為止就好囉！」島岡說道。

「那當然。」小林點點頭。

渡邊往後退了一步。
島岡和小林相互對峙。
「輸了也不怨恨。」
「輸了也不怨恨。」
島岡和小林同時說道。
看熱鬧的人牆紛紛往後退，把空間讓出來。
兩個人也各自往後退了幾步，擺好架式。
「拔劍吧！」
「你先拔！」
簡短客套一番之後，兩人幾乎在同一時間拔出了腰間的劍。
但拔出劍後，雙方就進入了按兵不動的狀態。
「哦……」牡丹望著眼前的光景，低吟了一聲。
「兩個人都還滿像回事的嘛……」
兩人氣場從嚴陣以待的劍尖散發出來，與大氣交融。兩人之間充滿了劍拔弩張的肅殺之氣。
彷彿有層堅硬的透明薄膜，橫亙在劍與劍之間。
不過，在場的人只有牡丹清清楚楚感覺到那層劍拔弩張的薄膜。
其他看熱鬧的人只能望著那兩人肅殺的表情，想像接下來會進行什麼樣的決鬥。
劍拔弩張的薄膜突然變得像針尖那麼銳利，然後碎裂了。
「喝！」
「哈！」

雙方同時大喝一聲。

兩把劍一閃而過。

「呃啊！」

發出慘叫、跪倒在地的是島岡。

島岡的右手腕滾落在草地上，手裡還握著劍。

大量的鮮血從被切斷的手腕缺口湧了出來，滴落在掉在地上的手腕上。

看熱鬧的人當然都知道發生了什麼事。

不就是兩個武士在決鬥，其中一個把另一個的手腕切了下來嗎？

只不過，沒有人能夠了解，整件事到底是怎麼發生的。

除了一個人，那就是牡丹。

牡丹看見了。

小林揮出的那一劍，在中途轉了個方向，但是速度一點也沒有慢下來。

一開始，小林的劍應該是瞄準島岡的右肩，但是變換方向後，就把島岡的右手腕削下來了。

至於島岡的劍，是打從一開始就瞄準小林的右肩。

本來應該是一場平分秋色的決鬥。

認為自己的實力只比小林稍微遜色一點的島岡，打從一開始就想要打成平手。

只不過，小林的武藝要比島岡想的還要更上一層樓。

「島岡……」

小林衝向島岡身邊。

「我認輸了，平八郎……」島岡對小林說。

小林衝過去後，隔了大約一次呼吸的時間，渡邊也趨上前去了。他趕緊把島岡的右手腕綁起來，以免流出更多的血。

「平八郎，你剛才那一招……」島岡雖然面色如紙，但是眼睛裡卻藏不住興奮的光芒。

剛才還用小林這個姓來稱呼對方，現在已經直呼平八郎的名字了。

「自從那一天以後，這二十六年來，我一直全心全意鑽研這一招……」

「是嗎……」

「但是今天是我第一次使出來。」小林說道。

島岡咬緊牙根，一面承受著劇痛，一面凝視著小林。

兩個人四隻眼睛就這麼對視了幾秒。

「我已經沒有能力阻止你們了，只不過，要注意啊，平八郎。就像我剛才說的那樣，那傢伙的劍，是一把魔劍……」

「我知道了。」小林說道。

牡丹只看到這裡就走了，宛如輕風過隙。

他往杭瀨川的方向走去，任由微風輕撫自己的頭髮。

「小倉嗎……」

牡丹低語。

「沒想到我在山裡把玩『猶大的十字架』時，世上竟發生這麼多的事……」

牡丹一個人自言自語。

雖然他還在繼續往前走，但是腳步愈來愈慢了。

顯然，他還是很在意後面那幾個男人所說的話。

不對，說得更正確一點，其實在意的是島岡說的那句話——
「那傢伙的劍，是一把魔劍。」
他非常在意。
魔劍嗎……
牡丹沒有出聲，只在舌尖上反覆咀嚼這幾個字。
看樣子，那個使魔劍的男人，因為某種任務來到了這個地方。
如果那男人跟自己想的人是同一個的話……
不知何時起，牡丹已在風中停下了腳步。

2

那是一棵相當高的櫸木老樹。
它生長在一片樹海覆蓋的山丘上，但還是比其他樹來得高大，筆直地朝天空生長。
大大小小的樹枝在高處的風中搖動著，讓樹葉沙沙作響。
時近中午，陽光普照大地。
微風過隙時，便會有葉片離開了枝椏，在秋高氣爽的空氣中翩然遠去。
在枝椏與樹椏之間，有好幾個看起來像是黑色樹瘤的東西。
有大有小。
一個。
兩個。
三個。

四個。

五個。

六個。

七個。

一共有七個。

樹枝上雖然偶爾會出現像這種異樣的膨起，但這次的狀況似乎有些不同。

那些乍看之下像是瘤的東西，其實是人類。

有打扮成和尚的男人，也有全身上下都包裹在黑衣裡的女人。

打扮成和尚的男人穿著雲遊僧的裝束，掛在樹枝上，被風吹得左搖右晃。

那是個頭上無毛的雲遊僧，只有眉毛和嘴巴周圍到下巴的鬍子是白色的。

看起來雖然是個老人，但是皮膚卻很有光澤，彷彿含有飽滿的水分，完全不會給人瘦瘦乾乾的印象。

只不過，奇妙的並不是老人的身形，而是老人的臉。

哪裡奇妙呢？

這個作雲遊僧打扮的男人，臉上無時無刻都掛著一抹笑容。

俗語有句話叫「破顏」。

指的是嘴角微張，神態柔和的微笑。這種微笑就堆在那個雲遊僧臉上。

而且，這抹稱之為破顏的微笑自始至終不曾消失過，簡直像是貼在這個雲遊僧打扮的老人臉上的。

作雲遊僧打扮的老人名叫作破顏坊。

「你看。」破顏坊說道。
他指的是遠處街道的方向。
剛好有三個人走在那條街道上。
分別是萬源九郎、申、蘭。
「那個女人明明還活著不是嗎……」破顏坊說道。
「可是左內確實一劍刺穿了那個女人的左胸啊……」
從另一根樹枝上傳來一個陰濕的聲音。
那個姑娘已經快要不行囉……
那聲音和昨晚從破廟屋頂上向源九郎搭話的聲音是一樣的。
「可是她明明就還活著啊！」
「我不相信。」
「你當時有檢查、確認她已死了嗎？」
「沒有檢查，因為那個叫作源九郎的男人馬上就衝進來了。左內那傢伙，殺了那個女人之後不知道要見好就收，打算連那個男人也一併殺了。結果反而白白賠上自己一條命，但是……」
「那個女人還活著。」
「人被一劍刺死的情況，我這輩子也看過不少。要從哪裡把劍送進去，要刺多深才會死掉，這點知識我還是有的。如果是介於生死之間徘徊的情況，我也看得出來。當時那個女人的傷在我看來，絕對是回天乏術的……」
「不用再解釋了。事實是，那個女人還活著，四處走動……」破顏坊說。
一陣短暫的沉默過去後，另一個聲音喃喃低語：「那個女人，該不會是替身吧……」

「哦……」

「退一百步想，假設她真的還活著好了，也不可能在今天早上就有辦法下床走動。或許那個四處走動的女人並不是我們要對付的女人……」

「另一個可能是，昨夜被你們偷襲的女人才是替身……」

說出這句話的是另一個聲音——是鼯鼠的半助的聲音。

「經你這麼一說，昨夜的確有件事讓我耿耿於懷。」那陰濕的聲音說道。

「什麼事？」破顏坊問道。

「在左內發動奇襲的時候，那女人做出了反擊。」

「……」

「左內那傢伙雖然一劍刺穿了那個女人的左胸，可是也被她削掉一條手臂。」

「哦？」

「那並不是一個普通的女人。就算她真的學過怎麼用劍好了，靠女人的力量和一把短刀在打鬥的過程中輕易削下一條男人的手臂，是不太可能的……」

「真詭異。」一個嘶啞的聲音附和。

是名為蟇翁的老人。

「蟇翁，我已經很久沒有看過土蜘蛛搞砸事情了。」破顏坊說道。

「你這是什麼意思！」

空氣中突然出現劍拔弩張的兇狠殺氣。

原來是樹枝上的影子正朝彼此發出殺氣。

「老朽說的不都是事實嗎？總而言之，要怎麼收拾掉那個女人，還得再從長計議才行……」

「經過昨夜的事，他們應該會更提高警覺吧……」一個女人的聲音響起。是姬夜叉的聲音。

「蟇翁大人，這次請讓我蛭丸出馬吧……」自稱是蛭丸的人說道。

「蛭丸，這次應該是我上吧！」

「不對，是我。」

風中又傳來兩個全新的聲音。

「對手可是真田的忍者吶，還有那個不知道從哪裡冒出來的彪形大漢，你們乾脆一起上好了……」破顏坊說道。

「那太無聊了。」

「是啊，那太無聊了。」

「這樣就不好玩了不是嗎？」

三個聲音同時說道。

「反正到江戶之前還有時間，不如先讓蛭丸去試試，我們就先拜見一下他的本事吧！」蟇翁說道。

「好啊！」

「好啊！」

兩個低沉的聲音回答。

「這並不是忍者的作法。」破顏坊說道。

「但這是我們土蜘蛛的作法，沒有什麼任務是我們的作法不能解決的。所以就先讓我們用我們的方法解決吧……」蛭丸說道。

「交給你了。」藿翁說道。
「藿翁……」破顏坊還想再說些什麼。
「就這樣吧，破顏坊。先讓年輕人用他們的方法試試。」藿翁打斷他的話頭。
又一陣短暫的沉默。
「好吧。」破顏坊終於點頭同意。
「只給你們三天，如果不能在三天內解決的話……」
「就這麼說定了。」藿翁一口應允。
「蛭丸，要留點樂子給我們玩玩啊……」
「失敗也沒關係喔。」
另外兩個聲音說道。
嘻！
嘻！
哈！
哈！
空氣中充滿令人寒毛倒豎的詭異笑聲。
笑聲愈來愈大，彷彿是要與風吹出的樹葉摩擦聲唱和似的。
那笑聲最後也和沙沙作響的樹葉聲一起被風吹散到青空之中。

第四章　怪人劍

1

豔紅似火的太陽逐漸往山的另一頭墜落。
旅店的牆壁被夕陽染成一片紅色。
再過沒多久，一到夜晚便會齊聲歌唱的秋蟲，又會開始在旅店周圍的草叢裡鳴叫了。
生長在旅店圍牆附近的蘆荻開出紅色的花，在風中搖曳生姿。
敗醬草。
野菊。
龍膽。
生長於秋天的花朵在蘆葦叢的另一邊，東一簇、西一簇地盛開著。
旅店的主人似乎只留下這些花，把周圍的蘆葦都割掉了。
旅店旁邊有一塊長著低矮草叢的空地，空地上聚集了好幾個男人。
全都是一些作旅人打扮的男人。
有人打扮成賣藥的郎中，有的像浪人，還有兩個像是上了年紀的老夫婦。
淡紫色的炊煙從旅店屋頂的煙囪冒了出來，裊裊上升到秋高氣爽的天空裡。
空氣中彌漫著煮飯的香味。

旅人各自生火煮飯。
自從大坂夏之陣以來，已經過了二十三年。
街道上的旅店宛如雨後春筍般紛紛開張，但是幾乎所有的旅店都不提供餐食。旅人必須自己備米，自己煮飯來吃。
為了煮飯，就必須向旅店買柴來燒，而賣柴火的錢就是旅店的主要收入。
「木賃宿」的名稱就是這麼來的。
為了盡可能省下這筆柴薪錢，旅人有時也會分享彼此帶來的米，用同一個大鍋煮飯來吃。
於是，男男女女圍著柴火上的大鍋，等待飯煮好的景象就會出現了。
在夕陽西下的天空裡，黑喉鴝、紅頭伯勞的叫聲不時響起。
雖然四周的風景十分恬淡閒適，但是這群人談話的內容卻相當駭人聽聞。
所有的旅人皆以其中一個男人為中心，圍成一個半圓形，有人坐著，有人蹲著，還有一對看似夫婦的男女站著……他們各自都以不同的姿勢，加入這場對話。
雖說是對話，但其實幾乎都是站在中間那個男人在滔滔不絕。男人看起來不像旅人，應該是這家旅店的老闆。
旅店老闆負責主講，客人則忠實地扮演傾聽者的角色。
談話的內容和八天前發生在這附近的一起事件有關。
同樣的內容，旅店老闆似乎已經講過無數次了。
講到一半往往會有新的聽眾加入，旅店主人如果回答他們提出的問題，就等於是把同樣的內容重講了一遍。
只不過，他每次講都會再加入一點新的內容。再加上話題本身就很引人入勝，所以人潮始終沒有散去，反而愈團愈大。

「一開始是吉藏他們家的狗叼回一條人的手臂，我們才知道原來有人死了。」看上去大約五十多歲的旅店老闆又把不知講過多少次的話重講了一遍。

那對夫婦的妻子皺了皺眉頭。

這也是已經出現過好幾次的表情了。

「吉藏看到那條血淋淋、像是剛砍下來的手臂，就嚇壞了。他怕是有人死在他們家附近，趕緊把附近巡視了一遍。」

「結果發現了什麼嗎？」那對夫婦的丈夫說道。

「沒錯。」旅店老闆朝著那個男人的方向點點頭。「後來吉藏就在位於後山的神社裡發現了屍體，而且還是三具屍體。」

「我記得你說那些屍體上都有刀傷，對吧？」賣藥的郎中問道。

那是個四十歲上下，瘦巴巴的男人。

這個郎中已經不是第一次聽旅店老闆說這件事了。他非常熱中於這個話題，不時會打斷旅店老闆的話頭，提出各式各樣的問題。

「其中一個叫市松的男人，是有田屋油行的掌櫃。傷口是從他的肚子，沒錯，就是這個地方……」旅店老闆用手拍了拍自己的肚臍一帶。「往右肺的方向延伸的……就這麼一刀劃過咧！而且啊，破廟裡就只有市松的屍體。」

「你剛才說過他好像是在挖什麼東西……」郎中補充。

「沒錯。他把破廟的地板掀了起來，不知道在挖什麼東西。」

「然後呢？」

「破廟的院落裡還發現了另外兩具屍體。那兩具屍體雖然都打扮成町人或商人的樣子，但是感覺上並不是町人或商人。話雖如此，也不像是武士……」

「那兩個人也是被砍死的嗎？」

郎中又問道。

「是的，其中一個是這樣……大腿內側到肚臍附近都被切開來了，另一個人的肛門插了一把劍，而且劍好像還從肚臍附近穿出來，傷口看起來真是嚇死人了……」旅店老闆心有餘悸地說道。

「而且，那些屍體好像都被野狗啃過了。面目全非，有夠悽慘的。尤其是那個大腿到肚臍都被人一刀切開的男人，內臟掉得滿地都是，所以才會被狗啃得亂七八糟的……」旅店老闆講到這裡，暫時告一個段落，掃視所有聽眾的臉。

他似乎是想知道自己的話造成多大的效果。

旅店老闆從剛才一直描述到現在的屍體，其實就是八天前的清晨，名為牡丹的美麗劍士為了得到『猶大的十字架』，和伊賀忍者半歲的手下——鼯鼠的半助和姬夜叉等人打鬥後，所遺留下的。

「對了，你剛才提到那個叫市松的人，到底是在破廟地板下挖什麼東西啊？」

提出這個問題的還是那個郎中。

「這個嘛……」

旅店老闆突然壓低了聲音。

每次要講之前沒有提到過的新內容時，旅店老闆都會像這樣把聲音壓低。

「這個嘛……好像是『聖母瑪利亞』的雕像喔！」旅店老闆說道。

「咦？那不是耶穌教的神嗎？」郎中大驚。

「沒錯。那間破廟的院落裡掉了滿地的碎片，把那些碎片拼起來一看，居然是耶穌教的神……」

聽眾面面相覷，不約而同地點頭，並望向旅店老闆，希望他繼續把話說下去。

旅店老闆搔了搔自己的頭。

「接下來的話請不要說出去啊。聽說那個有田屋的老闆，本身就是耶穌教的信徒。好像是那個老闆把那尊耶穌教的神像藏在那座破廟地底的，可能是那個掌櫃的想要把東西偷出來，所以才……」

「喔……」郎中發出了感嘆的聲音。

「偷出來是偷出來了，不過之後這些盜賊大概反目成仇了吧，我是這樣想的。大概在起內訌的時候，不小心把神像摔壞了……」

「問題是，如果只是掌櫃跟那幫盜賊起內訌的話，有可能出現兩腿之間被人割開、屁眼裡被劍刺進去這麼狠的招式嗎？如果沒有相當過人的武藝……」

郎中模仿了一下揮劍的姿勢之後說道：「……如果沒有相當過人的武藝，是沒有辦法砍斷人類的骨頭的。我聽兵法的老師這麼說過。」

「關於這點嘛……」旅店老闆又壓低了聲音。

「聽說在前一天晚上，剛好有個年輕武士在有田屋裡過夜呢，還有人看到那個武士和市松掌櫃的走在一起。」

「年輕的武士？」

「嗯，聽說是打扮得非常花稍的武士。身上穿著繡有牡丹圖案的小袖和袴，皮膚白得跟女人沒兩樣，據說非常美麗唷……」

「是喔？」

「官差現在好像都聚集在有田屋裡，打探一些有的沒的呢！」

「這樣啊……」

郎中點點頭，又問了旅店老闆一個問題：「所以，是那個娘兒們似的年輕武士把那三個人殺死的嗎？」

旅店老闆聳聳肩回答：「或許是吧，也可能不是……」

真是模稜兩可的答案。

正當旅店老闆還想要說些什麼的時候，圍成一圈的聽眾之間突然起了輕微的騷動。

聚集在那裡的旅人們，眼睛全都看往同一個方向。

也就是旅店的方向。

有個男人正踏過草叢，往大家聚集的方向走過來。

從眾人的表情來看，大家似乎都認識這個男人。

那是一個模樣非常詭異的男人。

年齡大約介於五十到五十五歲之間。

全身上下都包裹在黑色的衣服裡。

那件黑衣早已破破爛爛的，根本看不出來他原本穿的是什麼布料。似乎也有好幾天沒有洗了，看起來又髒又舊。但到底有多髒多舊，卻又看不出個所以然來。

穿在那件黑衣底下的，應該是一條袴沒錯。

男人是旅店的住客之一。

身材十分巨大魁梧。

一眼看過去，大概有六呎多吧！

往人群走近的他，體格就像是一塊長著青苔的巨大岩石。
他的腰間插著一把小刀，右手握著一把大刀。
男人的腳步十分怡然自得。
頭髮亂糟糟的，像顆鳥巢。
臉上長著黑乎乎的落腮鬍。
目光炯炯有神。
當男人從這群人身邊走過的時候，每個人都聞到一股異樣的臭味。
那是魚腐爛後的味道。
聞起來就像是把魚肚搗爛，塗在衣服的布料上一樣。
在迎風搖曳的蘆葦叢裡，男人停下了腳步。
他把手裡的大刀插到腰上，然後又拔了出來。
男人正眼瞧著大刀，似乎是要讓自己的呼吸頻率跟迎風搖曳的蘆葦合而為一。
男人將刀高舉過頭。
「喝！」
好幾片迎風搖曳的蘆葦葉被切成兩半。比起堅硬的東西，切斷這種柔軟的東西反而需要更高的難度。
「呼。」
「呼。」
男人一面輕輕吐吶，一面揮劍。
男人每揮一次劍，周圍的蘆葦穗子便會接連掉落在地。

動作十分精準，完全沒有半點多餘的動作。

男人用最精簡的動作，就讓穗子爭先恐後親吻地面。

雖然他揮劍的動作看起來不太用心，但會散發出「揮劍是這男人的生活之一」的感覺。

正當男人在眾目睽睽下繼續揮劍的時候，周圍又響起輕微的騷動。

兩個四十多歲的武士朝男人走近了。

2

兩個武士並肩站在正在蘆葦叢中練劍的男人身邊。

兩個人的表情都很嚴肅。

他們靜靜地觀察男人揮劍的動作，一會兒過後，其中一個武士終於開口說話了。

「敢問閣下是武藏先生嗎？」

開口的是看起來比較年輕的武士。

只不過，站在蘆葦叢中練劍的男人依舊沉默。

一點反應也沒有。

「請問你是武藏……宮本武藏先生嗎？」年輕的武士又問了一遍。

這次，男人總算停止了揮劍的動作。

「是又怎麼樣……」男人——宮本武藏回答。

「我叫作小林平八郎。」年輕武士自我介紹。

「我叫渡邊文吾。」年紀比較大的武士說道。

小林平八郎看起來大概四十五歲上下，渡邊文吾應該已經快五十了。

「今日前來，是有點事情想要拜託閣下。」年紀比較大的武士朝武藏踏出一步。
「希望閣下能與我二人在這裡比試一下……」
「比試？」
「是的。」看上去比武藏還要年輕個十來歲的武士，以非常認真的語氣說道。
武藏那張宛如岩石雕刻出來的臉，瞬間露出思索的表情。
「最近好像已經不流行這種比試了呢！」武藏自言自語似的說道。
「您的意思是不願意接受嗎？」另一個武士——小林平八郎問道。
「差不多就是這個意思。」
「這真不像過去在吉岡道場以比試為名大開殺戒的武藏先生會說的話呢！」
「不像也沒關係。」
「是嗎？」
「讓我告訴你一個戰鬥家的精髓吧。」武藏用嚴肅的表情說。
「什麼？」
「那就是絕對不要向贏不了的對手挑戰。」武藏說完這句話之後，四周陷入一片死寂。
「你的意思是說，我們贏不了你嗎？」
「就是這個意思。」武藏斬釘截鐵地斷定。
「什麼?!」
小林平八郎和渡邊文吾不約而同地喊出聲。
不過，武藏還是以平靜的表情看著二人。
「俗話說得好，獅子老了也是會被狗追著跑的。」渡邊文吾說道。

「問題是我又還沒老。」武藏反唇相譏。

這時候的宮本武藏應該五十五歲了。

正值壯年。

但是作為一個戰鬥家，已經是越過顛峰的年紀了。

話說如此，武藏全身上下仍充滿令人不敢逼視的精氣。

「我勸你們還是不要打沒有勝算的架吧。」武藏低聲說。

直言不諱。

「不試試看怎麼會知道！」渡邊文吾脹紅了臉說道。

「我就是知道。」

「那就請你跟我比試一下吧！」

「你是認真的嗎？」

「再認真不過了。」

「理由是什麼？」

「我們是佐佐木巖流的弟子，這個理由夠充分了吧？」

佐佐木巖流——指的就是佐佐木小次郎。

武藏在小倉的舟島上跟小次郎展開生死決鬥是在二十九歲的時候，那已經是二十六年前的事了。

「原來如此。」武藏了然於心地點點頭。

「你願意跟我們比試了嗎？」

「那我就接受你們的挑戰吧！」

「聽你的口氣，似乎是有必勝的把握呢！」

「沒錯。」武藏回答得十分不客氣。

「比試的日期呢？」

「就現在，在這裡比吧！」武藏說道。

「現在？在這裡嗎？」

「不行嗎？」武藏問道。

渡邊文吾和小林平八郎交換了一個眼神，不約而同地點點頭。

「沒問題。」回答的是渡邊文吾。

就在他回答的瞬間，火球般兇猛而熾烈的能量，從武藏的體內迸發了出來。

「呀呀呀呀呀！」

武藏拔出劍後，立刻水平一斬。

渡邊文吾鼻子以上的半顆頭瞬間就消失了。

武藏水平掃劍時，正好就把渡邊文吾的臉砍成上下兩截。

渡邊文吾的嘴角還殘留著他這一生說的最後一句話的嘴型：那是「沒問題」的「題」字。

粉紅色的斷面馬上被染成紅色，大量的鮮血與血花的泡沫從那裡噴出。

「喝啊！」

見到如此場面後，小林平八郎還是把繫在腰間的刀拔了出來。

他往後跳開一步，用雙手握刀。

顫抖的刀鋒對著武藏。

然而，武藏一刻也沒停。

劍尚未回鞘，又直接往前踏了一步。
腳步充滿強烈的自信。
強大的能量正在他那超過六尺的肉體裡熊熊燃燒著，蓄勢待發。
武藏那雙擁有魔性磁力的眼睛直盯著小林平八郎。
小林平八郎宛如被蛇盯住的青蛙，動彈不得。
看熱鬧的人無不嚇得噤若寒蟬。
「啊，啊，啊……」
小林平八郎張大嘴巴，口水一滴滴流淌下來。
他重心都不穩，光是要後退就得用盡全身的氣力。
甚至還失禁了。
從空氣中參雜的強烈異臭看來，這可真是貨真價實的屁滾尿流了。
他似乎完全沒考慮要使出苦練多年、削去島岡一條手臂的絕招。
「啊啊啊啊啊……」小林平八郎流下了眼淚。
聲嘶力竭地嚎啕大哭。
嘴巴就像魚一樣開闔著，可是一句話也說不上來，只能不斷發出啜泣聲。
武藏的劍法實屬異端。
那已經不只是「技術體系不同」了。
那把劍也不是一般人可以駕馭的劍。
武藏的劍，就只有武藏本人才能駕馭。
那把劍……不對，是武藏本人強烈的人格特質，讓小林平八郎的意識回到了幼兒時期。

小林平八郎終於不再後退了。
因為他的背已經抵上旅店的牆壁。
小林平八郎的表情就像是惡作劇被抓到，被母親罵得狗血淋頭的孩子一般。
手裡的劍掉落在地板上。
他的手抖得太厲害了，連劍都拿不穩。
他想撿起掉在地上的劍。
卻辦不到。
因為武藏的劍尖已經迫到眼前。
小林平八郎的背部和整顆後腦勺都貼在牆壁上了。
儘管如此，武藏還是一步一步朝他逼近。
下一個瞬間，武藏將握在兩隻手裡的劍刺入小林平八郎的額頭，也就是雙眼之間。
「欸唄欸唄唄唄唄！」
小林平八郎的兩隻眼睛呈鬥雞眼狀態，緊盯著武藏刺進自己額頭裡的劍。
他似乎不知道，耳邊那陣慘絕人寰的淒厲叫聲，其實是自己的聲音。
武藏的劍繼續往他的頭顱內深入進去。
「嗚哇哇哇哇哇哇！」
這是小林平八郎這輩子發出的最後一串叫聲。
武藏將劍一路送到小林平八郎的後腦勺。
武藏讓小林平八郎保持站立狀態，直到他的身體不再痙攣為止。
小林平八郎的身體不再蠕動後，武藏才把自己的劍抽出來。

小林平八郎的身體直挺挺地往前仆倒在草地上。

武藏大口大口地喘著氣。

他一臉肅殺之氣，俯瞰著小林平八郎的屍體，再用平八郎身上穿的衣服把沾在劍上的血擦乾淨。

誰也沒有出聲。

嘔——

那對夫婦當中的妻子發出嘔聲，面向地面，把胃裡的東西全都吐了出來。

女人一直吐一直吐，彷彿是要把五臟六腑給吐出來似的。

第五章 異形獸

1

黑暗中傳來此起彼落的鼾聲。

打鼾的人數不只一個人或兩個人。

將近十來個人擠在狹小的房間裡，彼此欺身熟睡著。

當中有人的鼾聲特別大，有人在磨牙，也有半夢半醒，或者是不停翻來覆去的人。

才藏在半夢半醒的情況下，靜靜調節著自己的呼吸。

他並沒有完全睡著。

但也不是醒著的。

他把意識一分為二，游移在兩種狀態之間。

他的身體已經鍛鍊成完全不睡覺也沒關係的體質，但是每隔七天就得進入一次深沉睡眠。不這樣的話，疲勞就會累積在身體裡。疲勞一旦累積在身體裡，動作就會變得比較遲鈍，判斷力也會跟著下降。

在半夢半醒的意識中，才藏想起傍晚發生的事。

腦海中浮現出一個浪人的身影。

那是一個全身籠罩在一股魚肚腐爛臭味裡的男人。

男人擁有巨大的身軀。
和一雙黃澄澄的，宛如野獸般的眼睛。
在他的凝眸深處，隱藏著一股瘋狂的氣息。
那個浪人毫不留情地把兩個武士砍死在他的劍下。
但與其說兩個武士是被浪人砍死的，還不如說是他們自己被吸到浪人的劍下的。
——那就是武藏嗎？才藏回想著。
在這之前，宮本武藏的大名他已經聽過無數次了。
第一次是什麼時候來著……
三十年前……不對，應該是在更早之前。
那個男人單槍匹馬地跑到京都的吉岡道場下戰帖，憑自己一個就獲得全面勝利。
那是才藏第一次聽到武藏的大名。
聽到的時候，還以為是無稽之談。
怎麼可能會有浪人敢單槍匹馬找上當時號稱京流的吉岡一門挑戰，又怎麼可能大獲全勝？退一百步想，就算真的僥倖讓他贏了那場比試，他也不可能有命活著離開京都。
傳言說那個人不僅在比試中贏了清十郎、傳七郎兩兄弟，還在一乘寺的下松隻身對抗吉岡一門四十餘人，斬殺了其中十七人，還把出來助陣的十二歲小孩的頭給砍了下來。
這一切聽起來都像是假的。
清十郎、傳七郎兩兄弟都繼承了京流的武藝。
在此之前，不知用其高超的劍法擊退了多少想揚名立萬而前來挑戰的人。
敗者——尤其是主動前來挑戰卻失敗的人，唯一的下場只有一種，那就是死。

而且還是非常悽慘的死法。

有一次，聽說有人去清十郎的道場踢館。

清十郎先叫弟子和前來要求比試的人對戰。

比試用的是木刀。

雖說是木刀，可是一旦砍在腦袋上，還是會把頭蓋骨敲碎，讓腦漿噴出來，那人會當場斃命。和真的劍沒兩樣。

弟子和那個前來踢館的人用木刀打上兩個回合之後，在一旁觀戰的清十郎終於出聲了。

「讓你久等了。拜見過閣下精湛的武藝，門下弟子實在不是閣下的對手，換我來會會閣下。」清十郎邊說、邊站起身，根本不給對方回絕的餘地。

他與前來挑戰的人正面交鋒。

與清十郎交戰當然是踢館者的目的。

現在就交戰總比「繼續和弟子過招，筋疲力竭後才對上清十郎」來得好。

「求之不得。」

清十郎和對方展開對決了。

比試開始的瞬間，清十郎的木刀就打碎了踢館者的右手腕。

「我認輸了。」踢館者跪倒在地板上，低頭認輸。

清十郎居高臨下，望著踢館者，冷冰冰地說道：「你不是還有左手嗎……」

踢館者只好用左手握著木刀，繼續跟清十郎過招。

才過沒幾招，踢館者的右肩又被清十郎擊碎了。

「我認輸了，像我這種後生晚輩，根本還不夠資格來向京流的吉岡大人挑戰。」
踢館者把頭磕在地板上，語氣近乎哀求了。
然而清十郎卻對那個踢館者說：「勝負還未定呢，剛才那一招我其實贏得很驚險，只要我的劍再晚那麼一點，肩頭碎掉的人就是我清十郎了。」
「不，剛才的確是我輸了。」
「不，勝負這種東西，不戰到最後一刻是不會知道的。快點站起來吧。」
踢館者的臉色鐵青。
他似乎終於明白清十郎的意圖了。
好不容易才站起來的踢館者，膝蓋馬上又被清十郎打碎了。
踢館者的臉色從鐵青轉為灰白。
儘管如此，他還是勉為其難地站了起來。
「真是英雄出少年啊，沒想到你居然還藏了這麼一手。」
總歸一句，他就是要把踢館者凌遲至死。
最後，清十郎終於朝著踢館者的天靈蓋擊出致命一擊，結束了他的性命。
還把他的屍體放在三條大橋橋墩下的吉岡寺裡。
雖說是「寺」，其實只是虛名。
並不是吉岡自己把這地方命名為吉岡寺的。不知道從什麼時候開始，京都人就這麼稱呼了。
正面的寬度只有六二一十二呎㉔，說穿了只是間徒具寺廟外觀的小屋罷了。

㉔相當於三點六三六米。

裡頭只有一尊小小的木雕佛像。

那具屍體就被放置在小屋的中央。

小屋沒有門。

所以屍體等於是放在那裡供眾人參觀。

所有路過的人都可以看見那具死狀悽慘的屍體。

那間小屋的旁邊，立著一塊告示牌。

告示牌上寫著吉岡道場的名字，以及以下這段意味深長的文章：

此人名爲某某某，於某年某月某日，現身吉岡道場，要求比武。來人武藝高強，清十郎與其對戰，僅能勉強取勝。某某某不幸落敗，因而送命。請某某某的家屬將他的屍體領回去，加以厚葬。

有的家屬會來把屍體領回去，有的不會。如果是後者的話，吉岡道場就會把屍體葬在寺廟裡。

這就是吉岡的作法。

只要有人敢來挑戰，就會先派道場的子弟兵去試試對方的本事，然後再由清十郎出面應戰，取其性命。

如果對手太強的話，就派門下弟子輪番上陣，戰到對方筋疲力竭之後，再換清十郎上場。

把對方殺死。

然後再把屍體停放在三條大橋下的小廟裡。

為什麼要使出這麼殘忍的手段呢？

無非是為了要守住吉岡的名聲。

吉岡是名門大派，聲名遠播全國。

同樣身為將軍家御用武術教官的還有柳生流及小野派一刀流等，全都是威震全日本的名門大派。

柳生流禁止門人與其他流派比試。

小野派一刀流的小野次郎左衛門基本上也不會跟其他流派比試。

沒沒無名的劍客如果想要一戰成名的話，最快的方法就是打贏吉岡。

因此才會有各門各派的劍客蜂湧前來挑戰。

對於那些前來挑戰的無名劍客而言，就算輸了也不會有什麼損失。

然而，對於吉岡道場來說，贏了是理所當然，輸了可是會名譽掃地的。

所以他們也不願輕易與人比試。

一旦到了非比不可的時候，就一定要取勝。

與其說是非得取勝，還不如說是非得取其性命。

因為如果讓對手活著回去，可不知道對方之後會怎麼空口白舌。

對方可能會說——雖然我的手臂被打斷了，但是我也把吉岡的手臂打斷了，所以我們是平手。

就算對方什麼也沒說好了，其他人一旦知道決鬥後可以平安無事回去，找上門來挑戰的人就會更多。

只要能夠打贏吉岡，把名號打響，之後就會仕途大開。

所以才要趕盡殺絕。

不只趕盡殺絕，還要曝屍以儆效尤。

即使做到這個地步，還是不斷有對手找上門去。

所以了，當才藏聽說那個叫武藏的男人贏了吉岡三次的時候，才會以為那是無稽之談。

吉岡怎麼可能連輸三次。

就算真的快輸了，他們也會不惜使用槍砲，或者是採取人海戰術，用盡各種手段取對方性命。

那就是吉岡的作法。

然而，傳聞卻是千真萬確的。

那個叫作宮本武藏的浪人，和吉岡比試了三次，而且三次都贏了。

事過境遷後，才藏才聽說武藏當時的作法。

武藏的作法十分狡猾。

比試前，他不曾在吉岡面前露過臉。

最先只有毫無預兆地送一封信過去。

信上寫著希望在什麼時候、什麼地點決鬥。

不僅如此，武藏在三條大橋的吉岡寺前面——也就是吉岡道場平常插著告示牌的地方，也立了一個告示牌。

告示牌上的內容跟他送去給吉岡的信一模一樣：如果決鬥當天，吉岡沒有出現的話，就表示吉岡怕害怕宮本武藏、不敢迎戰。這代表吉岡的不戰而敗，屆時他將會在京都各地貼滿這樣的告示。

這算是什麼告示。

擺明就是要激怒吉岡。

清十郎接受了他的挑戰。

地點就選在蓮台寺後面的原野上。

時間是清晨。

清十郎帶著十個門徒在那裡等著。
當時還沒有半個人聽過武藏的名字。
不知名的對手反而讓人覺得不安好心。
因此，如果對方真是不好應付的對手，清十郎打算和門下弟子合力，以十一人的陣仗殺死武藏。
天色還未大亮，空氣中彌漫著朝霧。
到了決鬥的時間，武藏還沒有出現。
武藏會一個人單槍匹馬地赴約嗎？
不對，應該不會只有他一個人。
既然他敢在告示牌上寫下那樣的內容，就表示他對吉岡的作法應該早有耳聞。
既然他知道清十郎絕對不會單刀赴會，肯定也會帶幾個幫手前來助陣吧。
清十郎昨夜和門下弟子的沙盤推演，估計宮本武藏應該至少會有一到三人的同伴。
如果對方的人數不止如此，清十郎也會馬上知道。
因為他早就安排好二十個弟子在通路上守著，不讓任何閒雜人等進來。
如果對方的人數太多，也可以從那二十個弟子裡面挑幾個人加入比試。
準備得十分周全。
「武藏還不來嗎……」正當清十郎喃喃抱怨著的時候，朝霧的另一頭出現了人影。
只有一個人。
一個身形壯碩的男人，正慢條斯理地朝他們走來。
男人頂著一頭亂髮。腰間隨意插著兩把大小不一的劍，筆直朝這邊走過來。

是武藏嗎……？

如果是宮本武藏的話，應該會在中途停下腳步，報上名來。

這是決鬥前的禮節。

那會是誰？

就在他感到百思不解的時候，對方已經走到面前來了。

而且完全沒有停下腳步的意思。

話雖如此，這來人朝十幾個人走來，既沒有把手放在劍上，也沒有發出殺氣。

簡直像偶然路過此地的路人一樣。

正當清十郎想不通是怎麼一回事的時候，來人已經進入劍的攻擊範圍裡了。

「在下是宮本武藏。」

來人壓低聲音如此說道的瞬間，一股強烈的殺氣衝擊了在場所有人。

清十郎的門徒正要把手放到劍上的時候，武藏口中發出了野獸般的叫聲。

「嗚喔喔喔喔喔喔喔——！」

某種溫熱黏膩的液體噴到眾門徒臉上了。

原來是清十郎的血。

清十郎的左肩到胸前被武藏俐落地一劍劈開了。

門徒拔劍出鞘時，武藏的背影早就已消失在朝霧的彼端。

至於傳七郎那次對決經過，才藏聽到的是以下這個版本。

這次換吉岡主動向武藏下戰帖了。

地點選在三十三間堂。

時間則是在傍晚。

也就是在太陽下山之前。

傳七郎是清十郎的弟弟。

雖然是弟弟，但是聽說關起門來較量的時候，傳七郎的功夫是在兄長清十郎之上的。

若說清十郎的劍術是藉由練習不斷累積實力的技術派，那麼弟弟的劍術就是十分豪邁、一擊斃命的寫意派。

在京都的劍士之間流傳著一種說法，如果前去道場挑戰，就會碰到清十郎出來應戰；如果是手持真劍在戶外的比試，就會碰到傳七郎出面。

傳七郎只帶了兩個弟子隨行。

時間正是夕陽西下的時分。

一行人燒起火堆，等待武藏的出現。

然而，太陽下山後，武藏還是沒有現身。

太陽一下山，暮色便迅速籠罩大地。

天色終於完全暗了下來。

「可惡！武藏這個膽小鬼，該不會是逃走了吧？」

正當傳七郎如此叨唸著的時候——

「哇，好冷啊！」有一個全身光溜溜的男人從黑暗中邊說、邊走了出來。

男人一絲不掛，就連兩腿之間的東西也大大方方露了出來。

「真的好冷噢！」男人一面說，一面走了過來，把手伸向火堆取暖。

傳七郎帶來的兩個門徒都是當時跟清十郎一起行動的門徒。

「傳七郎大人，這個男的就是武藏！」

兩個門徒還沒來得及拔劍，武藏正在烤火的手就突然探向傳七郎的腰間，拔出傳七郎插在腰間的小刀。

「嘿呀呀呀呀呀呀呀——！」

上一秒才剛把小刀拔出來，下一秒就把刀鋒往斜前方一刺。

小刀插入傳七郎的喉頭，並鮮血淋漓地從他的後腦勺穿出。

傳七郎維持手放在劍柄上的姿勢，就這麼仆倒在地了。

武藏的左手就按在他的劍柄上，難怪傳七郎沒有辦法把劍拔出來。

兩個門徒還沒來得及回過神來，武藏的身影就消失在黑暗裡了。

源次郎是吉岡派出來應戰的第三人。

也是清十郎、傳七郎兩兄弟的堂弟。

年齡只有十二歲。

吉岡一門推舉根本還是個孩子的源次郎出來應戰，真正的目的是要以全體武力打倒武藏。

地點依舊是一乘寺的下松。

就連弓箭、彈藥都準備好了。

為了不讓武藏有機會逃進黑暗裡，比武的時間訂在早上。

比武地點的周圍有一整片稻田，只有一條狹窄的小路通到田裡，路上也只有一棵久經年歲的巨大松樹。

武藏一出現，行蹤一定會立刻暴露。

不管武藏再厲害，也不可能在眾目睽睽之下無聲無息地靠近那棵松樹。

那天早上，天都還沒亮，吉岡一門就聚集在松樹下了。
眾人皆以為武藏這次也會比約定的時間來得遲。
傾巢而出的門徒打算把松樹圍上整整三圈，然後再把年幼的源次郎丟在樹下。
他們還打算在狹窄的田埂兩端佈置十人左右，包夾松樹。
正當他們還在緊鑼密鼓地佈置人手時——
沙沙！
聲音是從頭上的松葉裡傳來的。
「啊呀呀呀呀呀！……」怪鳥的啼叫聲響起，一個黑色物體從松樹的枝葉間落了下來。
是武藏。
武藏雙手握著已經出鞘的劍，利用重力加速度，往源次郎的腦門一劍砍下。
這一刀從源次郎的腦門砍到了肚臍。
天還沒亮。
周圍的人連發生了什麼事都不知道。
「是武藏！武藏現身了！」大喊大叫的是武藏自己。
「武藏來了……」武藏一邊叫，一邊跑。
斬殺源次郎的劍早被他丟到田裡了。
武藏把重心放低，沒命地逃跑。
聚集在松樹下的人有一大半都沒有想到，武藏居然會在約定的時間之前到來。
另一半根本不知道發生什麼事，總之先拔劍再說。
也有幾個人追在武藏後面。

只不過，手裡握著劍的人根本追不上刻意壓低重心，使出全力往前跑的武藏。

傳言說武藏斬殺了十七個人，其實那是吉岡門下的弟子因為太害怕武藏，將彼此誤認為武藏，自相殘殺的結果。

武藏算準的就是吉岡那夥人以為武藏會遲到，以為人多勢眾就可以立於不敗之地。

所以他早在前一天晚上就搶先一步爬上那棵松樹，屏氣凝神地等待機會。

這次又是吉岡的失敗。

京流的名門吉岡就這麼敗在一個沒沒無名的浪人手上。

而且還是被武藏單槍匹馬徹底擊潰。

但話說回來，能站在武學的頂點上撐這麼久，吉岡也算是怪物了。

如今，這個怪物被名為武藏的怪物打得落花流水。

武藏簡直是妖怪。

才藏還聽過其他和武藏有關的事蹟。

那是大約八年前的事了。

某個藩的城主，聽聞武藏來到自己的城下[25]，於是便召喚武藏進城。

城主說：「本藩有一位名叫某某某的劍士，是本藩首屈一指的高手。你明天就跟那個某某某比試一場吧……」

武藏答應了。

第二天，武藏為了比武，又來到城下。

腰間插著兩把大小不一的劍，心不在焉地拿著一把木劍。

比試是用木劍進行的。

規劃為比武場的城內一隅垂掛著布幕。
武藏鑽進布幕裡。
布幕內原是休息區，凡是參加比武的人，都要在這道布幕內做準備。
武藏把旁邊的布幕掀起來一看，發現隔壁也是用四道布幕圍起來的休息區。當天的比武對象，也就是那某某某，正在進行比武的準備工作，一下子綁襷㉖，一下子用布巾纏頭。全身上下都是破綻。
武藏直接潛入某某某的布幕裡，然後用手上拿的木劍擊斃驚愕不已的對方。
武藏被叫到城主跟前問話。
「比試都還沒開始，你為什麼就把你的對手給殺了？」城主問武藏。
「城主此言差矣。」武藏搖搖頭回答：「決定要比武的那一刻起，比武就開始了，所以是掉以輕心的對方不好。不僅武術家如此，戰場上也是這樣規定的。」
武藏一臉鎮定地為自己的行為開脫。
就像這樣，武藏總是會採取出人意表的攻擊。
讓敵人防不勝防。
奇襲是武藏最基本的作戰方式。
在作戰之前，武藏大概也是會進行沙盤推演的吧，但是他真正的厲害之處在於那天才般的敏銳。他可以執行作戰計畫，更能夠因應各種狀況採取應變措施。

㉕日本的一種城市建設形式。以藩主居住的城堡為核心所建立的城市，又稱為城下町。
㉖日本人在工作的時候為了方便活動，用來挽起和服的長袖，斜繫在兩肩上而在背後交叉的帶子。

那是一種與生俱來的本能。

以現代的語言來形容，那是一種超乎尋常的即興能力。

不管事先計畫得多麼周詳，一旦上了戰場，就絕不可能完全按照計算來走。

武藏很懂得利用現場所有可以利用的東西。

像那次被城主叫到城裡去與人比武時，他突然拿起木刀，擊斃正在休息區進行準備工作的對手。

這顯示他利用了預定外的環境條件。

和巖流的佐佐木小次郎決鬥時也是這樣。

那已經是二十六年前的事了。

當時武藏二十九歲。

小次郎當時應該是二十二歲。

地點在舟島。

武藏讓先一步到達舟島上的小次郎一直在沙灘上等他。

小次郎早已知道武藏會利用遲到這招來為自己取得優勢。

這次武藏讓小次郎足足等了將近兩個時辰，也就是四個多小時。

武藏當時準備的武器並不是劍，而是船槳。

那是一根非常堅固，由常綠橡樹所製成的船槳。

武藏把那根船槳用小刀削得尖尖的，用來代替自己的佩劍。

小次郎使用的武器是被戲稱為竹竿的長劍，所以那根船槳便是武藏用來與之抗衡的武器。

與其說是劍，不如說是用來撲殺對手的武器還比較貼切。

小次郎的劍長約三尺一寸。

武藏用船槳製成的木劍長約四尺一寸五分——即使扣掉握柄部分那八寸，也還足足比小次郎的劍長了二寸五分。

武藏駕著小船，往舟島出發。

他是用金子雇用附近的漁夫幫忙划船的。

聽說抵達舟島之前，武藏一直仰躺在船上睡覺。

看到武藏乘坐的船靠岸後，小次郎立刻站了起來，走向浪花拍打著海岸的方向。

小次郎和武藏一樣，都是在武術界裡一路取勝、地位攀升的人。

小次郎從越前的中條流劍士，富田勢源那裡學會了小太刀。

這武術會利用一尺五寸的小太刀來對抗三尺有餘的太刀。

後來他離開師門，自創巖流，終於成為一流的劍客。

小次郎顯然也是對武術很有研究的狠角色，他一面學習小太刀的技術，一面反其道而行，用起大太刀來。

他決定將自己的優勢發揮到淋漓盡致。

小次郎的優勢，是腳踩在陸地上這點。

但武藏並非如此。

他人在水上。

船是不可能划到陸地上來的。

武藏為了上岸，勢必得把腳踏入淺淺的海水裡。

受到海水的影響，他的動作必定會受到限制。

如此一來，小次郎便可以從陸地上取武藏的性命。

環境往往會左右決鬥的結果。

精神狀態，更會大大左右勝負。

劍法勝負在一瞬間便會決定。

為了迎接那決鬥的一瞬間，必須事先提升精神的張力，讓精神的張力在決鬥的時候達到最好的狀態。

如果決鬥的對手姍姍來遲，就必須一直讓精神維持在那種亢奮的狀態，直到對手出現為止，這對一般人來說是不可能的。

不過，只要辦到這一點，就可以在武鬥的世界裡存活下來。

也有人的作法是這樣：先不要急著把情緒推升到最高點，而是保持在比最高點稍微低一點的狀態，等到要跟對手短兵相接的那一瞬間，再一口氣把精神狀態推升到最高點。

想要做到這一點，就要能夠隨心所欲控制自己的情感和精神。

武鬥者當中，面臨過各種凶險的場面還能平安無事一路走來的，通常都是這種善於控制自己情緒的人。

能夠爬到武術界最高峰的人，實力可說幾乎沒有差別。

勝負的關鍵往往在於攻擊敵人的弱處，而且，精神上的攻防往往才是決定贏家與輸家的關鍵。

所以嚴格說起來，個性說不定才是決定勝負的關鍵。

決鬥時究竟能帶出多少獨創的想法才是致勝關鍵。

這些想法到底能不能派上用場，得實際試過才會知道。

這是一種賭注。

賭的是自己的性命。

萬一賭輸的話，下場只有一死。
所以小次郎決定趁武藏上岸的時候一決勝負，也是理所當然的事。
讓對方等待的武藏和等待對方的小次郎——在這個時間點上，勝算各有一半。不對，確實取得地利的小次郎，或許勝算更高一點也說不定。
但是武藏的天才卻讓情勢整個逆轉了過來。
船停在靠近海浪與沙灘交界處的地方。
船底擱淺在淺淺的沙灘上，已經不能再前進了。
每次一有海浪拍打上岸，船身就會搖晃一下。
武藏就站在這樣的船上，面向小次郎。
武藏在船上就已經先把褲管的下襬扯掉一大塊了。
因為在涉水而過的時候，下襬會吸收海水的重量，使人寸步難行。
海風輕輕從武藏粗壯的大腿底下吹過。
武藏一動也不動。
小次郎也站在距離海浪捲上岸只有一步之遙的地方，按兵不動。
每當海浪拍打在岸上的時候，被海浪帶上岸的水母就會微微晃動一下。
武藏的右手握著船槳製成的木劍。
木劍比小次郎的劍還要長。
重量也因為吸飽海水而變得更加沉重。
沒有一點本事的人還真的揮不動。
然而，這對腕力與握力皆優於常人好幾倍的武藏來說，自然是不成問題。

據說武藏只要徒手握住青竹，就可以利用握力把青竹握碎。

那已經不是普通人會有的肌力了。

小次郎站在水邊時，早已拔劍出鞘。

他左手握著劍鞘，右手握著劍，與武藏相對而立。

雙方就這麼一言不發，對峙了好長一段時間。

最後是武藏率先打破了這片沉默。

武藏用一種緊繃的表情，凝視著小次郎說：「退潮了呢……」輕得彷彿是在自言自語。

那是武藏的謊言。

根本沒有退潮這回事。

如果真的在退潮的話，船遲早會擱淺在沙灘上。

這麼一來，船就不會再隨著海浪搖晃了。

武藏一下船，腳踩的馬上就是沙地。

贏面馬上又會變成五比五。

如果小次郎往船的方向靠近，武藏會比較有利，因為他站在比沙灘還高的船上。

海浪拍打上岸，隨即退去。

有些海浪會一路打到很遠的沙地上，也有些海浪還來不及上岸就退去了。

看著這樣的景象，很容易產生正在退潮的錯覺。

事實上，對於武藏來說，是不是正在退潮根本一點也不重要。

他只是想在小次郎的心裡掀起一點波濤，就算只有一點點也好，他只在意這點。

就算一開始只是個微不足道的波濤，隨著時間一分一秒過去，也會慢慢膨脹變大。

對於想持續把精神狀態繃緊如弓弦的人來說，就連這點微不足道的波濤也會是一種阻礙。

「退潮了呢……」

當武藏在小次郎的心湖裡掀起波瀾的時候，這場決鬥還是處於雙方贏面相同的狀態。

是武藏與生俱來的才能把這樣的狀態扭轉成四比六的，而且是讓自己比較有利。

如果比武之於武術家是一件作品的話，那麼這場比武可說是在武藏強烈的個性及其獨創性之下完成的。

兩個人站在強烈的陽光下，依舊一言不發地對峙著。

率先開口的雖然是武藏，但是先有動作的卻是小次郎。

小次郎把拿在左手的劍鞘往沙灘上一扔。

這是很正確的判斷。

一旦打起來，如果左手還拿著劍鞘的話，只會對動作造成阻礙。

就算把劍鞘背在背上，或是插在腰間，也會讓人無法將實力發揮到百分之百。

在荒郊野外突然打起來的情況另當別論，但是在正式決鬥的場合，劍鞘的確是無用之物。

因此，小次郎才會把劍鞘扔掉。

只不過，武藏並沒有漏看他的這個動作。

「這場比試是你輸了。」武藏輕描淡寫地低聲說道。

武藏說出這句話的時候，其實已經是他與小次郎決鬥的最高潮了。

決定勝負的就是這句話，千真萬確。

勝負在這一刻已決定了。

「閣下何出此言？」

被小次郎這麼一問，武藏露出了譏嘲的冷笑。

「如果你覺得自己會贏，為什麼要把劍鞘扔掉……」

原來如此。

劍鞘是收納劍用的。

在決鬥時得把劍拔出來，決鬥結束後，還是得把劍收回劍鞘裡。

當然了，只有勝利者才能把劍收回劍鞘裡。

決鬥落敗的人通常都會在握著劍的情況下直接斃命，所以根本不可能再把劍收回劍鞘裡。

換句話說，武藏認為小次郎把劍鞘丟掉的行為是不打算再把劍收回劍鞘裡，所以才會告訴小次郎——這場比試是你輸了。

在這種劍拔弩張的緊張狀態下，還能夠說出如此令人跌破眼鏡的話來，已經不是訓練可以達到的境界了。

只能說是天賦異秉。

就連些微的機會也不放過，馬上加以利用。

當然，小次郎第一時間就明白武藏的言下之意了。

——你自己認輸了。

武藏是這麼告訴小次郎的。

當然，小次郎也很清楚武藏為什麼要跟他說這些話。

這是武藏的手段。

雖說是武藏的手段，但是他之所以能夠使出這個手段，是因為自己把劍鞘扔掉了。

在小次郎心裡織得密密實實的防護網裡，有情緒在波動。

是非常細微，幾不可辨的情緒波動。
如果只是普通的對手，幾乎不會發現到他內心情緒的波動。
事實上，如果只是普通的對手，他根本不會因為對方說這句話就產生動搖。
正因為說的人是武藏，他才會產生不應該出現在決鬥場上的情緒波動，雖然那情緒細如髮絲。
因為對手是武藏，所以他捕捉到小次郎在那一瞬間的情緒波動了。
就算在情緒出現細如髮絲的波動，武術家通常也能立刻將其轉化成決鬥所必需的精神能量。
只要給他一丁點的時間，那股情緒波動就能立刻演變為動力。
只不過，就連這麼一丁點的時間，武藏也不給小次郎。
在小次郎的心裡，那股細微的情感產生波動的瞬間，武藏就先發制人了。
武藏同時進行了兩件事，一是下船，二是發動攻勢。
「唔嘿嘿嘿嘿嘿嘿嘿嘿——！」武藏發出高昂的叫聲。
在他發出叫聲前，他的身體已高高飛舞在半空中了。
他緊握手中船槳，用力往小次郎的頭頂上敲下去。
船槳的前端劃傷了小次郎的額頭。
小次郎馬上從底下一劍揮過來，可惜並沒有砍到武藏，只有揮開空氣。
因為武藏手裡拿的武器夠長，所以攻擊範圍比較大。
小次郎就這麼倒在海岸上。
在這場比試裡，兩個人的劍從頭到尾都只有揮動一次。
武藏向在遠處見證著這場決鬥的人鞠了個躬，馬上又跳回船上，把船划向大海。
他先是把船推回海裡，再一個飛身，跳到船上。

然後直接把船划向外海……

才藏想起了這個故事。

說穿了，那只不過是才藏把從各地聽來的故事，剪貼、拼湊成的武藏輪廓。

全都是謠言。

謠言沒有不經過加油添醋的。

所以說，武藏或許真的是一個很強的男人，但是……

「應該沒有傳聞中那麼厲害。」

才藏一直是這麼認為的。

然而就在今天傍晚，才藏第一次親眼見識到武藏真正的實力了。

──那就是武藏啊。

才藏這才知道，那些神化武藏，到處流傳的事蹟，原來一點都沒有誇張。

既然是真的，也難怪吉岡不是對手了……

才藏心想。

那是一把野獸的劍。

那不是向某人拜師學來的劍法。

武藏的劍法已經不在人類劍法的範疇之內了。

那是一種與生俱來的天分。

不是從別人那裡學來的，也無法傳授給任何人，武藏擁有的是本能式的劍技。

在用劍砍殺對方之前，武藏會先用他的氣場斬人。

利用殺氣的壓迫感斬人。
換句話說，武藏每次揮劍斬殺的，其實是早就已變成屍塊的對手。
年齡都已經超過五十歲了，還能有那麼旺盛的精神力，他根本就不是一般人。
如果是武藏的話……
才藏突然想到。
行得通……
才藏想起自己最近面對的問題。
截至此時此刻，才藏已經被一個男人追趕整整三天了。
不，與其說是男人，還不如說是個獸人。
他看起來雖然是個人類，卻擁有一隻熊掌，身體上還長了一顆狗頭。
自從在杭瀨川的渡船頭向自己搭話後，那個獸人——也就是權三已經緊追三天了。
或許他很快就會找上這間旅店也說不定。
就算今天晚上沒有出現，明天也會出現。
話說回來，才藏此行的目的可不是一味逃命，而是要尋找舞的下落。
還得跟同伴取得聯繫才行。
就算一時半刻避開了那個人獸的耳目，但只要他繼續沿街尋訪，自己的行跡馬上就會暴露。
就算變裝，也沒辦法瞞過狗的鼻子。
而且不知道為什麼，那個獸人似乎也在尋找舞的下落。
他到底有什麼理由？才藏對這點也很在意。
他在意的事情還有一件。

那就是在太陽下山之前，旅店老闆說的事。
旅店老闆說不久之前，附近的神社似乎發生了殺人事件。
聽他的描述，那並不是尋常的殺人事件。
跟舞的失蹤有沒有關係呢？
這點令才藏很在意。
說到在意，當時一起聽旅店老闆講故事的賣藥郎中也引起了他的注意。
他很仔細在問旅店老闆話，此外，他的打扮和身手也有令人起疑的地方。
因為那個郎中的動作裡，出現了受過徹底武術訓練的肉體才會有的習慣動作。
才藏的思緒往四面八方流去。
他在腦海中描繪那道閃過夜空的火球顏色，同時將剩下的另一半意識深深埋進夢鄉裡。

2

一個男人走在清晨的草叢裡。
那是一個個頭很高的男人。
身高大約有六呎以上吧。
一頭亂髮隨意綁在後腦勺。
雙眼炯炯有神。
強健的體魄宛如岩石雕刻出來的。
臉上長著一把未經整理的鬍子。
全身上下散發出一股銳利的精氣。

最特別的是，他似乎不是刻意要把精氣往外釋放的。
體內製造出來的精氣太多了，所以便無意識地向外釋放。
除了駭人的精氣之外，圍繞在這個男人周圍的異臭也同樣驚人。
感覺像是把腐爛的魚肚糅進他的衣服了。
這個人就是宮本武藏。
他正走在一條小徑上，兩旁是雜木稀疏生長的樹林。
覆蓋在小徑上的秋草還沾著朝露。
朝露沾濕了武藏褲管的下襬。
愈往林蔭深處走去，四周就愈有森林的樣子。
清晨的陽光全被林木阻絕在外，周圍幽幽暗暗的。
走著走著，突然就走到了小徑的盡頭。
小徑的盡頭，有一座湮沒在秋草裡的石階。
武藏慢條斯理沿著石階往上爬。
石階的高度約莫是一般人身高的兩倍，武藏爬到一半的時候，突然停下腳步。
「你差不多可以出來了吧。」武藏說道。
視線往自己的身後射去。
然而，武藏的身後並沒有半個人影。
「不肯出來，所以是敵人囉？」
他的聲音低沉，悶在喉嚨底部。
似乎有什麼東西從武藏的肉體裡滿溢了出來。

背後的沉默只持續了一會兒。
「不是的，武藏大人。我絕非你的敵人。」
森林小徑上午看沒有半點人煙，但石階下方的樹蔭底下卻冒出了一個作町人打扮的男人。
歲數大概跟武藏差不多，都是過了四十五歲的男人。
這個男人看起來似乎並沒有惡意，只在底下靜靜抬頭仰望著武藏。
原來是霧隱才藏。
武藏在石階上轉身面向才藏。
「你還滿會隱藏自己的氣息啊。」
「但還是馬上就被武藏大人識破了……」才藏說。
「你為什麼要跟在我的後面？」武藏問。
「如果我說『只是剛好跟您走在同一個方向』呢？這個理由說得過去嗎？」
「說不過去。」
「不過這算是半句真的話……」
「那另外一半是什麼？」
「另外一半是，我找武藏大人有事。」
「哦？」
武藏從頭到腳把才藏打量了一遍。
要怎麼出招，才能砍死這個男人呢？
如果從這裡砍下去的話，這個男人會如何出招呢？
如果是從這裡砍下去呢……

武藏向來都是以這種視線在看人的。
「我可以走到您旁邊去嗎？」才藏問道。
「我無所謂……」武藏回答。
才藏慢吞吞地沿著石階爬了上來。
在距離武藏幾步的地方停下腳步。
「你停下腳步的地方還真是恰到好處呢。」武藏的嘴角往上一撇。
因為才藏精準地停在武藏攻擊範圍的一步之外。
「請允許我站在這個地方吧。」才藏說道。
「你是忍者嗎？」武藏慢條斯理地問道。
「什麼都瞞不過您的眼睛呢。」
「你可以再過來一點嗎？」
「不用了，如果只是要說話，這樣的距離夠聽清楚了。」
「你想說什麼？」
「就是昨天晚上，旅店老闆所說的那件事。」
「我想起來了，昨天我在旅店見過你……」
「小的名叫才藏。」
才藏直視武藏的視線，毫不閃避，並稍微點個頭致意。
「小的也跟武藏大人一樣，對旅店老闆的話很感興趣……」
「是嗎？」
「小的既想與武藏大人親近，也想去那個地方，這該怎麼辦才好呢？我想著想著，發現武藏大人似乎也打算要去那裡……」

「……」

「所以我一直猶豫，不知道該不該開口叫住武藏大人。」

「哦？」

「小的很想知道，武藏大人為什麼會對那個旅店老闆所說的話感興趣呢？」才藏說道。

這些幾乎都是他的真心話。

昨晚旅店老闆說的那座破廟，就在武藏和才藏攀爬的這座石階之上。

「所以你以為只要把自己的氣息隱藏起來，偷偷摸摸跟在我後面，就可以查探到什麼嗎？」

「這個嘛……」

在兩個人對話的過程中，武藏的腳移動了，而且動得神不知鬼不覺。

他微微轉身，臉依舊面對著才藏，以這樣的姿勢慢慢沿著石階往上爬。

才藏也一面保持自己與武藏之間的距離，一面往上爬。

兩人爬到最上層了。

地上有一條石板路，前面有一座被森林包圍的小破廟。

兩個人走到破廟前，再度對峙。

「如果武藏大人對發生在這個地方的事情有興趣的話，我想我應該可以提供一點情報……」

「喔……」

「據那個旅店老闆所言，在事件發生之前，有一只白色的風箏從這間破廟的方向升起……」

「好像是有這麼一回事呢！」

「聽說在白色的風箏上，只寫了一個『む』字，那應該是忍者的風箏。」

「是又如何？」
「那是忍者在緊急時刻聯繫同伴的工具……」
「忍者嗎……」
「至於『む』這個字，伊賀有一個叫作『鼯鼠的半助』的忍者，這個『む』字或許是他的代稱㉗吧……」
「但作為忍者的聯絡工具，這未免也太招搖了一點吧。」
「所以我才說是緊急時刻用的呀！」
「那個叫鼯鼠的半助還是什麼的傢伙，是你的同夥嗎？」
「不是，我們是敵人。」才藏說道。
武藏又用他利刃般的視線，把才藏的臉仔仔細細端詳了一遍。
似乎是在揣度才藏的話裡有幾分真實。
「問題是，你為何要告訴我這件事？」武藏問道。
「當然是有我自己的打算……」才藏若無其事地說。
「哦……」武藏頓時瞇起了眼睛。「是什麼樣的打算呢？」
「說出來就不是我自己的打算了。」
聽才藏這麼一說，武藏的唇邊竟然綻開了笑意。
「你真是個有趣的人呢。」
「武藏大人，您也不遑多讓呢。」才藏也微微一笑。

㉗鼯鼠的日文是むささび。

風從武藏的方向吹了過來。

把武藏身上那股彷彿是故意糅進衣服裡的腐爛魚臭味送進了才藏的鼻孔裡。

「武藏大人不就是對昨夜旅店老闆所說的話感興趣，才到這個地方來的嗎？」才藏問道。

「呵呵。」武藏的嘴角吊得更高了。「你叫才藏是吧？你還滿會套話的嘛。」

「我什麼事都沒問出來喔。」

「你讓我覺得告訴你也沒關係了。」

「既然如此，請務必說給小的聽。」

「我之所以會到這裡來，是因為老闆說有人在這裡發現聖母瑪利亞像的碎片。」武藏說道。

「這樣啊……」

「有個男人，我非殺了他不可。」

「誰？」

「一個把靈魂賣給伴天連魔王的男人。」

「什麼魔王？」才藏問道。

「你真的想知道嗎？」武藏突然這麼問。

「有什麼問題嗎？」

「你如果知道太多，我說完後就非得殺你滅口不可了。」武藏以低沉的聲音說道。

語氣沒有半點抑揚頓挫，聽起來反而格外駭人。

「不……我可不想被您滅口呢，因為我還有我的打算……」才藏說道，額頭上浮現出薄薄的一層汗水。「武藏大人……」才藏用手把額頭上的汗抹掉，向武藏搭話。

「什麼事？」

「我可以把右手伸進口袋裡嗎？」
「口袋？」
「我想要擦汗，可是手巾放在口袋裡，如果擅自把手伸進口袋裡，又怕招來武藏大人的誤會。要是因此被您砍成兩半，那可就太冤枉了呢……」
聽完才藏的解釋，武藏放聲大笑。
「你是怕我以為你要掏出武器來嗎？」
「是的。」
在才藏回答的瞬間，武藏往前跨出一步，發出咻的一聲。
才藏已經進入武藏的攻擊範圍裡了。
在這距離下，才藏若敢把手放到腰間的劍上，還來不及拔出來，腦袋就會先跟身體分家了。
只不過，才藏仍然定定站著，不為所動。
「隨便你愛拿什麼就拿什麼出來。」武藏說道。「就算是武器也無所謂。」
宛如熱氣般從武藏的肉體裡散發出來的氣場消失無蹤了，簡直像是騙人的。
取而代之的，是一股冷空氣般的氣，冰冰涼涼地從武藏的方向吹了過來。
「那我就失禮了……」
才藏的右手慢慢伸進口袋裡。
他從口袋裡掏出的，的確是一條手巾。
才藏用那條手巾擦掉了額頭上的汗水。
「唉，怎麼擦，汗水都還是會冒出來呢。」
「說吧。」武藏開口：「我倒想聽聽你所謂的打算究竟是什麼。」

才藏停下擦汗的動作。
「我想要給武藏大人一樣東西。」
「什麼？」
「我希望武藏大人能把我交給您的東西放在身上一段時間，就只是這樣而已。」
「這就是你的打算嗎？」
「是的。」
「那你想要給我什麼？」
「不好意思，可以請您收下我現在在用的這條手巾嗎……」
「哦……」武藏又再度瞇起了眼睛。「那你有想要從我這裡得到什麼東西嗎？」武藏問道。
「沒有。只要您願意收下這條手巾，我就心滿意足了。」
「還真搞不懂你葫蘆裡賣什麼藥。」
「所以我才說是我自己的盤算。」
「如果我拒絕呢？」
「我現在就站在武藏大人的攻擊範圍裡，這可需要很大的勇氣。您別看我這樣，我的腳其實在發抖咧。我剛才所說的事情絕對沒有半句虛假。老實說，這並不是忍者的作法。我冒這麼大的危險接近武藏大人了，所以接下來就換武藏大人了……」
「你是要我也跟著冒險嗎？」
「說實話，就是這麼回事。」
「收下你的手巾就會有危險嗎？」
「或許會有，又或許不會有，這是一個賭注。我已經進入武藏大人的攻擊範圍，賭自己不會被您砍成兩半了。」

「所以接下來就輪到我賭了嗎？」

「是的。」

「你真是個有意思的人。」武藏說道，把右手伸向腰間的劍。「你可別跑喔。」武藏壓低了聲音說。「只要你不跑，我就可以考慮暫時幫你保管這條手巾……」

武藏把閃著寒光的劍拔了出來。

那把劍昨天才吸飽了兩個男人的血。

武藏把劍尖指向才藏的咽喉。

才藏一動也不動。

「把手巾放在這把劍的劍尖上頭。」武藏說道。

才藏把手巾放在只差一寸就要刺穿自己咽喉的劍尖上。

武藏把劍尖微微往上一挑，才藏放上去的手巾沿著劍身滑落，停在劍的把手上。

武藏拿起手巾，放進自己的懷裡。

劍尖還是原封不動地抵在才藏的咽喉上。

才藏的額頭又冒出了冷汗。

武藏俐落地收回劍，納進繫在腰間的劍鞘。

「小的可以告退了嗎？」才藏問道。

「請便。」

得到武藏的許可之後，才藏才慢慢後退。

先是退到武藏的攻擊範圍之外，再繼續後退一步。

才藏的動作，在空氣中掀起小小的氣旋。

「咦？」

武藏露出詫異的表情。

空氣中似乎瀰漫著什麼味道。

「你這傢伙……」

武藏的眼睛緊盯著才藏。

「您總算注意到了嗎？」才藏說道。

「這是……」

「沒錯，武藏大人在身上穿的那件衣服塗了某些東西，我也塗了一樣的。」

如同才藏說的，他身上穿的衣服中散發出腐爛魚肚般的味道，就和武藏一樣。那氣味在清晨的空氣裡飄散開來。

武藏之前沒有注意到，是因為才藏的衣服散發出的惡臭，就跟自己身上散發出來的一樣。

而且武藏站的又是上風處。

才藏往後移動，讓空氣流動後，味道才傳進武藏的鼻子裡。

「你到底有什麼詭計？才藏。」

「我不是說過了嗎？如果我告訴您，那就不是盤算了。」

才藏的語氣比剛才從容了一些。

這時，武藏的身體突然緊繃了起來。

一股異樣的氣息乘風飄了過來。

是野獸的氣息。

「嗯?!」
那股野獸的氣息正沿著階梯步步升高，往這間破廟的方向靠近。
武藏的肉體也頓時爆出剛猛的獸氣。
似乎是步步逼近的野獸氣息喚醒了武藏體內的猛獸。
「它找到這裡來的速度，似乎比我想得還要快呢！」才藏說道。
「什麼東西？」武藏問道。
「都說不能告訴你了呀。」才藏回答。
話還沒說完，才藏便以迅雷不及掩耳的速度往後縱身一躍。
轉眼間，才藏的身影便消失在破廟四周的森林裡了。
然而，武藏依舊站在原地，一動也不動。
因為他知道，巨大的獸氣正朝自己直撲而來。
無視他的意願。
那是一團露骨、具壓倒性的獸氣。
武藏體內的猛獸拒絕在這樣的獸氣面前示弱。
——這是什麼？
——這股獸氣到底是什麼？
「我聞到囉，聞到囉。」
一個嘶啞的聲音傳來。
一個男人的身影同時出現。
「是這裡嗎？」那個男人——權三說道。

他站在石階盡頭，睜大眼睛、拚命凝望，像是要調整眼中影像的焦距似的。
看樣子，他的眼睛似乎看不太清楚。
被才藏用針刺穿的傷，似乎還沒有完全痊癒。
一張野獸的臉，從權三的懷裡探了出來。
那是一張狗的臉。
狗望向武藏。
不過，狗的視力要比人的視力還要來得遜色太多。
據說只要是一百公尺以外的東西，狗的眼睛連其形狀也看不出來。
因此，狗是用鼻子來看東西的。
據說，狗的嗅覺靈敏度要比人類好上十萬倍。
那隻狗的鼻子是循著才藏的味道——也就是才藏放在武藏懷裡的那條手巾之氣味追來的。
「喔喔！」權三發出嘶吼聲。
堅硬團塊般的殺氣從權三的體內滿溢出來，形成強烈的風壓，朝武藏逼迫而去。
「喝啊！」
武藏體內的野獸呼應著那股迎面而來的風壓。
武藏的頭髮豎了起來。
吼！
權三咆哮一聲，向武藏衝了過來。
「喝！」
「哈！」

強烈的獸氣與獸氣互相撞擊。

「呀啊啊啊啊！」

豎著一頭亂髮的武藏，使勁揮出水平斬擊。

手上傳來切肉斷骨的酥麻觸感。

轉章

1

那個東西逐漸甦醒了過來。

它身在土中。

在那之後，過幾年了呢？

光是重生就花了三年。

重生後，至少又過了二十年以上吧！

話句話說，在那之後，這顆行星又繞太陽轉了二十圈以上。

就連這種事情，也得一面思考，一面一一加以確認才行。

問題是，明明身在土中，為什麼可以確定至少已經過了二十年以上呢？

為什麼？

怎麼辦到的……

是溫度。

沒錯，這顆行星的自轉軸和公轉軌道形成的角度是傾斜的。

因此一年會被分成熱的時期跟冷的時期。

他在土中數著熱天跟冷天的輪替次數，所以知道時間的流逝。

從冷的時期到熱的時期，再回到冷的時期——那個東西進入的生命體，會將這段時間分成四個周期。

冬。

春。

夏。

秋。

這件事，他已經知道了。

它在土中待的時間超過二十年，就算再怎麼不願意，也會去摸索這個生命體的腦內構造。

問題是，他為什麼會待在這麼黑暗的泥土裡呢？

他應該在跟某人決鬥才對呀。

就在海邊。

他看見一片閃閃發光的大海，和一張男人的臉。

必須打倒那個男人才行。

必須打倒那個全身上下都散發出獸氣的男人。

想不起來的事情實在太多了。

不知為何，每次想要努力回想時，就會陷入宛如睡眠一般的狀態。回過神後，會覺得時間已大把大把流逝過去了，真是不可思議。

感覺就像自己的身體裡還有另一個人似的。

在漫長的歲月裡，他始終搞不清楚那股奇妙的感覺究竟是什麼。一直到最近，他才意識到自己的體內或許還存在著另外一個人。

沒錯。

自己應該有什麼目的才對。

自己應該有什麼目的才對。

到底是什麼呢？

到底是什麼呢？

關於這點實在想不起來。

既然想不起來就兩個人一起想吧！

既然想不起來就兩個人一起想吧！

總之，他總算進入一個高等生物的體內了，問題是，要怎麼從這片泥土裡脫身？

而且，自己為什麼會在土裡？

我為什麼會在泥土裡面呢？

對了。

有人以為我死掉了，所以才把我埋在土裡。

當他好不容易潛入這個瀕死的人類身體裡時，這具肉體早已進入假死狀態。

雖然在那個東西的認知裡，這具肉體還活著，但看在與這具肉體擁有同樣構造的同伴眼中，這具肉體早已死了。

所以才會把他埋起來。

啊啊。

他想起來了。

當時雖然順利進入了這具肉體當中，但是這肉體已無法移動了。
因為他流了太多血。
而且，那個東西本身也已筋疲力竭，無法馬上支配下一個生命體。
光是不阻止寄宿的生命體邁入死亡，就已耗費掉他所有精力了。
他知道有人正在靠近這個生命體。
「師父！」
「佐佐木老師！」
有人這麼呼喚著，並且把這具肉體抱了起來。
「你在踢什麼？島岡……」
「這裡怎麼會有水母呢？」
「什麼？」
「這隻水母好像在吸師父的血……」
「怎麼可能。」
「快把師父……」
「嗯。」
好像有過這麼一段對話。
對話結束後，這具肉體就被抬了起來。
他被搬運到某處。那裡有許多同類生命體包圍著他，悲慟號哭著。
後來他又被搬了起來，埋進這片泥土裡。
原來如此。

我在土裡。

有人把我埋進土裡了。

兩個人格在這具肉體裡漸漸融合。

對於那個東西來說，這是前所未有的狀況。

可能是因為原本依附低等生命體的自己，突然附上這具充滿強烈自我與精神力的肉體，才發生這樣的事吧。

在本來的能力恢復以前，人格就開始融合了。

啊……

他剛剛在想什麼呢？

對了。

他想到自己被埋在土裡。

被埋在土裡，然後呢……

然後就在地底重生了。

為了重生，他直接從土中吸收了許多必要的物質。

雖然花了整整三年，但這具肉體的傷口總算癒合、恢復到原本的狀態了。

收合額頭上那個巨大的傷口花了許多時間。

如果這具肉體沒有處在失血過多的狀態，或是自己沒有那麼虛弱的話，其實只要一個晚上或許就可以搞定了，但是被埋在土裡就沒那麼容易了。

它只能使用這個人類自己的肉體和能量來療癒他，至於「這具肉體必須補充能量」的問題，在土裡只能用緩慢的方法克服。

它讓這具肉體把周圍的微生物、碰到自己的植物根部等各式各樣的東西全都吸收到體內。利用植物的根把氧氣吸取到體內，是一項辛苦到令他幾乎想要放棄的工作。糞便、尿液，只要是可以利用的，他都照單全收。

它研究這個人類的身體構造，在地底下活動他的肌肉。

如果有朝一日離開這裡的時機來到，身體卻不能動的話就麻煩了。

就算不能讓這具肉體活動，至少也要把力量貫注到這具肉體的肌肉裡，將運動會有的效果帶給肌肉。

就在它這麼做的過程中，發生了一件很奇怪的事。

這具肉體理論上已經被它掠奪了。但它讓他的大腦開始運作、自我逐漸甦醒時，肉體的自我卻反過來侵蝕它的自我。

可能是因為之前在低等的生命體待太久了，本來的能力還沒來得及恢復，自己的自我居然就和這具肉體的自我開始融合了。

如今它已經無從判斷，哪一個自我才是真正的自我了。

到底經過了多久的時間呢？

它必須從這裡脫身才行，可是卻沒有辦法靠自己的力量離開這裡。

因為這片泥土實在是太堅硬了。

在掙扎的過程中，好像有什麼東西壓在自己的胸口上。

隨著時光流逝，感覺愈來愈沉重。

似乎是什麼樹根之類的東西。

於是他反過來把樹根的營養吸收到體內。

透過生命體的味覺捕捉，他得知那種植物的根叫作山藥。
透過他所入侵的這具肉體原有的知識，他也知道人類會挖這種山藥來吃。
很好。
他反其道而行，讓植物的根部吸收進自己的肉體營養。
而且只要這個樹根長得夠大，總有一天會有人來挖也說不定。
很好。
那個東西心想。
很好。
另一個自我回答。
只要能夠離開這裡，或許它就會想起自己原來的目的。
那個東西心想。
如果真能離開這裡，非得再跟那個男人一決生死不可。
另一個自我心想。
問題是，對手是誰呢？
給我等著……
給我等著……
不脫身不行。
不，他要脫身了。

2

正在挖掘山藥的加介嚇了一大跳。

因為他的鐵鍬敲在一個軟綿綿的物體上。

那是具有彈性、令人頭皮發麻的物體。

他知道這裡是墓地。

但就算真有屍體埋在這裡好了，應該早就已經化為塵土了，或許骨頭還會剩下，但是應該不至於留有這種觸感才對。

問題是，鐵鍬傳回掌心的觸感，分明像是敲在具有彈性、活生生的肉體上。

他一心一意想要挖出超大山藥的過程中，竟然發生了令人意想不到的事。

他慢慢把鐵鍬從土裡拔出來。

「噎！」加介驚叫出聲。

因為那把鐵鍬的尖端，居然沾著紅色的血液。

加介往洞裡窺探。

他看見一隻沾滿泥土的手。

一把冷汗沿著加介的背脊往下流。

那隻手動了。

那隻手抓住還沒有完全從洞裡拔出來的鐵鍬。

「哇啊！」加介尖叫著跑走了。

那隻手在黑漆漆的洞裡慢慢移動。

那是一隻左手。

那隻左手用他的手指頭小心謹慎地把土撥開。

沒過多久，泥土裡又探出了另一隻手。

是右手。

右手也動了，和左手一起把土撥開。

小心謹慎地，把埋在洞裡的土撥到外面。

接著出現的，是一張臉。

一張男人的臉。

臉上都是泥土，但皮膚的顏色卻白得駭人。

那雙手繼續用緩慢的速度，把覆蓋在胸部、腹部上的泥土撥開。

頭終於可以動了。

還埋在土裡的頭髮似乎阻礙了頭的動作，儘管如此，頭部的活動空間還是一點一點變大了。

男人好不容易撥開堆積在眼皮上的泥土，慢慢睜開了雙眸。

他看見被夕陽染成暗紅色的天空。

傍晚時刻的光線對男人來說，似乎還是太刺眼了。

男人瞬時閉上眼睛，然後再慢慢睜開。

然後又閉上眼睛。

這動作重複幾次後，眼睛似乎才逐漸習慣周遭的光線。

男人慢慢從洞裡爬出來。

原本穿在身上的衣服早就已經腐朽不堪，連半片也沒有留下來。

那是夕陽西下的時分。
男人手裡還拿著那把鐵鍬，茫然地呆站在那裡。
他眺望著比剛才還要再昏暗一點的天空，神情恍惚。
再看看自己的手、腳、身體。
他試著動了動全身上下的關節。
行動超乎想像地順暢，真是不可思議。
他又抬起頭來望向天空了。
「我是誰……」男人喃喃低語。
就在這個時候，有兩道影子從天上飛過。
握住鐵鍬的那隻手反射性地動了起來。
鐵鍬在空中轉了一圈，從空中飛過的那兩道影子便應聲掉落在地上。
男人只動了那麼一下。
不對，鐵鍬雖然像是以電光石火的速度一閃而過，但途中其實改變過方向。
第一道影子掉下來之後，鐵鍬立刻在空中轉了個方向，往下一道影子飛去，速度一點也沒有變慢。
那就是小林平八郎對島岡施展的絕技。
雖然是同一招，但是這個男人施展起來比小林平八郎快得多了，而且乾淨俐落，姿態優美。
說兩人用的是完全不同的招數也不為過。
男人瞧了一眼掉在地上的影子。
原來是燕子。

男人似乎不知道，剛剛他所使出的那一招是他以前自創的招式，名為飛燕還巢。

「我為什麼會這種招式呢？」男人凝視著掉在地上的燕子，喃喃自語。

男人的腦海裡突然閃過了另一個男人的名字。

「武藏……」男人低語。

「武藏在哪裡？」

男人無神的雙眸裡，突然盈滿了強烈的光芒。

他喊出這個名字的時候，胸膛裡突然湧起一股昂揚的意念。

那是一股無法抑制的激動情感，四肢百骸都為之震顫不已。

「武藏……」

男人再一次用他那顫抖的聲音，低聲唸出那個名字。

那個東西進入自己體內後，佐佐木小次郎借助其力，在二十六年的歲月過後，在此復活了。

後記——節錄自〈天魔降臨篇〉

啊……終於。

終於開始了。

開始什麼？

開始寫時代劇了。

而且還是亂七八糟，破天荒的時代劇。

話說回來，夢枕貘這個人對歷史根本一無所知。

既然要寫時代劇，最重要的一件事就是到處收集資料，要讀、要考證的東西堆得像山一樣高。

有人還說至少要準備五年以上才可以開始寫。

舉例來說：當時一碗蕎麥麵賣多少錢？假設中仙道上真的有茶寮好了，又是從什麼時候開始有的？茅房長什麼樣子？屁股要怎麼擦？飯要怎麼吃？全都是一些我不知道的事。

儘管如此，我還是開始寫了。

開始寫時代劇。

這種行為絕對是不可取的，不管再怎麼樣，至少都應該要多做一點功課。這點我也很清楚，可是，可是……

一旦開始考證，時間流逝的速度就會變得非常快。這樣一來，四、五年一轉眼就會過去。到最後，不僅考證可能沒有進展，就連我現在心裡泉湧而出的，對時代劇懷抱的洶湧熱情也會被燒熄也說不定。所以我現在就想寫。我現在就想寫嘛！

於是，我便想出了一個異想天開的作法。

那就是邊寫、邊考證——很不知羞恥吧！

沒有比正式上場還要好的練習方式了。

說到底，我這個人的呆頭裡原本就塞滿了不切實際的超自然現象和情色意味濃厚的童話故事。我原本就不知道羞恥的「羞」要怎麼寫，所以就算要寫時代劇，也都會寫些莫名其妙、亂七八糟的情節。

簡單說，這傻瓜只不過是在為自己開脫罷了。

但不管怎麼說，和現代作品比起來，寫時代劇的限制來得少得多。（其實還是有的，只是看在我這種傻瓜眼裡，有就跟沒有一樣）

故事裡的人物就算做一些傷天害理的事，警察也不會馬上就衝過來阻止。可以把主角寫成殺人放火的壞蛋，也可以穿插一些陶然仰望天空的場景。

時代劇肯定有一雙現代劇沒有的翅膀。

我臣服在那雙翅膀的魅力之下，所以才開始寫一堆沒有營養的垃圾。

當今文壇中，對時代劇很有造詣的文人雅士到處都有。

因此，如果想讀正統時代劇的讀者，請務必去讀他們寫的文章。我筆下的故事可以說是集荒誕無稽之大成，連「角色用日本刀把妖怪還是外星人之類的對手砍成兩半」這種情節都寫得出來。

這麼說來，本作應該是科幻小說吧。

好像真的是這樣喔。

沒錯，就是這樣。

我借用了時代劇的翅膀，實際上想寫的不過是一部科幻小說——也就是天馬行空的故事罷了。對我來說，只要能夠寫出這樣的故事好了。管它是科幻小說還是時代劇，就算有人誤會這純文學小說，我也無所謂。

這樣不是很好嗎？

既然是天馬行空的幻想，那我要怎麼寫就是我的事了。

看在對時代考證很講究的人眼裡，小說當中或許有很多不可原諒的荒謬錯誤也說不定。所以我已做好了心理準備，只要大家願意告訴我那些愚蠢的錯誤應該如何如何改正，夢枕獏就會盡全力地修正，讓整本書讀起來更有條理。請不要客氣，儘管嚴格地糾正我就對了。

那麼，接下來呢……

就這樣，身高六尺呎五吋五分，跟馬一樣桀驁不馴，比鬼還強的男人——萬源九郎出現在這個世界上了。

除此之外，令人不寒而慄的美麗劍士也跟著出現了。

接下來會怎樣呢？我也不知道。

總而言之，既然這樣的人類已經誕生了，接下來的，就交給這個源九郎吧！

這系列未來還會有三、四集，想繼續看我胡謅的人，請有個心理準備喔！

昭和六十一年十月二十六日寫於小田原

夢枕獏

後記二——節錄自〈妖魔復活篇〉

1

哎唷喂，沒想到寫這種恬不知恥的文章，居然是件這麼恐怖的事呢。

作者無知、又不肯做功課就開始動筆的這部時代小說，居然也堂堂進入第二集了。

真是不要臉啊我。

這次居然連宮本武藏都跑出來插一腳，整個故事的走向變得愈來愈瘋狂了。

不過，說真的，這個時代本來就是一個毫無章法、趣味橫生的時代。我光是瞪著大事年表，就會有一股酥酥麻麻的雀躍感不斷湧上胸口，就會興奮不已，光想就快要失禁了。

結果這股不要臉的衝動不斷膨脹，完全不知道要收斂。

連我也害怕起來了。

我的寫法像是把各式各樣的東西，全都塞進一條貌似可以無限延伸的大方巾裡。

這件事也寫進去、那件事要寫進去，這樣到底行不行啊？會不會變成想到什麼就寫什麼的流水帳啊？

就在我想東想西的時候，得到了一個令我感激涕零的寶貴意見。

「獏先生，別想太多。這部作品的確荒誕破格，亂得有趣呢！」

我記得這句話好像是別家出版社告訴我的，還是角川書店的人。

我記得對方讚不絕口，說了好幾次「棒極了」。

害我樂得簡直要飄起來了。

「可是啊，事實上，這個故事我還想要這樣寫……也想要那樣寫……想要把有的沒的元素全都加進去……可是這麼一來，就連我自己也覺得太沒原則了，我想我還是節制一點比較好……」

我當時是這麼回答的。

我還記得對方聽完之後，在咖啡廳的桌上，發出咚一聲。

「才沒有這回事呢！您根本不用想這麼多，大方巾裡包的東西當然是愈多愈好啊！請您把您想得到的東西全都塞進去吧！」

咚！

「可是，這麼一來的話，我怕我最後會不知道要怎麼負收尾的責任耶！這樣不就有違職業作家的專業原則了嗎？」

「您在說什麼呀？」

咚！

咚！

「如果連這種小事都害怕的話，要怎麼寫傳奇小說啊！」

咚！

咚！

咚！

「在這裡世界上，當然有每條故事線最後都清楚交代的作品啊。」

咚！

咚！

咚！

咚！

「問題是，在這個世界上，也有一些小說在起頭時是完全不管有沒有結局的。作者會憑一股熱情，把隨想到的東西寫下來，狂寫、猛寫，讓大方巾裝下愈來愈多的東西。《大帝之劍》應該就是這樣的小說啊！」

咚！

咚！

咚！

咚！

咚！

「不然讓我們來看大家奉為經典的作品好了。您覺得某某大師的那部作品怎麼樣？某某的作品你又覺得如何？這些作品都被大家譽為傳奇小說中的傑作，可是這些作品毫無例外，全都沒有結局呢！」

咚！

咚！

咚！

咚！

咚！

咚！

「您就寫吧！就算結構亂七八糟也沒關係，不要想太多。管他是大方巾還是什麼東西，來一個打一個，來兩個打一雙便是了。」

咚！

咚！

咚！

咚！

咚！

咚！

咚！

只見那位編輯一面用力地拍打著桌面，一面慷慨激昂地滔滔不絕。

於是，腦袋空空、別人說什麼就信什麼的我，在三十七歲這年才體會到「有魚鱗從眼睛裡掉出來㉘」是什麼感覺。

（根據星新一的說法，「有魚鱗從眼睛裡掉出來」和「有魚鱗跑進眼睛裡㉙」其實是沒有辦法分辨的。）

原來如此。

原來是這樣啊。

㉘目から鱗がはがれる。日語俗諺，意指恍然大悟。

㉙目に鱗が飛び込む。這句話是星新一在《ＳＦ雜誌》一九六八年二月號裡自創的說法，意指基於偏見而無法看清事物的本質。

我懂了。

在這之前，我早就在心裡懷疑了好長一段時間，懷疑事情可能就是這麼一回事。如今眼前出現了一個人，斬釘截鐵地告訴我：「沒錯！就是那樣。」一下子就把我心裡的懷疑變成確信了。

話說回來，在寫這篇文章的時候，我突然想起我最喜歡的鋼琴家山下洋輔先生所說過的話：「胡搞瞎搞這件事，用鋼琴可不容易辦到喔。」

山下洋輔先生在某某散文還是對談中提過這點。

也就是說，不管再怎麼毫無章法地亂敲鋼琴鍵，還是會在不知不覺之間出現亂中有序的法則、演奏個性、風格。

那就像是理性之外的心靈力量在作祟。

換句話說，聽到山下洋輔先生這麼說後，我重新體會了一件事：透過胡亂敲打琴鍵（事實上，山下洋輔先生口中的胡亂敲打琴鍵，其實並不是真的亂彈……咦?!一點都不算護航嗎？總之，山下洋輔先生這位鋼琴家就算胡亂敲打琴鍵，彈出來的音樂也美妙無比、令人感動），讓音樂定型成一首曲子（無論是古典或流行樂曲），是一件非常厲害的事。

換句話說，人就算想要胡說八道、胡搞瞎搞，在這些「胡說八道、胡搞瞎搞」的行為中，也會有一股力量，在不知不覺間，把人引導到正確的方向去。

（等等！我現在想到一件非常瘋狂的事情。這不就是說：宇宙也好，大霹靂理論也好，舉凡所有現象的內部都存在著一個根本、通用的法則也說不定。啊……這不就跟佛教的基本教義很類似嗎？有人說，宇宙的「秩序」是從混沌當中產生的，這道理不就和亂彈成曲一樣嗎？這麼說來，原理其實就蘊含在混沌裡頭囉？所謂的混沌，就是各式各樣支離破碎的東西集合在一起的某種神祇囉？混沌是神原有的姿態，而且那姿態到現在還在不停進化當中囉？哇，我現在所聯想到的東西又可以寫出一部長篇來了。夢枕獏這寫手還真是沒有原則啊！所以才能這麼輕易就想出那麼多長篇作品的點子吧。不過無所謂，沒原則就沒原則吧！反正我現在寫的不就是一個不管寫什麼都無所謂的故事嗎？）

（在印度的哲學中，似乎也有「神」＝「萬物基本原理」的說法，我想那應該是對的。）

扯太遠了。

言歸正傳，我在寫《大帝之劍》這個故事的時候，所抱持的新態度是：劇中人物會發生什麼事，就連我自己也沒有把握。

就是這麼回事。

怎麼樣？怕了吧？

2

接下來是夢枕獏的道歉時間。

我在上一卷的後記裡提到，我是在「清楚知道自己沒有做功課」的狀態下開始寫時代劇的。

因為沒有做功課，所以犯了一個很白癡的錯誤。

我居然把年代的設定弄錯了整整五年。

在一些時代傳奇小說裡，常常可以看到故事裡原本已經死掉的人後來又出現，但這只是無傷大雅的錯誤而已，一笑置之也就過去了。但是我所犯下的錯誤，卻因為不考證造成的。只要稍微把資料看過一遍，就不會犯下這樣的錯誤。

雖然查了資料，但因為查到的資料太有趣了，我愈看愈興奮，結果就不小心弄錯了。

我一廂情願地認為時代劇這種東西，如果太拘泥於收集到的資料，反而會綁手綁腳的，寫不出有趣的東西。我是有這種錯誤理解，但也沒有因此就瞧不起收集資料這檔事。

如果我一開始就打算虛構時間，故意留下五年的時間差，那就沒什麼大不了的，因為這本來就是個破天荒的故事。不能原諒的是，我是在沒有自覺的情況下寫出錯誤時間的。同樣是欺騙，故意欺騙跟無知衍生出來的欺騙（錯誤），當然不能放在同一個天平上來衡量。

尤其這次我明明已經查過資料了，認為設定這個年代一定沒問題，結果卻還是搞錯了，實在是很丟臉。

如果我現在就具體地寫下那個錯誤到底錯在哪裡的話，就會洩露劇情發展了，所以我現在還不能寫。

不過，在此請容許我訂正一個地方。

在上一卷《大帝之劍》第一卷的〈天魔降臨篇〉裡，我是如此提及故事年代背景的：「大坂夏之陣落幕後，已經過了十八年」，請改成：「大坂夏之陣落幕後，已經過了二十三年」。

也就是說，本書的舞台是設定在自大坂夏之陣的二十三年後。

這件事，我已經徹底自我檢討過了。在此致上最誠摯的歉意，請允許我加以訂正。

另外，本集出版時間和《大帝之劍》系列上一集隔了整整兩年，不過從明年開始，應該可以加速出書的時間，維持每年至少送上一卷新書的頻率。

這次同樣發生了千奇百怪的狀況，沒辦法送上分量十足的內容給大家。

基本上，這是作者，也就是本人的責任。關於這件事，我也深切地反省過了。只不過，在內容上我絕對沒有偷工減料。反而是愈寫愈來勁，完全停不下來，雖然原則好像又被我拋到一旁了。

希望下次能寫出厚厚一本《大帝之劍》的最新集，呈現給各位。

Ps.在故事裡有關於宮本武藏這個人的描寫，有部分是參考自坂口安吾的《青春論》。

昭和六十三年十一月二日寫於小田原

夢枕獏

國家圖書館出版品預行編目資料

大帝之劍【壹】：天魔降臨篇・妖魔復活篇 / 夢枕獏著；緋華璃譯. -- 初版. -- 臺北市：皇冠, 2010.07
面；公分. --（皇冠叢書；第3997種）（奇・怪；09）
譯自：大帝の劍：天魔降臨篇. 妖魔復活篇

ISBN 978-957-33-2678-6（平裝）

861.57 99010041

皇冠叢書第3997種

奇・怪 09

大帝之劍【壹】

天魔降臨篇・妖魔復活篇

作　　者—夢枕獏
譯　　者—緋華璃
發 行 人—平雲
出版發行—皇冠文化出版有限公司
台北市敦化北路120巷50號
電話◎02-27168888
郵撥帳號◎15261516號
皇冠出版社(香港)有限公司
香港上環文咸東街50號寶恒商業中心
23樓2301-3室
電話◎2529-1778　傳真◎2527-0904
出版統籌—盧春旭
責任編輯—尹蘊雯
版權負責—莊靜君
外文編輯—黃鴻硯
美術設計—王瓊瑤
行銷企劃—林泓伸
印　　務—林佳燕
校　　對—熊啟萍・鮑秀珍・尹蘊雯
著作完成日期—2007年
初版一刷日期—2010年7月
法律顧問—王惠光律師

讀者服務傳真專線◎02-27150507
電腦編號◎512009
ISBN◎ 978-957-33-2678-6
Printed in Taiwan
本書定價◎新台幣280元/港幣93元